FANTASTIC ORIENTAL HEROES

허담 新무협 판타지 소설

火魔經

화마경

8

신마의 세계

청어람

화마경 8

허담 新무협 판타지 소설

초판 1쇄 찍은 날 § 2011년 2월 11일
초판 1쇄 펴낸 날 § 2011년 2월 18일

지은이 § 허담
펴낸이 § 서경석

편집책임 § 어정원
편집 § 주소영 · 박우진

펴낸곳 § 도서출판 청어람
등록번호 § 제1081-1-89호
등록일자 § 1999. 5. 31
어람번호 § 제2-2046호

주소 § 경기도 부천시 원미구 심곡2동 163-2 서경B/D 3F (우) 420-822
전화 § 032-656-4452팩스 § 032-656-4453
http://www.chungeoram.com
E-mail § chungeoram@chungeoram.com

ISBN 978-89-251-2431-5 04810
ISBN 978-89-251-2263-2 (세트)

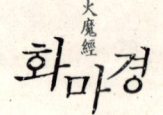

火魔經
화마경

허 담 新무협 판타지 소설

FANTASTIC ORIENTAL HEROES

目次

第一章
변경(邊境)

화마경

"대산(大山)으로 들어가시게?"

노인은 그의 객잔만큼이나 늙었다. 고산준봉들이 아스라이 펼쳐져 있는 가파른 산비탈의 작은 공터, 한 채의 허름한 객잔이 낡은 깃발을 세우고 손님을 맞고 있었다.

물론 설산으로 여행을 하는 여행객의 숫자가 많지 않았으므로 객잔은 거의 비어 있었다. 더군다나 객잔이 위치한 곳은 사천의 변경으로부터 하룻길 거리였으므로 쉴 곳을 찾는 사람들이라면 큰 성읍에서 편히 쉬지 이 높고 험한 산비탈의 객잔을 찾을 리 없었다.

하지만 간혹 기이한 행보에 기괴한 행동을 하는 사람들이 모여 사는 곳이 또한 강호라, 이 낡고 위태로운 객잔에도 사람이 찾아들기는 하는 모양이었다. 객잔 앞에 서너 필의 말이 있었고, 또한 객잔에서 연기가 오르는 것을 보면 안에 손님이 들어 있다는 의미다.

송추월은 낡은 객잔 주인의 얼굴을 무심히 바라봤다. 얼굴은 온통 칼로 그어놓은 듯한 주름살이 뒤덮고 있었고, 허리는 활처럼 휘어 구부정했다. 그가 만약 자리에서 일어난다면 그건 기적이라 부를 만큼 쇠약해 보이는 노인은 그러나 그 눈빛만은 대곤륜 설산 영봉의 산신령처럼 형형했다. 산에 사는 사람은 산의 정기를 그 몸에 담아 눈으로 내보인다고 했던가.

"그렇습니다."

부루가 그답지 않게 공손한 태도로 말했다.

"대산 어디로 가는데?"

노인은 곤륜을 꼭 대산이라 불렀다. 물론 그건 노인만의 호칭은 아니었다. 곤륜을 등지고 사는 사람들 중 곤륜을 그저 대산이라 부르는 사람이 적지 않았다.

"혹… 신마봉이라고 아십니까?"

묻기는 부루가 물었지만 송추월과 다른 네 친구의 얼굴에도 기대가 서렸다. 애초에 이 허름한 객잔을 찾아든 것은 신마봉의 위치를 알아보기 위함이었다. 사천의 변경에서 신마봉의 위치를 탐문했지만 그 어떤 사람도 신마봉의 위치는커녕 신마봉이라는 곳이 곤륜에 있는지조차도 모르고 있었다.

"망할 노괴가 헛소리를 지껄인 건 아닐까?"

누구도 신마봉에 대해 답을 하지 못하자 곽풍산은 노괴 마효의 말을 의심하기까지 했다. 그러던 중 곤륜을 왕래하며 토박이들과 장사를 한다는 상인 하나가 이 기이한 노인의 객잔을 소개했다.

"실혼령이란 고개가 있소. 하룻길을 가면 나오는데 곤륜으로 들어가는 지름길이오. 워낙 길이 험해 왕래하는 사람은 적지만 그래도 편한 길로 돌아가는 것보다 삼사 일 거리를 단축하므로 바쁜 사람은 그 길을 택하게 된다오, 물론 그러다 죽은 사람도 더러 있지만. 그 실혼령 중턱에 객잔이 하나 있소. 천안객잔이라고… 이름은 그럴듯하지만 사실 하룻밤 거하기도 뭣한 곳이오. 하지만 어쨌든 실혼령에선 유일한 객잔이므로 종종 사람이 들기는 하오. 진작했겠지만 숙박료도 터무니없이 비싸오. 그 객잔 주인이 노혼이란 사람인데, 나이를 짐작키 어려운 노인이오. 아주 오래전부터 그 자리를 지켜온 사람이오. 사실 내가 나이가 적은 것은 아닌데 그 노인은 내가 첫 곤륜행을 시작했을 때부터도 노인이었던 것 같소. 아무튼 그 노혼이란 노인에게 길을 물어보시오. 곤륜에 관한 한 그 어떤 사람보다도 많은 것을 알고 있는 사람이 그일 거요. 아마도 그가 모른다면 그 누구도 당신들이 찾는 그 신마봉을 모를 거요."

장사치 한 명의 말을 믿고 행보를 정하는 것은 어리석은 일이지만 송추월 일행은 두말없이 실혼령으로 향했다. 이미 신마봉이라는 곳이 일반 사람들이 그 위치를 알 수 없는 곳임을 깨달았기 때문이다.

그리고 하룻길, 드디어 일행은 장사치가 말했던 그 객잔의 주인 노흔을 앞에 두고 있었던 것이다.

"신마봉? 신마봉이라……."

객잔 주인 노흔이 움직일 때마다 삐걱거리는 나무 의자의 등받이에 등을 기대며 중얼댔다.

"혹 들어보신 곳입니까?"

부루가 다시 물었다. 그러자 노흔이 엉뚱한 소리를 했다.

"그런데 묵어갈 건가?"

노흔의 말에 부루가 말문을 닫았다. 노흔의 표정을 보건대 그들이 원하는 대답을 쉽게 해줄 것 같지 않았다. 그렇다고 이 늙은이를 겁박하는 것은 천목맹 총사인 자신의 체면에 맞지 않는 일이다. 산적 친구들이라면 모를까.

부루가 송추월을 돌아봤다.

"날이 저물고 있어."

송추월의 대답은 간단했다. 날이 저물었으니 객잔에 묵어가자는 말이었다. 그러자 부루가 대답도 하기 전에 노인 노흔이 기다렸다는 듯이 몸을 일으켰다.

"들어들 와."

노흔의 두 다리는 걱정했던 것보다 튼튼했다. 일단 의자에서 몸을 일으키자 그는 무척 건강한 모습으로 변했는데 그 변화가 결코 범상치 않았다.

"늙은이가 뭔가 사연이 있어 보이지?"

곽풍산이 나직하게 대일에게 물었다.

"사연없는 사람이 이런 곳에서 객잔을 하고 있겠냐?"

"흐흐, 그건 그래. 어떤 사연을 가졌을까?"

곽풍산이 노혼에 대해 호기심을 드러내는 사이 어느새 노혼은 객잔 문을 열고 있었다.

"양청! 손님 받아라!"

노인이 산봉우리가 무너질 만큼 큰 소리로 점소이를 불러댔다.

점소이 양청은 투박한 모습으로 일행을 객방으로 안내했다. 오래된 객잔이지만 튼튼하게 지어져 쉽게 무너질 것 같지는 않았다. 점소이 양청은 송추월 일행을 객잔의 이층으로 안내했는데, 흙이 귀한 건지 아니면 애초부터 아래층을 보게 만들었는지 위층 마루 곳곳에 빈 공간이 남아 있어 이층에서도 아래층의 모습을 한눈에 살필 수 있었다.

"여기가 우리 천안객잔에서 가장 전망이 좋은 곳입니다."

나이는 대략 이십대 초반, 혹은 더 어릴 수도 있었다. 본래 오지의 청년들은 자기 나이보다 대여섯 살은 더 들어 보이는 법이므로. 건장한 체격에 불거진 근육은 그가 고된 노동으로 단련된 청년이란 것을 말해주고 있었다. 그리고 모든 산사람이 그렇듯이 깊은 눈동자를 가지고 있는 양청이었다.

"그런대로 하루 묵어갈 만하군."

객방으로 들어서며 대일이 고개를 끄덕였다. 대일의 말처럼 객방은 멀리 곤륜의 준봉들을 볼 수 있게 창이 나 있어 여행객에게 색다른 감흥을 일으킬 만했다.

"식사는?"

양청이 짧게 물었다. 보통의 객잔이라면 강권하다시피 식사를 권할 테지만 양청은 하든 말든 별 상관이 없는 모습이었다.

"뭐가 있나?"

곽풍산이 배가 고픈지 물었다.

"염소구이하고… 국수… 그 정돕니다."

"그럼 염소구이로 하지. 술은?"

"있긴 하지만……."

"그럼 술도!"

"조금 비쌉니다만……."

"얼만가?"

"묵어가시는 비용까지 합해 금자 닷 냥은 내셔야……."

"헛! 금자 닷 냥?"

지나치게 비싼 가격에 곽풍산이 눈을 부라렸다. 그러나 양청은 눈썹 하나 까딱이지 않았다.

"여기서 염소를 키우는 일은 쉽지 않죠. 더군다나 술은 더욱 구하기가 어렵습니다. 금자가 없으시면 국수로 요기를 하시지요. 비싸지도 않고 빨리 됩니다. 그러면 묵는 비용까지 은자 열 냥이면 족한데……."

양청은 아무래도 염소 요리를 하는 게 귀찮은 모양이었다. 그러나 곽풍산은 양청의 기대와 다른 답을 내놓았다.

"좋아, 염소구이를 준비해 줘."

"그, 그러지요. 그런데 선불입니다."

"여기 있네."

곽풍산이 품속에서 금자를 꺼내 양청에게 건넸다. 그러자 양청이 떨떠름한 표정으로 금자를 받아 들더니 아래층으로 내려갔다.

"이상한 친구군."

아래층으로 내려가는 양청을 보며 곽풍산이 중얼거렸다.

"주인이나 점소이나 특이한 사람들이야. 그래도 주인은 장사를 하고 싶은 생각이 있는 것 같은데 점소이는 통 그럴 생각이 없는 모양이야. 귀찮아하는 것 같은데?"

대일이 고개를 갸웃하며 말했다.

"돈은 주인이 버니까."

곽풍산이 어깨를 으쓱거렸다. 그러자 지금껏 침묵을 지키고 있던 원무극이 부루를 보며 물었다.

"그가 뭔가 알고 있는 것 같아?"

"노흔이란 사람?"

"그래."

"모르지."

"그래도 눈치가 있잖아?"

"뭘 알고 있는 것 같기는 해. 하지만 쉽게 입을 열진 않을 것 같아."

"정 뭣하면 이 객잔을 밀어버리자고!"

곽풍산이 도끼를 툭툭 치며 말했다. 농이 아니라 정말로 객잔을 부숴 버릴 것 같은 기세였다.

"그는 고수다."

곽풍산의 호기에 송추월이 나직하게 말했다. 그러자 곽풍산이 별일 아니라는 듯 대답했다.

"물론 나도 알아봤어. 무공 좀 익힌 사람인 것은 맞아. 양청이라는 그 점소이도 마찬가지고. 하지만 그렇다고 내 도끼로부터 객잔을 지키지는 못할걸?"

"그가 이곳에서 수십 년간 객잔을 운영했다는 걸 생각해."

"뭐야. 내가 그 늙은이에게 밀려서 이까짓 객잔 하나 부수지 못할 거라 생각하는 거야?"

"그런 말이 아니라 그 노인에 대해 좀 더 알아보고 해도 늦지 않다는 거지. 그나저나 이제 네가 알고 있는 걸 말해봐."

불현듯 송추월이 부루에게 물었다. 그러자 부루가 짐짓 어리둥절한 표정으로 대꾸했다.

"내가 알고 있는 거라니?"

"넌 분명 출발하기 전에 몇 년간 이곳의 사정을 살폈다고 했잖아. 설마 아무런 소득이 없는 건 아니지?"

송추월이 차갑게 다그쳤다. 그러자 친구들의 시선이 부루에게로 향했다. 그들도 부루가 천목맹의 수뇌로 활동하는 동안 곤륜 인근에 사람을 보내 저간의 사정을 살피고 있었다는 건 이미 알고 있었다. 그리고 그 이유로 부루의 수하들이 자신들의 뒤를 쫓는 것을 허락하기도 했다. 이제 곤륜에 발을 들여놓았으니 부루가 알고 있는 것들을 털어놓아야 할 때였다.

친구들의 시선을 받자 부루가 잠시 망설이다 이내 한숨을 쉬며 고개를 끄덕였다.

"좋아, 듣고 싶다면 말해주지."

시원하게 대답을 한 부루가 가지고 온 짐 속에서 커다란 양피지를 꺼냈다. 기름을 먹여 만든 양피지여서 잘만 보관하면 수백 년을 두어도 좋을 질 좋은 양피지에는 가느다란 선이 빼곡하게 들어차 있었다. 부루는 양피지를 친구들 사이에 펴놓고는 입을 열었다.

"내가 한 일은 크게 두 가지다. 하나는 마효 그 늙은이를 찾는 것, 두 번째는 곤륜의 지리를 세세하게 살펴 신마봉을 찾는 것. 설혹 신마봉을 찾지 못하더라도 우리가 곤륜에 왔을 때 길을 잃고 헤매는 일은 없어야겠기에 곤륜의 지도를 좀 더 세세하게 준비했지."

"좋아, 쓸모가 있겠군."

대일이 고개를 끄덕였다. 그러자 부루가 고개를 저었다.

"아니, 사실 기대만큼 쓸 만한 것은 없어. 그저 곤륜의 지도를 완성한 것이 성과라면 성과일까. 마효 그 늙은이의 소식도 신마봉의 위치도 확보하지 못했으니까."

"그래서 우리가 이 객잔 주인을 만나러 온 거잖아?"

원무극이 퉁명스럽게 말했다.

"그래, 맞아. 내가 신마봉을 찾았다면 굳이 이 객잔에 오지 않았겠지. 어쨌든 지도를 좀 봐."

부루가 친구들의 시선을 지도로 향하게 했다. 그리고는 지도의 한곳을 손가락을 짚었다.

"아마 이쯤이 우리가 있는 곳일 거야."

부루가 지도의 동쪽 변경 한 지점을 짚었다.

"흐흐, 지도대로라면 정말 곤륜이 넓긴 넓구나."

대일이 놀란 표정으로 탄성을 흘렸다.

"그래서 객잔 주인에게 꼭 신마봉의 위치를 확인해야 해. 이 넓은 곤륜 땅에서 위치도 모르고 신마봉을 찾는 것은 거의 불가능하니까."

부루가 다부진 표정으로 말했다.

"노인네가 만만찮아 보이던데……."

대일이 말꼬리를 흐렸다.

"그래도 입을 열게 만들어야지."

부루가 독한 표정을 지어 보였다. 그건 그가 무엇인가를 반드시 얻어내고자 할 때 짓는 표정이었다.

"흐흐, 노인이 임자를 잘못 만났군. 하필이면 부루 너 같은 녀석을 만났으니……."

부루의 표정을 살피며 대일이 히죽였다.

점소이 양청은 대략 반 시진이 흐른 후 다시 이층으로 올라왔다.

"요리가 다 됐는데요?"

양청의 떨떠름한 말에 곽풍산이 벌떡 자리에서 일어났다.

"벌써 염소가 다 구워졌단 말인가?"

"겉은 익고 속은 안 익었지요. 익은 곳부터 먹다 보면 다 익을 겁니다. 내려가시지요?"

"가자. 배고프다."

곽풍산이 친구들 대답도 듣지 않고 훌쩍 걸음을 옮겼다.

양청은 송추월 등을 객잔 일층으로 이끌더니 출입문을 열고 밖으로 안내했다.

"뭐야? 안에서 먹는 게 아니었나?"

"다른 손님도 있는데 냄새를 풍길 수 있나요. 달리 자리를 준비해 두었습니다."

양청이 이번에는 조금 유들거리면서 말했다. 그로서도 손님을 밖으로 데리고 나오는 것이 조금은 미안한 모양이었다. 양청은 송추월 등을 객잔 바로 옆에 붙어 있는 작은 오두막으로 안내했다. 오두막은 뒤와 옆은 막혀 있고 앞은 곤륜을 향해 환하게 트여 있었는데 워낙 고산지대라 그런지 차가운 기운이 만만치 않았다.

"이렇게 추운 데서 밥을 먹으라는 거야?"

오두막 앞에서 곽풍산이 인상을 쓰자 양청이 어울리지 않게 히죽 미소를 지어 보이며 말했다.

"걱정 마십시오. 안은 따뜻합니다."

양청의 권유에 일행은 오두막 안으로 걸음을 옮겼다. 그러자 양청의 말처럼 염소를 굽고 있는 화덕 때문인지 안의 공기가 온화했다. 더불어 잘 구워진 염소 고기 냄새가 사람의 식욕을 자극하고 있었다. 오두막 중앙에는 몇 가지의 채소와 밥, 그리고 술이 준비되어 있었고, 한쪽에선 객잔 주인 노혼이 열심히 커다란 쇠기둥에 꽂은 염소를 불 위에서 통째로 굽고 있었다.

"어서들 오시게."

송추월 등이 들어서자 노인 노혼이 제법 호탕한 목소리로 손님들을 맞아들였다. 아마도 염소 요리를 시킨 손님은 오랜만인 모양이었다.

"어, 냄새 좋다."

곽풍산이 털썩 자리에 앉으며 코를 벌렁거렸다.

"일단 익은 부위부터 내겠네."

객잔 주인 노혼이 커다란 철판 접시와 두툼한 칼을 집어 들었다. 말이 요리할 때 쓰는 칼이지 노혼이 든 칼은 강호의 도적들이 상대를 위협하기 위해 쓰는 지나치게 큰 도의 모양을 하고 있었다. 그런 도를 한 손으로 집어 드는 노혼의 팔 힘은 그가 무공을 익히지 않았다면 강호의 기사에 오를 만한 것이었다.

스스슥!

노혼이 쇠기둥에 꽂힌 염소를 슬슬 돌려가며 익은 살을 베어내기 시작했다.

"호호홍!"

노혼의 입에서는 콧노래까지 흘러나왔다. 아마도 오랜만에 만나는 큰손님에 자신도 모르게 신이 나는 모양이었다.

"여기 있네!"

염소의 익은 부위를 도려내어 한 접시 담은 노혼이 술과 밥, 그리고 간단한 찬이 준비되어 있는 식탁에 염소고기를 내려놓았다. 그러자 구수한 향이 오두막을 가득 메웠다.

"어디……."

허기져 있던 곽풍산이 얼른 염소고기 한 점을 집어 먹었다.

"오! 이건 별미걸?"

곽풍산의 입에서 탄성이 흘러나왔다. 그러자 다른 친구들도 하나둘 접시의 염소고기에 손을 댔다.

'미방 그의 솜씨에 비하면 한참 떨어지지만 나름대로 독특한 맛이 있군.'

요리에서 자신만의 독특한 맛을 낼 수 있는 사람은 오랫동안 그 요리를 해온 사람일 수밖에 없다. 아마도 객잔 주인 노혼은 아주 오래전부터 이 염소구이를 해왔을 터이다.

"어떻게 입에는 좀 맞으시나?"

노혼이 자신있는 표정으로 물었다. 그러자 곽풍산이 호탕한 음성으로 대답했다.

"아주 괜찮군요. 주인장의 솜씨가 대단합니다."

"흐흐흐, 수십 년 동안 익혀온 솜씨네. 감히 다른 사람이 흉내 내기 어렵지."

"그럼 저자에 나가 큰 요릿집을 열지 그러십니까? 그 편이 훨씬 금자를 많이 벌 수 있을 텐데……."

"뭐, 그런 생각을 안 한 것은 아니나 이젠 때를 놓쳤다고 봐야지."

"때를 놓치다뇨? 자리 옮기는데 무슨 때가 필요합니까?"

"그게 그렇게 간단한 게 아닐세. 사람이 한곳에 오래 있다 보면 몸과 마음이 그 장소에 너무 익숙해져 버려 다른 곳으로는 도저히 갈 수 없는 처지가 된다네. 구박받으면서도 서방을 떠나지 못하는 여인처럼. 흐흠, 난 이곳에 너무 익숙해졌어. 올해로 벌써 오십 년째야."

"설마 오십 년 동안 이곳에 있었다는 겁니까?"

"그렇다네."

"그럼 도대체 몇 살 때부터……."

"내가 이 객잔에 들어온 것이 서른한 살 때야. 그러니까 평생을 여기서 보낸 거지."

"그럼 젊을 때 떠나시지 그랬어요?"

"흐흐흐, 내가 너무 젊어서 산 맛을 알아버렸거든. 그리고… 허험! 술 한잔 먹어도 되겠나?"

노혼이 슬쩍 엉덩이를 의자에 붙였다. 벌써부터 송추월 등이 마시고 있는 술에 눈독을 들이고 있었음이 분명했다. 객잔 주인이니 술 한잔 마시는 거야 자기 마음이겠지만 본래 장사꾼이란 절대 팔 술에 손을 대지 않는 법이다.

"한잔 드시지요."

대일이 얼른 노혼에게 술 한 잔을 따랐다. 술의 주인이야 주문을 한 이상 송추월과 그 친구들이지만 송추월과 그 친구들은 객잔 주인에게 들어야 할 말이 있었다. 바로 그 사정이 주객을 전도하게 만들었던 것이다.

"커어! 역시 좋아. 내가 빚은 술이지만 맛이 너무 좋아."

"마유주가 아니더군요?"

부루가 술에 대해 아는 척을 했다.

"마유주? 그건 잡인들이나 먹는 거고, 나 노흔은 그런 술을 빚지 않아. 이 노흔의 술은 사실 곤륜을 넘어 천하제일주를 다툴 만하지!"

"어떻게 빚은 술입니까? 설마 곤륜 영봉에서 빙정이라도 캐다 빚은 겁니까?"

다른 사람들은 노흔의 비위를 맞추려고 애쓰건만 곽풍산은 아니꼬운 투로 노흔의 말꼬리를 잡았다. 그러나 그런 곽풍산의 행동에 노흔은 어떤 노기도 드러내지 않았다. 오히려 곽풍산의 빈정거림을 정색을 하고 받아내는 노흔이었다.

"빙정이라……. 뭐, 구하려고 들면 못 구할 것도 아니지. 하지만 빙정으로 빚은 술을 과연 누가 마실 수 있을까. 입에 대는 순간 오장육부가 얼고 뼈가 가루가 되어버릴 터인데."

노흔의 말에 장난삼아 말을 꺼냈던 곽풍산이 화들짝 놀랐다.

"아니, 정말 빙정을 구할 수 있단 말입니까?"

"왜? 욕심이 나나? 하지만 꿈도 꾸지 말게. 빙정은 함부로 취할 물건이 아니야. 지난날 이 객잔을 통해 곤륜으로 들어간 강호의 고수들 중 빙정을 욕심낸 자가 한둘이 아니네. 하지만 살아 돌아온 사람은 없었지. 곤륜의 빙정은 말이야, 괴수가 지키고 있거든. 사람으로선 도저히 상대할 수 없는 괴수."

노혼이 어린애에게 허풍을 떠는 노인처럼 말했다.

"흐흐, 그걸 주인장께선 어찌 구하실 수 있단 말이오?"

곽풍산이 노혼이 허풍을 떠는 것으로 생각하고 다시 빈정거렸다.

"있는 곳을 알고 있고, 괴수를 상대할 사람을 알고 있고, 그를 움직일 방법을 알고 있으니 빙정을 구하는 건 어려운 일이 아니지."

노혼이 결코 허풍이 아닌 표정으로 말했다. 그러자 곽풍산이 눈을 지그시 뜨고 노혼을 응시하다가 불쑥 물었다.

"주인장의 정체는 뭐요?"

직설적인 질문에 노혼이 조금 황당한 표정으로 곽풍산을 바라봤다. 그리고는 고개를 갸웃하며 물었다.

"객잔 주인 처음 보나?"

"보통의 객잔 주인은 주인장과는 조금 다르지요. 무공을 익혔다고 해도 고수의 반열에 오른 자는 드물고, 하물며 천하의 기보 빙정을 구할 수 있는 객잔 주인은 천하에 오직 어르신 한 분뿐일 겁니다."

"후후후, 내가 보통 객잔의 주인이 아닌 것은 분명하지. 제정신인 사람이면 어느 누가 이런 험한 곳에 객잔을 차리겠는가? 그러니 이 천안객잔의 주인이라는 자리가 결코 평범한 것은 아니야. 하지만 뭐, 아주 별난 사람도 아닐세. 그저 조금 특별한 객잔 주인이라 생각하면 되네. 한 잔 더 마심세."

노혼이 이번에는 스스로 술을 따라 한 잔 들이켰다. 그리고는 은근한 어조로 물었다.

"어딜 찾는다고 했지?"

불감청이언정 고소원이라. 묻고 싶은 문제를 먼저 꺼내니 고마운 일이다.

"신마봉이라고··· 혹 들어보셨는지요?"

부루가 정중하게 물었다. 그러자 노흔이 잠시 생각에 잠겼다가 손으로 탁자를 툭툭 두드리더니 나직하게 중얼거렸다.

"신마봉이라······. 들어본 것 같기도 하고······."

"아십니까?"

곽풍산이 성급하게 다시 물었다.

"글쎄, 기억이 날 듯두··· 야, 이놈아! 고기 탄다!"

갑자기 노흔이 양청에게 고함을 쳐댔다. 과연 염소고기가 검은빛을 내며 타고 있었다. 노흔의 호통에 양청이 얼른 염소고기 옆으로 다가가 대도를 들어 탄 부위를 베어내기 시작했다.

"얼른얼른 썰어 담아!"

노흔이 부지런히 손을 놀리는 양청을 재촉했다. 송추월과 친구들은 괴팍한 노인이 자신의 점소이를 충분히 다그칠 때까지 진득하니 기다렸다.

"그런데 신마봉엔 왜?"

갑자기 노흔이 부루에게 질문을 던졌다. 그러자 부루가 잠시 뜸을 들였다가 입을 열었다.

"아는 사람이 중한 병에 걸려 약재를 구하러 갑니다만······."

"허허허, 도대체 무슨 약재기에 곤륜까지 와서 구한단 말인가? 오뉴월에도 눈이 덮여 있는데. 어떤 약초인가?"

"약재가 꼭 약초일 필요는 없지요."

"옳거니. 혹 강호의 풍문을 들은 모양이군. 왜, 신마봉에 천년 묵은 구렁이라도 산다던가?"

"그런 소문도 있습니까?"

부루가 되물었다. 강호에서 신마봉을 아는 사람을 찾았지만 그 누구도 신마봉을 몰랐다. 그러니 신마봉에 대한 소문이 돌았다는 것은 믿기 어려운 일이었다.

"이런, 내가 괜한 말을 했군."

노혼이 슬쩍 말을 뺐다. 그러자 침묵을 지키고 있던 송추월이 나직한 목소리로 물었다.

"어쨌든 신마봉이란 곳을 알긴 아시는군요."

이미 신마봉에 얽힌 풍문까지 읊은 마당에 발뺌을 할 수는 없는 노혼이다. 노혼이 멋쩍게 입맛을 다시며 고개를 끄덕였다.

"뭐, 안다고 할 수 있지."

"어떤 곳입니까? 어떻게 갈 수 있죠?"

곽풍산이 쉬지 않고 두 가지 질문을 연달아 던졌다.

"아아, 성질 참 급한 친구군. 천천히 말해줄 테니 일단 배나 채워!"

마치 자신이 술의 주인인 양 노혼이 술병을 들어 곽풍산의 술잔에 술을 채웠다. 그러면서 느긋한 말투로 입을 열었다.

"신마봉이라……. 참 오랜만이군."

"뭐가 말입니까?"

대일이 물었다.

"신마봉을 찾는 사람을 만난 것 말이야."

"우리 말고 신마봉을 찾는 사람이 또 있습니까?"

부루가 눈을 가늘게 떴다.

"요즘은 없지. 한 이십여 년 전쯤엔 잠시 신마봉을 찾는 사람들이 몰렸었지. 수십 명은 됐지, 아마?"

노흔이 기억을 떠올리려는 듯 고개를 갸웃하며 중얼댔다.

"무슨 일로 그렇게 많은 사람들이 신마봉을 찾았습니까?"

"나도 그 이유야 모르지. 하지만 그때도 신마봉에 천년 묵은 구렁이가 산다는 얘기는 종종 돌았어. 그래서 난 무림의 고수들이 영약을 찾기 위해 신마봉으로 가려는 줄 알았지. 자네들처럼 말이야. 후후후, 하지만 그들 중 살아 돌아온 사람은 아무도 없었어."

"단 한 사람도 말입니까?"

"그래. 이 길을 통해 돌아온 사람은 없었어. 다른 길을 통해 나간 사람이 있는지는 모르겠어. 하지만 어쨌든 내가 아는 한 그래. 신마봉에 갔다가 살아 돌아온 사람은 아무도 없지. 그런데 그래도 갈 건가?"

노흔이 슬쩍 경고하듯 물었다. 그러자 곽풍산이 호기롭게 말했다.

"주인장, 사실 우린 보통 사람들이 아니우. 어디 가서 죽을 사람들이 아니란 말입니다."

"후후, 물론 자네들이 보통 고수들이 아니란 건 나도 알고 있지."

"무공은 어디서 배웠습니까?"

불쑥 칼로 찌르듯 송추월이 물었다. 그러자 노혼이 송추월을 빤히 바라보며 말했다.

"자넨 참 특이하군. 한마디씩 던지는 것이 검으로 찌르는 것 같아. 무서운 데가 있는 친구군. 내 무공 말인가? 뭐, 이런 곳에서 객잔을 운영하자면 내 목숨 하나 지킬 무공은 있어야지 않겠는가?"

"강호에 나가시면 큰 이름을 얻으실 겁니다."

노인의 무공이 범상치 않음을 말하는 것이다.

"젊어서는 그런 생각도 잠시 했지. 하지만 이곳을 떠날 수 없었네. 말했지만 몸과 마음이 이 곤륜과 하나가 되어가고 있단 말이야. 사람이란… 결국 몸 둘 곳을 찾아 천하를 헤매는 존재인데, 그런 의미에선 난 무척 운이 좋은 사람일 수도 있지. 내 몸과 마음이 맞는 곳을 아주 일찍 찾았으니. 그러니 내가 고수 소리 듣자고 강호에 나갈 이유가 뭐가 있겠는가?"

"단지 그 이유뿐입니까?"

다시 송추월의 날카로운 질문이 이어졌다.

"그럼 그것 말고 무슨 이유가 있겠나?"

노혼이 별 이상한 질문을 다 한다는 듯 되물었다. 그러자 송추월이 다시 누구도 예상치 못한 질문을 던졌다.

"혹 마효라는 이름을 들어보셨습니까?"

순간 친구들의 표정이 변했다. 지금껏 강호를 종횡하며 마효라는 이름을 수시로 탐문했지만 그 이름을 아는 사람은 없었다.

"마효?"

"그렇습니다."

"마효라……."

노혼이 곰곰이 생각에 잠긴 듯한 표정을 지었다, 마치 그가 이 곤륜의 객잔을 세운 첫날로부터의 기억을 하나하나 끄집어낼 듯한 표정으로. 그러다가 문득 고개를 저었다.

"모르겠는데."

순간 송추월과 그 친구들이 허탈한 표정을 지었다. 잔뜩 기대를 부풀렸다가 맥 빠진 대답을 듣고 나니 자연히 허망한 느낌이 들었던 것이다.

"나이가 드니 기억이 예전 같지 않아. 아는 이름 중에 마 씨가 있기는 한 것 같은데 이름까지는 모르겠군. 그런데 그 사람은 왜? 그 마효라는 자가 신마봉에 대해 말해줬나? 아니면 원한이라도……."

"뭐, 둘 다 비슷하다고 할 수 있지요."

"음, 신마봉을 안다면 보통 인물은 아니군. 그런데 원한이라?"

노혼이 호기심을 드러냈다.

"그냥 신마봉으로 가는 길이나 가르쳐 주세요."

곁에서 듣고 있던 곽풍산이 성급한 표정으로 말을 돌렸다.

"그게… 말로 설명이 될지……."

노혼이 말꼬리를 흐렸다.

"설마 노인장께서 길잡이를 자처하시려는 겁니까?"

곽풍산이 기대도 하지 않는다는 듯 퉁명스럽게 물었다.

"물론 이 늙은이가 길잡이를 할 수는 없지. 하지만 신마봉은 곤륜에서도 가장 멀고 깊은 곳에 있고, 별 탈 없이 가려 해도 대략 한 달 길. 그런 길을 어찌 말로 설명하나? 더군다나 신마봉에 이르는 길 중간 중간에 이름과 정체를 알 수 없는 괴이한 문파와 고수들이 산재하지. 내 그중 몇을 아는데 잠시 쉬어갈 곳을 소개해 줄 수는 있어. 그런 것들을 말로 모두 설명하긴 어렵고… 내 지도 한 장과 몇몇 쉬어갈 문파의 사람들에게 소개장을 써줄 수는 있는데……."

노혼이 능숙한 거래꾼으로 변해 슬쩍 부루의 얼굴을 봤다. 아마도 이런 거래엔 송추월이나 다른 친구들보다 부루가 더 나은 상대라고 생각한 모양이었다. 그러자 부루가 쓴웃음을 지으며 물었다.

"얼맙니까?"

"응?"

"그 지도 값 말입니다."

"하하하, 역시 내가 사람을 잘 봤군. 자네라야 말이 통할 거라 생각했네. 에… 이 지도로 말하면 내가 수십 년간 곤륜을 헤매며 만든 것이라 강호에 나가면 금자 백 냥은 너끈히 받을 걸세. 하지만 여행객들에게 그런 금자가 있을 리 없을 테니…
내 금자 스무 냥만 받지."

"헛! 칼만 안 들었지 이건 순……."

곽풍산이 노혼을 향해 욕설을 퍼부으려는 찰나 부루가 손을
들어 그의 입을 막았다. 그리고는 품속에서 전낭을 꺼내 노혼
에게 건넸다.

"금자 삼십 냥입니다."

"열 냥을 더?"

노혼이 희색을 띠며 얼른 전낭을 집어 들었다.

"더 넣은 열 냥은 목숨값이라고 해두지요."

부루가 차게 말했다.

"목숨 값?"

노혼이 인상을 찡그렸다. 더불어 경계의 빛을 띠며 슬쩍 몸
을 뒤로 젖혔다.

"만약의 경우 지도가 허황된 것이거나… 혹은 우리에게 준
정보들이 잘못된 것이라면 돌아오는 길에 그 열 냥의 값으로
노인장의 목숨을 거둘 겁니다."

정색을 하며 말하자 부루는 다른 친구들 그 누구보다도 싸
늘해 보였다. 그러자 노혼은 그제야 자신이 거래 상대를 잘못
선택했다는 것을 깨달은 듯 보였다.

"허험, 그런 걱정은 말게. 그 지도는 정확한 거야. 절대 틀릴
일이 없어. 단지……."

"단지 뭡니까?"

"단지 그 지도가 있다고 신마봉에 갈 수 있다는 장담은 할 수 없네."

"아니, 그게 무슨 말입니까? 금자 삼십 냥짜리 지도로도 신마봉에 갈 수 없다니. 이거 사기 아냐?"

곽풍산이 당장 도끼를 내려칠 기세로 노흔을 다그쳤다. 그러나 노흔은 곽풍산에게는 눈도 돌리지 않고 부루를 보며 말했다.

"그 지도는 정확한 것이네. 산천의 지형이란 것이 간혹 바뀌기는 하지만 곤륜의 산천이 겨우 일이십 년 사이에 바뀌지는 않으니까. 단지 난 신마봉에 이르는 길이 몹시 험난하다는 걸 말하고자 하는 걸세. 길이 험한 것은 물론이거니와 좀 전에도 말했지만 곤륜 곳곳에 숨어 있는 문파와 고수들이 간혹 무척 거칠게 외부인을 대하기도 하거든."

"그런 일이라면 우리 몫이지요."

부루가 고개를 끄덕였다.

"좋네. 그렇다면 내 목이 떨어질 염려는 없네. 그리고 한 가지 더 충고를 하지."

"경청하지요."

"강호에서 곤륜의 주인은 누구라고 하는가?"

"그야 당연히 대곤륜파를 일컫지요."

"맞아. 곤륜파의 아성은 죽림도 손을 내밀 정도로 대단하지."

"그러니 곤륜파를 조심하라는 말씀이십니까?"

"뭐, 조심해서 나쁠 것은 없지. 하지만 내가 하고자 하는 말은 그것이 아닐세. 내가 하고 싶은 말은 사실 강호엔 알려지지 않았지만 곤륜엔 곤륜파 말고 다른 주인들이 있다는 말을 하려던 거였네."

"곤륜파에 버금가는 세력이 있단 말입니까?"

부루가 되묻자 문득 노혼이 고개를 돌려 여전히 염소 고기를 썰어 내고 있는 양청에게 소리쳤다.

"가져와 봐."

"무엇을?"

"지도 말이야! 멍청하기는……."

노혼의 호통에 양청이 얼른 자리를 떠 오두막을 벗어났다.

"망할 녀석, 나이가 스물이 넘더니 통 게을러져서……."

"제자를 키우시나 보군요."

"제자는 무슨! 그저 내 나이도 먹을 만큼 먹었으니 이 객잔을 물려줄 녀석 하나 키우는 거지. 그런데 영 싹수가 글러먹었어. 게을러."

노혼이 못마땅한 표정으로 오두막을 벗어나는 양청을 향해 눈을 흘기고는 술 한 잔을 더 들이켰다.

양청이 돌아온 것은 일각이 채 지나지 않아서였다. 그럼에도 노혼은 양청에게 늦게 돌아왔다고 몇 마디 타박을 늘어놓은 이후에야 양청이 가져온 지도를 탁자 위에 펼쳤다. 그러자 송추월과 친구들 앞에 서너 개의 양피지를 이어붙인 거대한 지도가 모습을 드러냈다.

'비슷하군.'

송추월은 노혼이 만든 지도를 보자마자 이것이 결코 아무렇게나 만들어진 지도가 아니라는 것을 알아챘다. 노혼이 내놓은 지도는 송추월의 눈에 익었는데 그건 그가 이 지도를 보기 전 이와 비슷한 지도를 보았기 때문이다. 노혼의 지도는 부루가 오래전부터 곤륜에 사람을 보내 만든 지도와 무척 흡사했던 것이다.

"이게 곤륜이네."

노혼이 자랑스럽게 말했다. 지도는 부루의 지도보다도 더 복잡한 선들로 연결되어 있었다. 중요한 거봉들은 거의 엇비슷했으나 노혼의 지도에는 부루의 지도에 표시되지 않은 작은 봉우리들도 깨알같이 표시되어 있었다.

"어떤가. 금자 이십 냥 값은 충분하지?"

노혼이 자신감이 묻어나는 표정으로 물었다.

"잘 만들어진 지도군요."

영악한 부루도 고개를 끄덕여 지도의 세세함을 인정했다.

"흠, 잘 만들어진 정도가 아니지. 이런 지도는 강호 어디에서도 찾아보기 힘들 거야. 에… 그건 그렇고, 여기가 곤륜파네."

"멀군요."

"멀지. 사람들은 곤륜이라고 하면 보통 이 곤륜파가 있는 곤륜산을 말하지. 하지만 사실 곤륜은 이 산 하나를 가리키는 게 아니야. 청해를 가로지르는 거대한 산맥을 이야기함이지. 자네들이 있는 곳은 이제 겨우 산맥의 동쪽 끝자락이야. 이곳에서 곤륜산까지는 한 달 넘게 여행해야 하지. 하지만 자네들은 곤륜산으로 가는 게 아니라 신마봉으로 간다고 했으니 곤륜파로 가는 길과는 다른 길로 가야 할 거야."

"신마봉은 어딥니까?"

부루가 물었다. 그러자 노흔이 손가락으로 청해와 신강 사이의 한 지점을 찍었다.

"여기가 신마봉이야."

"이건 사막 아래에 있군요."

"그래. 그래서 편한 길로 가자면 감숙을 넘어 초원을 거치는 게 나을 거야. 하지만 그리되면 거의 한 달을 더 소비해야 할 걸. 다행히 자네들은 내게서 이 지도를 얻었으니 길을 돌아가진 않아도 돼. 대신 이미 말했지만 다른 위험을 감수해야지."

"곤륜파가 아닌 또 다른 곤륜의 주인들을 조심하란 겁니까?"

"뭐, 위험이야 다양하지만 그중 하나를 꼬집어 말하자면 그렇다는 거지. 보자. 여길 봐."

노흔이 다시 손가락으로 곤륜파가 자리 잡고 곤륜산 북쪽으로 얼마간 올라간 지점에 그어진 붉은 선을 가리켰다.

"이건 뭡니까?"

대일이 호기심을 드러내며 물었다.

"이 붉은 선 아래가 곤륜파의 영향력이 미치는 곳이야. 이

북쪽으로는 곤륜파의 고수들도 함부로 드나들 수 없는 영역이지."

"곤륜의 또 다른 주인이란 자들의 땅이군요."

"뭐, 그렇다고 봐야지. 문제는 말이야, 이 땅의 중앙에 신마봉이 있다는 거지."

"도대체 어떤 자들입니까?"

"사실대로 말하자면 나도 잘 몰라. 이름도 맞는지 모르겠어. 하지만 어쨌든 이 땅이 보통 사람들이 드나들 수 없는 땅이란 것은 확실해. 내 생각엔 지난날 신마봉을 찾은 고수들도 모두 이 땅의 주인들에게 죽임을 당했을 거야."

"주인들이라면 한 문파가 아니라는 말이군요."

"내가 아는 것은 오직 네 문파의 이름뿐이라네."

"어떤 곳입니까?"

대일이 묻자 노혼이 마치 커다란 비밀을 털어놓는 듯 허리를 앞으로 숙이고 속삭였다.

"내가 아는 그들은 모두 네 개의 문파를 말하네. 자하산장, 묘인곡, 흑월, 그리고 혼원이라 불리지. 물론 그 이름들이 그들 스스로 정한 것인지 타인이 지어 부르는 것인지는 모르지만."

"전혀 들어보지 못한 문파들이군요."

"당연하지. 그들은 절대 자신들의 영역을 벗어나지 않아. 그래서 곤륜파와도 공존하고 있는 것이고. 더불어 누구도 자신들의 영역에 들어오는 것을 용납하지 않지. 그래서⋯ 신마봉으로 가는 것이 위험하단 거야."

"그 네 문파에 속한 고수를 만나보셨습니까?"

"음, 사실 나도 한 번도 보지 못했네. 뭐, 또 모르지. 개중 누군가가 우리 객잔을 거쳐 갔을 수도. 어쨌든 신마봉으로 굳이 가겠다면 이 네 문파의 이름을 필히 기억해 두게. 이 지도에도 이들 문파의 위치는 정확하게 표시 못했네. 내가 본 것이 아니니까. 나라면 말이야, 지금이라도 걸음을 돌려 다시 중원으로 돌아가겠네."

노흔이 자신이 할 말은 다 했다는 듯 술을 한 잔 걸치고 염소고기를 한 점 베어 물었다. 송추월과 친구들은 노흔의 경고를 들으면서 잠시 침묵을 지켰다. 그러나 그들 중 누구도 노흔의 권유처럼 곤륜행을 포기할 사람은 없었다, 포기하는 순건 목숨이 다할 것이므로.

第二章
문지기

화마경

"사형도 참!"

노인이 혀를 찼다. 비탈진 산야. 봉우리엔 만년설이 덮여 있는 곤륜의 동쪽 끝자락. 그곳에 자리 잡은 천안객잔의 주인 노혼이었다.

노혼은 아침 햇살을 받아 영롱하게 태어나고 있는 설산 준령을 향해 말을 몰아가는 다섯 청년 고수를 바라봤다. 송추월과 그 일행은 이른 아침 노혼이 준비한 간단한 음식으로 요기를 하고 곧바로 객잔을 떠나 곤륜산맥으로 향했다. 노혼은 천안객잔의 유일한 점소이 양청과 함께 송추월 등을 눈으로 배웅하고 있었다.

"정말 그분의 제자들일까요?"

"분명해."

"하지만 어째서 새삼스럽게······?"

양청이 고개를 갸웃했다. 그 모습이 지금까지 송추월 등을 대하던 모습과는 천양지차다. 노혼에 대해서도 무척 공손한 태도를 보이고 있는 양청이었다.

"세상에 숨길 수 없는 것이 몇 가지 있다. 그중 신경의 기운도 포함되지. 물론 화수유천만으로는 다른 사람의 기운을 감지할 수 없지만 화산범해를 득하면 화수유천의 기운을 읽을 수 있지. 그래서··· 난 저들이 사형이 거둔 제자들임을 확신할 수 있다."

"참으로 기이한 성정을 가지신 분입니다."

양청이 고개를 저으며 말했다.

"그래, 기이한 양반이지. 날 지금까지 살려두는 것만 봐도 말이야. 날 이곳에 묶어두어 신마계의 문지기 노릇을 시키는 건 무슨 의미일까?"

"그야 사부님을 위해서······."

"흐흐흐, 날 위해서라고?"

"사부님과 그분의 정이야 하루 이틀 관계가 아니지 않습니까?"

"정이라······. 서로를 죽이려 한 과거사도 결국 정은 정이라는 건가?"

"그야 이미 수십 년 전의 일 아닙니까?"

"그래, 수십 년이나 지난 일이지. 하지만 아직도 생생하다,

사형의 그 공포스런 마기가. 당시 사형은 화기만주의 경지에 올라 있었는데, 단지 그 기운을 흘리는 것만으로도 사형제들은 스스로 목숨을 끊기도 했지. 너무도 공포스런 기운이었기에……."

"그렇다면 도대체 화정멸세의 경지는 어떤 겁니까?"

"모르지. 사형이 화정멸세에 이르렀는지도 모르겠고."

"그럼에도 조화성의 문을 열지 못했다는 거군요."

"그런 거지. 조화오경의 경주들은 모두 사형과 같은 경지의 무공을 지니고 있다고 봐야겠지."

"조화성은 영원히 열리지 않을까요?"

"어쩌면……."

"그분은… 저들을 다른 사형제들과 경쟁시키려는 걸까요?"

양청의 시선이 이제 몇 개의 점으로 변한 송추월 등으로 다시 향했다.

"나도 잘 모르겠구나. 이미 수십 년 전 사형은 강호에서 거둬들인 제자들을 혈겁의 다툼으로 밀어 넣어 능력이 부족한 제자들을 모두 죽였다. 그리고 오직 네 명의 제자만을 남겼지. 난 그 네 아이가 사형의 뒤를 이을 거라 생각했다. 물론 그중에 살아남는 아이가 말이야. 본래 신경의 후예는 오직 한 사람만 살아남는 것이 전통이니까."

"사부께서 유일한 예외시군요."

"후후후, 그렇지. 사형이 날 살려둔 것은 신경의 규칙에 위배되는 것이었지."

"특별한 이유가 있었습니까?"

"글쎄, 뭐랄까. 그중 내가 제일 약했기 때문이 아닐까 싶어."

"무슨 말씀이신지?"

"우리의 시대에 사부께선 서른여섯 명의 제자를 거둬들였다. 우린 정확하게 십이 년 동안 신경의 후계자가 되기 위해 경쟁했다. 역시 신경의 규칙대로 모두가 죽었고 최후로 나를 포함해 여섯이 신마봉으로 향했다. 그리고 사형이 신경의 주인이 되었지. 살아남은 사람들의 생살여탈권이 사형에게 주어졌고, 전통대로 자신의 경쟁자들을 모두 죽였다. 다만 나 하나를 살려두어 신마계의 문지기로 삼았는데, 그 이유 중 하나는 내가 살아남은 자들 중 가장 약했기 때문이지. 나 정도로는 사형에게 어떤 위협도 되지 않는다고 판단한 거지. 물론 그 이전에 나와 사형은 제법 가까운 사이기도 했어. 하지만 신경의 후계자가 어디 정에 이끌릴 사람인가? 그저 쓸 만한 문지기가 필요했던 게지."

그러자 양청이 조금 두려운 표정으로 물었다.

"전 어찌해야 합니까?"

"걱정할 필요 없다."

"하지만 새로 신경의 후계자가 정해지면……."

"사형께 약조를 받은 것이 있다. 신경에 이문(二門)을 허락하겠다는 것이 그것이다. 물론 제약도 있다. 언제나 신마계의 문지기가 되어야 한다는 거지. 신경의 습득 역시 화산범해를 넘지 못할 것이다."

"그래도 신경주의 후예들이 아니라면 천하제일이죠."

"그건 그렇다만 천외천의 변경으로 살아가는 삶이 그리 녹록지는 않으리라."

"하늘을 보았으니 어찌 땅으로 내려가겠습니까?"

"네가 그렇게 생각한다면 다행인 거고."

"누가 후계자가 될까요?"

"글쎄, 모르지."

"저들 중에서 나올 수도 있을까요?"

"잘 모르겠구나. 재질들은 나름대로 독특한데 신경에 입문한 것이 늦어서 다른 경쟁자들과 경쟁을 할 수 있을지……"

노혼이 살짝 고개를 저었다.

"전 좋아 보였습니다."

"후후, 너와 나이가 얼추 비슷하니 호감을 느낀 게지. 그나저나 할 일이 있을지도 모르겠다."

"할 일이라시면…?"

"어젯밤 알아보니 그중 한 명이 최근 강호육패로 떠오른 천목맹의 총사라더구나. 쫓는 자들이 있을지도 모른다. 신마계의 문지기라면 문지기 노릇을 해야지."

"알겠습니다."

"잘 살피고, 혹 손을 대게 된다면 흔적을 남기지 마."

"네, 사부!"

양청이 공손히 고개를 숙여 보였다. 노혼이 입에 손을 대고 가볍게 휘파람을 불었다. 그러자 어디선가 한 마리 매가 날아와 노혼의 어깨 위에 앉았다.

"사형께 제자들이 왔다고 알려 드려야겠지?"

잠시 후 노혼의 어깨에 앉았던 매가 다시 하늘로 날아올라 북쪽 설산들을 향해 날아갔다.

"우린 더 이상 갈 수 없다."

멀리 천안객잔이 바라보이는 지점에서 조산이 걸음을 멈췄다. 하룻밤을 설산에서 보낸 수하들이 경직된 표정으로 조산을 바라봤다.

"어째서……?"

"이 땅은 마경주의 땅이다. 들어가려면 그의 허락이 있어야 하지만 마경주가 패경의 후예를 안으로 들일 리 없지. 내가 진입한다면 큰 소란이 벌어질 것이다. 죽을 수도 있고."

"누가 감히 공자님을!"

"다른 사람은 몰라도 마경주라면 가능하지. 돌아간다."

"아무 소득이 없는 길이 되었습니다."

"아니. 소득이 없는 것은 아니다. 적어도 그 친구들의 정체는 알았으니까."

"그들의 정체라시면……?"

"처음부터 범상치 않았다. 그들 자신이 스스로의 정체에 대해 알고 있는지는 모르지만 적어도 그들이 마경주의 땅으로 들어간 것을 보건대 마경주와 연관이 있는 자들일 것이다. 그

의 제자일 수도 있겠지. 후후후, 만약 그의 제자라면… 조금 실
망이긴 하지만."

"어째서 말입니까?"

"글쎄, 덜 여문 자들이라고 해야 하나?"

"나이 때문일 수도 있지 않겠습니까?"

"그럴 수도 있지. 뭐, 어쨌든 언젠가 조화성에서 만나게 될
수도 있겠지. 돌아간다."

"어디로 길을 잡을까요?"

"일단 사부께로 간다."

"요동은?"

"이령뮤에서 멈춘 걸음이다. 다시 갈 일은 없다. 이쯤에서
강호행을 접는다."

"알겠습니다."

부루를 욕심내 사천을 지나 곤륜의 입구까지 쫓아온 조산이
그렇게 천안객잔을 앞에 두고 걸음을 돌렸다.

여덟 명의 사내가 설산 아래 우거진 침엽수림 사이를 빠르
게 이동하고 있었다. 사시사철 설산을 이고 사는 곤륜이지만
낮은 지대로 내려오면 수백 년 자란 수목의 숲이 펼쳐진다. 그
숲은 물을 아래로 내리고 초지를 만들어 사람들이 살아갈 공
간을 제공한다.

그러나 여덟 명의 사내는 그곳에서 살아온 자들이 아니었
다. 허리와 등에 검을 매고 있음은 그들이 곧 무림인들이란 의

미. 더불어 그들의 복식을 보건대 곤륜을 터전으로 살아가는 사람들이 아니라 멀리 중원에서 온 자들이 분명했다.

스스슥!

움직임은 경쾌했다. 빠른 움직임이지만 다리에 힘을 들이지 않는 것으로 보아 경공에 능숙한 일류고수들임이 분명했다.

그런데 그렇게 정신없이 산길을 달리던 자들이 불현듯 걸음을 멈췄다. 그들 앞에 예상치 못한 인물이 모습을 드러냈기 때문이다. 나이는 겨우 이제 이십대 중반에 이른 정도. 허리에는 큼직한 도가 걸려 있었으나 그리 대단찮아 보이는 기세다. 어찌 보면 산에서 사냥을 하는 청년 같기도 하고 또 어찌 보면 산길을 가는 나그네의 주머니를 터는 허술한 산적 같기도 한 모습이었다.

그럼에도 불구하고 사내들이 걸음을 멈춘 것은 그 젊은이가 서 있는 곳이 그들이 가고자 하는 길의 한가운데였기 때문이다.

"비켜라!"

여덟 사내의 나이는 제각기로 보였지만 그중 가장 젊은 자도 나이 서른이 넘어 보였다. 그러니 길을 막은 이십대 중반의 사내에게 호통을 치는 것은 당연한 일. 그러나 길을 막은 젊은 사내는 전혀 비킬 생각을 하지 않았다.

"잠시 멈추시오."

오히려 젊은이는 사내들의 걸음을 막았다.

"도대체 뭐 하는 놈이냐?"

젊은이에 의해 어쩔 수 없이 걸음을 멈춘 사내 중 오십대 중반으로 보이는 사내가 호기심과 가소로움이 묻어나는 표정으로 물었다.

"어디서 오시는 분들이오?"

질문에 답은 않고 젊은이가 물었다. 그러자 질문을 던졌던 사내가 어이없다는 표정을 지으며 입을 열었다.

"우리가 어디서 온 누구인지는 네가 알 바 아니다. 어린놈이 다치기 싫으면 어서 길을 비켜라. 네 눈에는 이 검이 보이지 않느냐? 우린 무림인이다."

사내가 검을 들어 젊은이를 위협했다. 그러자 젊은이가 히죽 웃음을 흘리며 대답했다.

"눈이 있는데 어찌 검을 보지 못했겠소. 당신들이 무림인이란 사실은 잘 알고 있소. 하지만 당신도 보다시피 나 또한 도를 가지고 있소. 즉, 나도 무림인이란 뜻이오. 그러니 서로 피장파장! 더군다나 이 땅은 내 땅이오. 그러니 묻겠소. 어디서 오신 누구요?"

젊은이의 대답에 오십대 중년 사내의 표정이 기이하게 변했다. 길을 막은 이 젊은이가 생각보다 대단한 사람일 수도 있다는 의심이 불쑥 떠오른 것이다. 그렇다고 뒤로 물러날 상황도 아니다.

"이 땅이 네 땅이라니… 곤륜에 주인이 있는 줄은 몰랐구나."

"뭐, 사람이 흔치 않는 곳이니 땅 주인을 모를 수도 있소."

"좋아, 네가 이 땅의 주인이라고 치고, 네 스스로 무림인을 자처하니 묻겠다. 넌 혹 일월맹이라는 곳을 아느냐?"

사내의 질문에 젊은이가 살짝 눈을 치떴다.

"지금 일월맹이라 하셨소?"

"그렇다. 들어보았느냐?"

"하하하! 무림인치고 강호육패 일월맹을 모르는 자가 누가 있겠소?"

젊은이의 대답에 사내는 이 젊은이가 스스로 무림인을 자처한 것이 허언이 아니라는 것을 알아챘다. 곤륜의 오지에서 육패를 알고 있다면 무림에 한 발을 들여놓고 있는 사람인 것은 분명했다.

"일월맹을 알고 있으니 무림에 문외한은 아니군. 우린 바로 그 일월맹의 사람들이다."

사내가 스스로의 신분을 밝힌 것은 젊은이가 일월맹의 권위에 겁을 먹고 물러나길 원해서였다. 아니, 내심으론 이 맹랑한 젊은이가 무릎을 꿇고 길을 막은 것에 대해 용서를 구할 것이라는 기대도 없진 않았다. 그러나 젊은이는 그의 기대대로 움직여 주지 않았다.

"일월맹의 고수들이셨구려. 그런데 일월맹의 고수 분들이 곤륜엔 웬일이시오? 본래 일월맹은 파촉을 넘은 적이 없는 것으로 알고 있는데……."

능수능란. 일월맹의 고수를 면전에 대하고도 젊은이는 노련한 늙은이처럼 말을 이어갔다. 그러자 사내의 표정이 변했다.

"일월맹의 행사를 산중의 어린놈에게까지 밝혀야 한단 말이냐? 우리의 신분을 알았다면 썩 길을 열거라, 괜한 곤욕 치르기 전에!"

"내 땅에서 내가 길을 지키고 있는데 무슨 곤욕을 치른단 말이오? 그것보다는 그대들이나 이대로 발길을 돌려 돌아가시오. 아시다시피 곤륜은 아무나 들어올 곳이 아니오."

"감히 일월맹을 모욕하려 드느냐?"

"곤륜에선 강호육패도 소용없소."

"하하하! 언제부터 곤륜이 그렇게 대단한 땅이었는지 모르겠군. 대곤륜파라 하더라도 감히 일월맹 앞에서 그 이름을 내세울 수 없거늘!"

"후후후, 곤륜파가 곤륜의 전부는 아니오."

"곤륜에서 곤륜파조차도 무시하는 자라……. 어린놈이 결국 매를 버는구나."

일월맹의 고수가 천천히 검을 뽑아 들었다. 발검을 하는 그 기세만으로도 웬만한 무인이라면 꼬리를 말 무게를 지니고 있는 발검이었다. 그러나 젊은이는 그런 일월맹 고수의 기세에도 전혀 겁을 먹지 않았다. 대신 들고 있던 대도를 가슴 앞으로 들어 올리며 중얼댔다.

"사람들이 육패의 고수들은 하나같이 무섭다고 하던데 어디 정말 그런지 시험을 해봐야겠군. 사부께선 그래 봐야 하늘 아래 사는 조무래기들일 뿐이라고 했는데……."

젊은이의 중얼거림은 일월맹 고수들의 귀에도 들렸다. 개중에는 젊은이의 말에 피식 실소를 흘리는 자도 있었다. 이 어린 도객이 정말 세상 돌아가는 이치를 전혀 모르고 있다고 생각하는 것이었다. 강호에서 육패는 하늘의 위치이지 결코 땅의 위치에 있는 자들이 아니었던 것이다.

"누가 널 가르쳤는지 모르지만 스승을 잘못 만난 죄를 오늘 받게 될 것이다."

"우리 사부께선 천하에서 둘도 없는 스승이시오."

"그 스승이 널 죽음 아니면 병신으로 만들 것이다. 각오해라!"

일월맹의 고수가 차가운 노성을 뱉어내곤 한 발을 앞으로 내밀었다. 직후 그의 신형이 번개처럼 앞으로 튕겨 나가며 청년을 향해 일검을 내리그었다.

우왕!

강력한 파공음이 일어나며 일월맹 고수의 검이 청년의 도를 베어갔다. 아마도 말처럼 젊은이를 벨 생각은 없는 모양이었다. 단지 젊은이가 들고 있는 도를 쳐내 그에게 겁을 주려는 듯한 일월맹 고수의 손속이었다.

그런데 강력한 기세로 닥쳐드는 일월맹 고수의 검을 젊은이가 가만히 바라보더니 검이 그의 도 바로 앞에 다가왔을 때 번개처럼 도를 휘둘렀다.

쾅!

도와 검이 정면으로 충돌했다. 눈부신 낙뢰가 떨어지듯 도검의 충돌 지점에서 한줄기 빛이 번쩍였다. 그리고 다음 순간,

"컥!"

예상치 못한 비명 소리가 터져 나왔다.

"장 형!"

"어르신!"

동시에 일월맹 고수들 입에서 다급한 고함 소리가 흘러나왔다.

쿵!

그리고 미처 일월맹 고수들이 움직이기도 전에 그들의 발아래 젊은 청년을 공격했던 일월맹 고수의 몸이 시체가 되어 떨어져 내렸다.

"이, 이게 도대체!"

"네, 네놈은 누구냐?"

이제 일곱이 된 일월맹 고수들은 미처 동료의 시신을 수습하지 못하고 단 일 도에 자신들의 우두머리를 벤 젊은이를 향해 노성을 터뜨렸다.

"말했잖소. 이 땅의 주인이라고. 뭐, 사실 주인은 따로 있지. 난 단지 문지기일 뿐이지만."

청년이 능글스런 목소리로 중얼거렸다.

"정체를 밝혀라!"

"내 이름을 알고 싶단 거요? 그거야 어려울 것이 없지. 하지만 들은 뒤에는 곧 잊게 될 거요. 왜냐하면 내 이름을 알게 되면 반드시 죽어야 하기 때문이오. 그래도 알고 싶소?"

"오냐. 어디 한번 말해보아라, 그 대단한 이름이 뭔지."

일월맹의 고수들이 서서히 젊은이를 에워싸기 시작했다. 그러자 젊은 청년이 뒤로 물러나며 말했다.

"후후후, 대일월맹의 고수들이 어린 사람 하날 두고 협공을 하려 하다니 어울리지 않군."

"소귀, 어서 정체를 밝혀라."

"흐흐, 어쩌다 귀신까지 됐누. 좋아, 알려주지. 내 이름은 양청이라 한다."

일월맹 고수들의 앞을 막은 청년은 천안객잔의 점소이 양청이었다. 양청이 자신의 이름을 밝히는 순간 일월맹 고수들이 일제히 양청을 향해 신형을 날렸다.

"네 입으로 네 이름을 말하는 것은 오늘이 마지막일 것이다."

이미 한 명의 동료를 잃은 일월맹 고수들의 공격은 살벌했다. 이들은 강호행에 나선 천목맹 총사 부루의 행적을 뒤쫓기 위해 일월맹에서 파견한 고수들이었다. 비록 일월맹의 수뇌들은 아니지만 강호에 나서면 능히 일류고수 소리를 들을 만한 인물들, 그런 고수 일곱이 합공을 펼치자 점소이 양청은 한순간에 도검의 회오리 속에 파묻혔다.

"내 이름은 제법 귀한 이름이오. 그래서 내 이름을 들은 자는 대부분 죽게 마련이오. 오늘 그대들도 결국 내 이름을 들은 대가를 치러야 할 거요."

펑!

한순간 일월맹 고수들의 검이 향한 지점에서 한바탕 폭음이

울리더니 검은색 연기가 솟구쳤다.

파파팟!

그러자 날카로운 파공음이 일어나면서 일월맹 고수들의 도검이 애꿎게 허공을 갈랐다. 양청의 신형은 허깨비처럼 사라져 일월맹 고수들을 당황시켰다.

"사술을!"

일월맹 고수들이 노성을 발하며 황급히 양청의 신형을 찾았다. 순간 허공에서 한 자루 도가 불쑥 나타나더니 일월맹 고수 둘을 한 번에 베어냈다.

"크억!"

"억!"

양청의 도는 괴이한 행로를 가지고 있어 일월맹 고수들이 미처 막아낼 수 없는 각도에서 상대의 사혈을 그어댔다.

쿠쿵!

두 명의 일월맹 고수가 비명과 함께 속절없이 쓰러지자, 나머지 다섯이 황급히 등을 맞대고 사방을 경계하기 시작했다. 허공에서 나타나 귀신처럼 일월맹 고수 둘을 벤 양청의 신형은 다시 허깨비처럼 사라지고 없었다.

"당당하게 앞으로 나서라!"

일월맹 고수 중 하나가 노성을 터뜨렸다. 그러자 허공중에서 양청의 괴이한 목소리가 들려왔다.

"하하하, 기이한 말이군. 당당하게 맞서려면 그대들도 한 명씩 나와 상대를 했어야지. 어린 나를 두고 여럿이 함께 검을 들이밀면서 나에게 당당하게 나서길 바라는 건가? 그건 너무 염치없는 일 같은데?"

양청의 비웃음에 일월맹 고수들이 일순 대꾸를 하지 못했다. 그러면서도 그들은 조금씩 조금씩 온 길을 되짚어 물러났다. 그러던 어느 순간 그들이 서로 등을 지고 있던 자세를 풀며 누가 먼저랄 것 없이 몸을 날려 도주하기 시작했다. 그러자 허공중에서 양청의 무심한 목소리가 들렸다.

"그러게 내 이름을 묻지 말았어야지. 내 이름을 듣지 않았다면 그냥 보내줬을 거야. 하지만 내 이름을 들었으니 결국 모두 죽어줘야겠다."

양청의 말이 끝나는 순간, 거대한 전나무 아래에 불쑥 양청의 신형이 모습을 드러냈다. 그리고는 바람처럼 몸을 날려 도주하는 일월맹 고수들을 추격하기 시작했다.

"잘한 결정일까?"

송추월 일행을 쫓아 곤륜으로 들어선 자들 중 천안객잔의 주인 노혼과 점소이 양청에게 전혀 영향을 받지 않는 사람이 몇 있었는데, 그중에는 항주에서 송추월과 같은 배를 타고 요동으로 온 환약중도 포함되어 있었다.

환약중은 두 개의 비탈이 수직으로 서 있는 위태로운 절벽 위에서 한 대의 거대한 마차가 곤륜의 위험한 길을 위태롭게 질주하는 것을 지켜보고 있었다. 그러자 그의 곁에 시립해 있던 수하들 중 묘살이 조심스럽게 입을 열었다.

"삼대인을 그대로 보낼 생각이신지요?"

"묘살 자네가 보기엔 전혀 이상이 없어 보인다고 했지?"

"그렇습니다만… 지금까지 마차 밖으로 한 번도 나오시지 않은 것은 여전히 의문입니다."

"몸에 이상이 있을 수도 있다는 건가?"

"어쩌면… 제 능력이 부족해 삼대인의 상태를 오판했을 수도 있습니다."

"뭐, 그럴 수도 있겠지. 하지만 이젠 어쩔 수 없는 일이야. 이미 신마계의 경계로 들어섰으니 함부로 사형을 향해 검을 뽑을 수는 없다. 사부께 사형이 돌아온 것을 알리는 것으로 만족해야지. 그리고… 다른 사형들에게두 삼사형이 돌아온 것을 알려줘. 만약 삼사형에게 어떤 조그만 문제라도 있다면 대사형과 이사형이 그 틈을 놓치지는 않을 거야."

"알겠습니다, 대인. 길은 어디로 잡을까요?"

"일단… 계속 녀석들을 따라간다. 삼사형이 어떤 수를 쓰는지 확인은 해봐야지."

"알겠습니다, 대인."

늘어진 도를 질질 끌며 양청이 천안객잔으로 돌아왔다. 해가 기운 지는 오래여서 길을 밝히는 것은 햇빛이 아니라 어스름한 달빛이었다. 달빛 속에서도 양청의 몸 곳곳에 묻어 있는 핏자국이 선명하게 드러났다.

"이제 오냐?"

양청이 천안객잔 앞의 공터에 도착하자 언제 나왔는지 노흔이 양청을 맞았다.

"다녀왔습니다."

"오냐. 수고했다."

노흔이 양청에게 들고 있던 술병을 건넸다. 그러자 스승의 앞임에도 불구하고 양청이 노흔에게서 술병을 건네받아 시원하게 들이켰다.

"모두 몇이나 치웠느냐?"

"대략 서른 명쯤 될 겁니다."

"클클클, 오랜만에 피 맛을 흥건히 봤겠구나."

"속이 다 시원하군요."

"후후후, 신경을 익힌 자의 숙명이지. 하지만 누르거라. 드러내어 좋을 것이 없는 기운이니."

"이대로… 신마봉으로 달려가고 싶습니다."

양청의 말에 노흔이 살짝 얼굴을 찌푸렸다.

"호승심이 생긴 거냐?"

"마기가 동하니 욕망이 들끓는군요."

"아서라. 우리의 운명은 신마계의 문지기로 정해져 있다. 그걸 잊는 순간 죽음이 네 앞에 있을 것이다."

"알지요. 하지만……."

"또 모르지. 언젠가는 우리도 문지기의 굴레에서 벗어나는 날이 올지. 하지만 그전까지는 이렇게 살아 있는 것도 감사해야 할 거야."

"그렇지요, 뭐. 훗!"

양청이 실소를 흘리고는 술병을 들어 다시 한 모금의 술을 마셨다. 그러면서도 그의 시선은 달 아래 서 있는 서쪽 곤륜의 준봉들을 향해 있었다.

그날 얼마나 많은 사람들이 곤륜의 초입에서 죽었는지는 강호에 전혀 알려지지 않았다. 그러나 송추월 일행을 추격하던 강호의 뭇 고수들이 천안객잔을 기점으로 대부분 사라졌다는 것은 분명했다. 험한 곤륜행에 스스로 발걸음을 돌린 사람도 있었고, 또 스스로 신마계의 문지기를 자처하는 천안객잔의 주인 노흔과 그의 점소이 양청에 의해 생을 마감한 사람들도 있었다.

그러나 한바탕 혈풍이 중원의 변경을 휩쓸고 간 것을 아는지 모르는지 송추월과 그 친구들은 영험한 곤륜의 깊은 설산 속으로 한 걸음씩 전진해 들어가고 있었다.

*   *   *

다섯 명의 젊은이가 십여 필의 말을 끌고 거대한 설산 준령의 하단부를 이동하고 있었다. 곤륜으로 들어선 송추월과 그 친구들이었다. 마차를 포기한 것은 곤륜 초입에서였다. 곤륜의 산야는 깊고 험해서 마차를 끌고 이동하기에는 적합지 않았다. 물론 굳이 마차를 가지고 가자면 못 갈 일도 아니었지만 그러자면 꽤 많은 길을 돌아가야 했기 때문에 송추월과 그 친구들은 마차를 포기했던 것이다.

마차가 없다고 해서 행보가 불편한 것은 아니었다. 사람 수보다 배는 많은 말을 가지고 있었기에. 스스로 짐을 질 필요가 없었고, 오히려 마차보다 이동 속도는 더 빨랐다. 굳이 불편한 것을 찾으라면 이동 중에는 잠을 잘 수 없다는 것. 그래서 일행은 밤이면 노숙을 하고 낮이면 길을 떠나는 일을 수십 일에 걸쳐 반복하고 있었다.

"어디쯤 왔어?"

반복되는 일상이 지루한지 문득 곽풍산이 부루에게 물었다. 지도는 부루에게 있었고, 일행을 앞에서 이끄는 것도 부루였다.

"절반."

"겨우?"

"그것도 거리로 봐서야. 앞으로는 길이 더 험할 테니 시간이 더 걸릴 거야."

"망할 늙은이. 정말 깊은 곳에서 사는군."

곽풍산이 마효를 욕하며 투덜댔다.

"그런데… 우리가 있는 곳이 어느 위치지?"

다시 대일이 물었다.

"무슨 말이야? 절반 정도 왔다고 했잖아?"

곽풍산이 퉁명스레 되묻자 대일이 고개를 저으며 말했다.

"그런 말이 아니라 그 객잔 주인이 말한 영역 중에 어디냐는 말이야. 곤륜파의 영역이야, 아니면 또 다른 곤륜의 주인이라는 그자들의 영역이야?"

"역시 그 중간."

대일의 물음에 부루가 다시 짧게 대답했다.

"그런데 정말 그런 자들이 존재하기는 하는 걸까? 곤륜에서 대곤륜파에 맞설 수 있는 자들이?"

문득 원무극이 의심스런 목소리로 중얼댔다.

"노인이 거짓을 말하지는 않았을 거야."

대일이 신중하게 대답했다.

"그렇긴 하지만 그렇다면 이쯤에서 그들의 흔적이라도 만나야 하는 것 아닐까?"

"노인이 그랬잖아. 그들은 여간해선 자신들의 영역에서 벗어나지 않는다고. 어쨌든 신마봉을 오르려면 그들의 영역을 통과해야 한다니 언젠가는 보게 되겠지."

"어떤 자들일까? 혹 우리의 행보에 방해가 되지는 않을까?"

원무극이 걱정스런 표정으로 물었다.

"방해가 된들 어쩌겠냐? 그렇다고 안 갈 수도 없는 길인데. 넌 쓸데없는 걱정을 그렇게 하냐? 아직 닥치지도 않은 일인데."

"걱정이 돼서 그래."

"뭐가?"

"예감이 좋지 않아."

원무극의 끝없는 걱정에 뒤쪽에서 곽풍산이 큰 목소리로 외쳤다.

"아아, 우리가 운 따위를 바랐다면 여기에 오지도 않았겠지. 그따위 운은 우리에게 없어. 그딴 소리 집어치우고 날도 저물었으니 어디서 좀 쉬어가자."

곽풍산의 말에 부루가 고개를 끄덕였다.

"주변에 민가가 없으니 노숙을 해야겠어."

"아이고, 오늘도 이슬 맞고 자야 하는 거군."

곽풍산이 고개를 절레절레 흔들었다. 산에서 살아온 그도 오랜 노숙에 지치는 모양이었다.

"저기가 좋겠군."

곽풍산의 투덜거림에도 아랑곳없이 부루가 손을 들어 설산에서 흘러내는 물이 내를 이뤄 흐르는 작은 계곡을 가리켰다. 계곡 주변으로 초지도 있고 사방으로 바위들이 막아서서 산 위에서 불어오는 바람을 막아주는 지형이었다.

"좋군. 춥지 않겠어."

대일이 고개를 끄덕였다.

"좋아, 그럼 오늘은 저기서 쉬어가자."

부루가 결정을 내리자 송추월 등이 제각기 말을 몰아 계곡 쪽으로 이동했다.

오지의 하늘은 사람 사는 동네보다 맑아 사람과 하늘 사이의 거리를 한층 가깝게 만든다. 송추월은 등을 바위에 대고 눈앞에 아른거리는 별을 보고 있었다. 요기를 마친 지는 오래. 친구들은 각자 자신의 천막에 들어가 잠을 청하고 있었고, 부루는 오랜만에 숙영지를 떠나 있었다.

'잘 있을까?'

문득 송추월의 머릿속에 서연이 떠올랐다. 서연은 아마도 파촉과 청해의 경계에 머물고 있을 터였다. 오랜 시간 서연과 강호행을 하며 지냈던 지난날들이 주마등처럼 송추월의 머리를 스치고 지나갔다.

"그래도 그때가 좋았어."

변해가는 몸과 마음을 지켜보면서도 서연과 함께했던 몇 년간의 강호행은 송추월의 인생에서 가장 행복한 시간이었다. 어려서부터 각박한 삶을 살아온 송추월에게 서연과의 시간은 그야말로 태어나서 처음으로 느껴보는 안락함 같은 것이었다. 그걸 포기하고 곤륜으로 가자니 다시금 마효에 대해 노기가 솟구쳐 올랐다.

"노인네, 별것없으면 정말 후회할 거야."

송추월이 눈앞에 마효가 있는 것처럼 중얼거렸다. 그런데 그때 문득 원무극이 송추월 앞에 모습을 드러냈다.

"뭔가 이상해."

원무극이 나타나자마자 심각하게 말했다.

"뭐가?"

송추월이 심드렁하게 되물었다. 본래부터 다섯 친구 중 원무극은 지나치게 걱정이 많았다.

"부루가 너무 늦어."

"뭐; 들을 이야기가 많은 모양이지. 따르는 수하들을 찾는 것도 오랜만이잖아?"

"그래도… 너무 늦어."

원무극이 같은 말을 했다. 그러자 송추월이 바위에서 상체를 일으켰다.

"얼마나 됐지?"

"벌써 한 시진이 지났어."

"한 시진이라……. 늦긴 늦군."

"찾아봐야 하지 않을까?"

"어련히 알아서 오려고."

"하지만… 길을 아는 것은 오직 부루뿐이야."

순간 송추월의 눈빛이 변했다. 듣고 보니 원무극의 말이 맞았다. 스스로가 만든 지도도, 노혼이 금자 삼십 냥을 받고 판 지도도 모두 부루가 가지고 있었다.

"지금 넌 부루를 걱정하는 게 아니라 부루가 딴생각을 할까 그걸 걱정했던 거냐?"

송추월이 정색을 하며 물었다.

"기우일까?"

원무극이 차분한 목소리로 되물었다. 그러자 송추월이 고개를 저었다.

"기우는 아니다. 걱정할 만한 일이야. 하지만… 아직은 아닐 거야."

"어째서?"

"아직은 녀석이 우릴 필요로 할 때니까. 그 노인네를 상대하는 일은 간단한 일이 아니야. 만약 노인네가 괴상한 생각을 가지고 우릴 불러들인 거라면 우리가 모두 나서도 노인네를 상대할까 말까야. 이런 상황에 부루가 우리를 버릴 순 없을 거야."

"그렇긴 하네. 그럼 왜 이렇게 늦는 거지?"

"그러게. 조금 걱정이 되긴 하는군."

송추월이 어두운 숲 저쪽을 응시하며 자리에서 일어났다.

"어찌 된 건가?"

부루는 송추월과 친구들이 머물고 있는 숙영지에서 이각여 떨어진 곳에 있었다. 수백 년 자란 침엽수림이 하늘을 가리고 설산에서 흘러내린 차가운 물이 발밑을 흐르는 계곡, 그곳에서 부루는 심복 우차를 만나고 있었다. 그런데 우차의 행색이 평범치 않았다. 한바탕 혈전을 치른 듯 옷 곳곳이 베어져 있었고, 선혈이 얼굴 위에 흘러내리고 있었다.

"그가 갑자기 변심을 했습니다."

"사형이?"

부루가 차가운 안광을 흘리며 물었다.

"그렇습니다."

"언제?"

"하루 전입니다."

"그래서 모두 죽었다는 거냐?"

"다른 사람은 잘 모르겠습니다. 그가 변심하는 순간 태산오룡이 살검을 들었고, 우린 속수무책으로 당할 수밖에 없었습니다. 그의 무공은… 아, 총사! 그는 정말 무서운 사람입니다."

말을 하면서 우차가 부르르 몸을 떨었다. 눈앞에 없지만 그를 공포에 몰아넣은 자의 모습이 여전히 우차의 정신을 지배하고 있는 것이 분명했다.

"그가… 무서운 사람이란 건 나도 알고 있다."

"총사께서 생각하시는 것 이상으로 무서운 인물입니다. 조심하셔야 합니다. 곤륜을 벗어나시는 것도 생각해 보셔야……."

"아니! 그나 나나 곤륜을 벗어날 수는 없다."

"총사! 도대체 곤륜에 무엇이 있기에……?"

우차는 부루와 그 친구들이 왜 곤륜으로 왔는지 정확한 이유를 모르고 있었다. 우차에게 부루는 천목맹의 총사일 뿐 그와 그 친구들이 괴노 마효와 어떤 인연으로 얽혀 있는지는 몰랐다.

"그건 지금은 말해줄 수 없다. 하지만 곤륜에서의 일이 제대로 끝나지 않는다면 강호에 돌아가 내가 할 수 있는 일은 아무것도 없다."

"총사!"

"일단 우차 그대는 곤륜을 떠나라!"

"안 됩니다. 총사를 홀로 두고 어찌 저 혼자……."

"아니. 지금은 떠나는 것이 날 돕는 것이다. 다시 강호로 나가 천하의 정세를 세세히 살피고 있거라. 내가 곤륜에서의 일을 매듭짓고 강호로 나가는 날 그때 다시 그대의 도움이 필요할 거다. 그땐 천하를 우리 손에 넣을 거니까."

부루의 눈에서 한줄기 광망이 흘러나왔다. 그러자 우차가 더 이상 고집을 부리지 않고 고개를 숙여 보였다.

"알겠습니다, 총사. 명대로 따르겠습니다. 일단 곤륜을 벗어나 파촉에 근거를 마련하겠습니다. 앞서 파촉에서 활동하던 사람들이 있으니 그리 어렵지는 않을 겁니다."

"은밀하게. 사람들 눈에 띄지 않게."

"알겠습니다, 총사."

우차가 깊게 허리를 숙여 보인 후 그 자리에서 신형을 감췄다.

우차와 헤어진 부루는 마치 산보라도 하듯 느리게 친구들이 머물고 있는 숙영지 쪽으로 걸었다. 그러다 문득 걸음을 멈추더니 느리게 전나무 숲에 가린 하늘을 올려다봤다. 그리고는 잠꼬대를 하듯 중얼거렸다.

"사형, 혹시 듣고 있습니까? 듣고 있다면 한 가지 충고를 해주고 싶군요. 사형이 곤륜으로 들어온 이상 이곳에 사형의 가업이 남아 있을 거란 생각은 했습니다. 하지만 이렇게 쉽게 날 적으로 돌릴 줄은 몰랐군요. 사형에겐 아직 상대해야 할 또 다른 사형들이 셋이나 있는데… 제가 그렇게 가치없는 사제인 줄 몰랐습니다."

허공에 대고 늘어놓은 부루의 푸념에 누구도 답을 하지 않았다. 그러자 부루가 한숨을 쉬며 다시 중얼거렸다.

"난 사형과 함께라면 친구들까지 버릴 생각이었는데 사형은 오히려 절 버리는군요. 그렇다면 난 결국 친구들과 끝까지 함께해야겠지요. 그래서 말인데… 사형, 실수하신 겁니다. 하나라면 모를까, 우리 다섯이 모이면 사형들도 감히 우릴 감당할 수 없을 테니까요."

第三章
흑월

화마경

오원지는 기이하게도 여전히 마차에 타고 있었다. 물론 그가 타고 있는 마차는 요동에서 부루가 준비해 준 특별한 그 마차가 아니었다. 크기는 조금 작았고 땅에 납작하게 엎드린 모습이 마치 산을 타는 들짐승처럼 생긴 마차였다. 마차를 끄는 말 역시 단 한 마리에 지나지 않았다. 그러나 말의 생김새로 보아서는 웬만한 말 서너 마리에 못지않은 힘을 쓸 수 있는 명마임이 분명했다. 그리고 마차 주변에는 언제나처럼 태산오룡이 자리 잡고 있었다.

"…우릴 감당할 수 없을 테니 말이오."

멀리서 부루의 마지막 목소리가 들려왔다. 그러자 마차 문을 열고 서쪽 하늘을 바라보고 있던 오원지의 입가에 나직한 미소가 지어졌다.

"후후후, 사제가 조금 당황한 모양이군."

부루의 당황이 기꺼운지 무척 기분 좋은 표정의 오원지였다. 그러자 태산오룡 중 맏이인 종회가 조심스럽게 입을 열었다.

"너무 빠른 것이 아니올지……."

종회의 걱정에 오원지가 고개를 저었다.

"아니, 괜찮아. 조금 빠르다고 느낄 때가 적당해. 왜냐하면 우리 젊은 사제는 보통 사제가 아니거든. 만약 내가 때를 기다렸다면 분명 사제에게 먼저 뒤통수를 맞았을 거야."

"하지만 주인님의 몸 상태가… 그의 도움 없이는……."

"후훗, 그것도 다 생각이 있어. 앞으로 닷새 안에 더 이상 사제가 주는 환약은 필요가 없어질 거야."

순간 종회의 눈빛이 번뜩였다.

"완전히 회복되신 겁니까?"

"물론 그건 아니지. 내 몸은 완전하게 회복되기가 거의 불가능해. 그때 그 설죽암 비구니의 공격에는 선기가 깃들어 있었지. 그 기운은 나의 신기와 극성을 이루는 것이거든. 그걸 정통으로 맞았으니 사실 내가 살아 있는 것도 기적이지, 이게 모두 뛰어난 사제를 우연히 만나게 된 덕분이지만. 아, 그러고 보면 내가 사제에게 큰 빚을 졌어. 물론 우리야 서로 주고받는 사이이긴 했지만 그래도 난 사제에게 목숨을 빚졌으니… 음, 이렇게 헤어지는 게 아니었는지도 모르겠군."

"몸을 회복하지 못하셨다면… 어쩌할 생각이신지……."

"사제는 지금껏 내 몸을 지탱해 주는 환약으로 날 손에 넣고 있었지. 아마 시간이 지나면 내게서 골수까지 빼냈을 거야. 하지만 사제가 모르는 게 하나 있어. 그건 이 신마계에 나의 또 다른 힘이 있다는 것이지. 그 힘을 되찾는다면… 난 사제의 도움 없이도 목숨 걱정을 할 필요가 없다. 물론 완전한 나를 되찾기 위해선 결국 사부에게서 신경을 얻어내야 하겠지만."

오원지의 안광이 붉게 변했다. 깊은 욕망의 불꽃이 그의 내면에서 솟구치고 있었다. 태산오룡은 그런 오원지를 보며 잊었던 두려움을 떠올렸다. 처음 황하에서 그를 보았을 때의 그 두려움을. 그들의 주인은 어느새 에전의 그로 돌아오고 있었던 것이다.

"그러나 만약 그가 그동안 주인께서 복용하신 환약에 어떤 술수를 부렸다면……."

"면밀히 검토해 봤어. 물론 기이한 성분이 없는 것은 아니야. 하지만 어떤 수작을 부렸다 해도 내가 이곳에 준비해 놓은 것들로 해결할 수 있을 거야. 난… 이곳에 머물 때 사부의 저주를 풀 수 있는 준비를 거의 마쳤었어. 마지막으로 필요했던 게 바로 빙정이었지. 물론 곤륜에도 빙정은 있어. 하지만 그건 모두 사부의 통제하에 있지. 그래서 사부의 눈을 피해 강호로 나갔던 거야. 그리고 이제야 돌아온 거지."

"하지만 여전히 빙정은 없지 않습니까?"

"그래, 빙정은 없어. 그래서 사부의 저주를 내 스스로 풀 수

는 없지. 하지만 사부의 저주를 풀기 위해 준비해 두었던 것들
이라면 사제가 날 살려낸 그 환약들의 역할을 대신할 수 있을
거야. 충분히… 아니, 오히려 날 좀 더 건강하게 만들 수도 있
겠지."

"알겠습니다. 하면 어찌 움직일까요? 계속 그들의 뒤를 따
르시겠습니까?"

"일단은. 하지만 얼마 걸리지 않을 거야. 약중이 계속 주위
를 맴돌고 있으니 조심해야 해. 내 상태를 안다면 약중은 분명
히 손을 쓸 거야. 그전에… 검은 달을 드리워야지. 후후후."

오원지가 마차 안에서 나직한 웃음을 흘려냈다.

"어찌할꼬?"

환약중이 손으로 턱을 꼬고 곰곰이 생각에 잠긴 채 중얼댔
다. 그의 주위로 네 명의 수하가 둘러서서 환약중의 결정을 기
다리고 있었다.

"지금이 아니면 기회가 없겠지?"

환약중이 수하들을 돌아보며 물었다. 그러자 그중 한 명이
입을 열었다.

"만약 삼대인께서 흑월과 조우하게 되신다면 기회를 잡기
어려울 것입니다."

"그래, 그렇겠지. 흑월은 삼사형의 분신과 같은 자들이니
까. 그런데 이상하군. 난 흑월이 삼사형을 파촉에서 맞을 줄
알았는데……."

"어쩌면 그들 내부에 문제가 생겼을 수도 있습니다. 삼대인께서 신마계를 떠나 계신 지 이미 수년이 지나지 않았습니까? 만약 그동안 어떤 연락도 주고받지 않으셨다면 흑월 내부에도 변화가 생겼을 수 있습니다."

"물론 그럴 수도 있지. 하지만 흑월이 변하는 것은 그리 쉽지 않아. 그동안 나도 흑월을 손에 넣기 위해 무던히 애를 썼지만 성과가 없었어."

"다른 두 분의 대인께서 손을 대셨을 수도……."

"대사형과 이사형이? 아니, 그러지는 않을 거야. 그 두 사람은 서로를 견제하느라 흑월에 손을 대긴 어려워. 만약 그랬다면 이미 한바탕 혈풍이 불었을 거야."

"그렇다면 내부적으로 문제가 생겼다는 말이 됩니다."

"흠, 그런가? 하긴 흑월 안에서도 권력 투쟁이 벌어질 수도 있지. 하지만… 역시 미덥지는 못해. 흑월을 장악해 봐야 삼사형이 없다면 아무짝에도 쓸모가 없단 말이야."

"서로 다른 대인들께 의탁하고자 하는 사람이 있을 수도 있지 않겠습니까?"

"음, 그렇군. 그럴 수도 있겠군. 보자. 어쨌든 아직 삼사형이 흑월을 만나지 못했으니 기회는 오직 지금인데… 한 사나흘?"

"그 정도밖에는 시간이 없을 겁니다."

"모험을 한다? 이것 참, 어렵군, 어려워. 자칫하면 내가 낭패를 당할 수 있는데……."

"명분은 있지 않습니까? 어차피 어르신께서 삼대인을 데려오라 명하셨으니."

"흐흐흐, 우리가 언제 명분이 없어서 서로를 공격하지 못했
나? 그저 서로 이길 자신이 없으니 그랬지. 하지만… 지금은
시험을 해봐야겠어. 이대로 삼사형을 흑월의 품으로 돌려보낼
수는 없지. 묘살!"

"넷, 대인!"

"오행혈에서 삼사형을 맞는다!"

"알겠습니다."

"정중히 모실 테니 단단히 준비해!"

"존명!"

"삼사형, 어디 한번 확인해 봅시다. 이 곤륜에서까지 마차를
타고 있는 이유를."

환약중이 한줄기 미소를 지으며 중얼거렸다.

"왜 이렇게 오래 걸렸어?"

송추월이 어두운 숲 속에서 모습을 드러낸 부루를 보며 물
었다.

"마중 나온 거냐?"

"죽었나 해서."

송추월이 심드렁하게 말했다.

"망할 녀석, 말을 해도."

부루가 송추월을 보며 눈을 흘겼다.

"무슨 일이 생긴 거냐?"

송추월이 정색을 하며 물었다. 그러자 부루가 잠시 망설이다 입을 열었다.

"사람들을 돌려보냈다."

"응?"

"천목맹의 사람들을 돌려보냈다고."

"갑자기 왜?"

"아무래도… 위험할 것 같아서."

"그래? 네가 그들을 그렇게 걱정하는 줄 몰랐는걸."

"그들은 내 수하야. 날 위해 목숨을 걸 수 있는 사람들이지."

"후후, 그래서 하는 말이다. 그들은 단지 네 도구들인 것 아니었냐?"

송추월의 빈정거림에 다시금 부루가 송추월을 노려봤다. 그러다가 한숨과 함께 고개를 저으며 말했다.

"네 녀석은 이제 날 전혀 친구로 생각하지 않는구나?"

"글쎄, 그건 네 마음대로 생각해라. 어쨌든 수하들을 돌려보내느라 늦었단 말이지?"

"뭘 의심하는 거냐?"

"아니, 우릴 버리고 혼자 신마봉으로 갈까 봐."

"그런 일은 절대 없어."

"후후후, 물론 그러길 바란다. 아무튼 돌아왔으니 됐다."

송추월이 훌쩍 신형을 돌려 부루와 거리를 벌리며 숙영지로 되돌아갔다. 그러자 부루가 그런 송추월을 노려보며 중얼거렸다.

"추월, 제발… 날 네 적으로 만들지 마라."

*　　　*　　　*

설산들이 병풍처럼 둘러선 곤륜의 한 계곡, 한기가 얼음장처럼 몰아치는 숲 속에 기이한 풍경이 펼쳐졌다.

다섯 개의 거대한 연못이 계곡 주변에 늘어서 있고, 그 연못으로부터 뜨거운 김이 뭉글뭉글 끓어오르고 있었다. 필시 연못 바닥에서 온천수가 솟아오르고 있는 것이 분명했다.

온천수 때문에 주변의 공기도 온화했다. 덕분에 푸른 초지와 나무들이 무성하게 자라 곤륜의 그 어느 곳보다도 풍요로운 풍경을 만들어내고 있었다.

온천을 찾아드는 산짐승들도 간혹 보여 사슴이나 노루 등이 온천물 근처에서 거닐고 있기도 했다. 혹한의 땅에 신이 내린 선물과 같은 장소라고 할 수 있는 기이한 연못, 그곳으로 한 대의 마차가 서서히 진입해 들어왔다.

"오랜만이군."

마차 안에서 나직한 목소리가 흘러나왔다. 부루와의 관계를 피로써 끝낸 오원지가 마차 안에서 다섯 개의 커다란 온천을 응시하고 있었다.

"쉬었다 가시겠습니까?"

문득 태산오룡의 맏이 종회가 물었다.

"그래야지. 오행혈은 좋은 물이야. 내 몸을 한결 가볍게 해 줄 거야. 더군다나 날이 저물고 있으니 어디서 여기보다 좋은 잠자리를 찾을 것인가."

"하면 어디로……?"

"가장 위쪽 화혈로 가자. 내 몸에는 화혈이 좋지."

"알겠습니다."

종회가 고개를 숙여 보인 후 마부석에 앉아 있는 등각에게 고개를 끄덕였다. 그러자 등각이 조심스레 마차를 몰기 시작했다.

붉은 피와 같은 온천수가 연못에서 끓고 있었다. 보통 사람이라면 두려워서 손조차 담그기를 꺼려할 그 물에 오원지가 천천히 몸을 담갔다. 그러자 오원지 주변에서 부글거리며 기포가 끓어오르기 시작했다.

"음, 좋군."

오원지가 온천수 안에서 가부좌를 틀고 앉으며 기분 좋은 신음성을 흘렸다.

"괜찮으십니까?"

종회가 온천수 밖에서 걱정스런 표정으로 물었다.

"괜찮아. 아니, 아주 좋아."

"하지만……."

"후후후, 걱정할 것 없어. 이곳의 물이 붉은 것은 유황이 섞여 있어서야. 먹을 수는 없지만 몸에는 좋지, 특히 나와 같이 극양의 무공을 익힌 사람에겐. 자네들도 한번 들어와 봐."

"아닙니다."

종회가 얼른 고개를 저었다.

"하하하! 겁이 나나?"

"그런 것이 아니오라 주변을 경계해야지 않겠습니까?"

"그럴 필요 없어."

"네?"

"이미 그들이 왔다."

"그들이라면?"

"검은 달들이 떴어. 그들이 왔으니 이제 그대들은 편히 쉬어도 된다. 그동안 고생했다."

오원지가 온천수 깊숙이 몸을 담그며 말했다. 종회가 고개를 들었다. 곤륜산맥 위로 떠오른 달이 휘황찬란했다. 그러나 어디에도 검은 달은 없었다.

종회를 비롯한 태산오룡은 오원지의 말에도 불구하고 온천수 주위를 경계하며 긴장을 늦추지 않았다. 애초엔 강요에 의해 맺어진 주종관계였으나 세월이 지나면서 태산오룡은 오원지의 충실한 수족이 되었다. 그건 단순히 오원지에게서 흘러나오는 절대의 무공 구결들 때문만은 아니었다. 처음 오원지의 손에서 목숨을 구하는 것에 급급했던 태산오룡은 시간이 지나면서부터 어쩌면 이 기이하고 잔인하며 터무니없이 강한 주인과 함께라면 천하를 도모할 수도 있겠다는 꿈을 꾸기 시작했던 것이다.

물론 그런 생각은 적어도 더 이상 오원지가 그들의 목숨을 앗을 거란 두려움을 느끼지 않으면서 생겨난 것이었다.

비록 오원지는 약물이 아니면 몸을 지탱할 수 없을 만큼 엄중한 부상을 입었지만, 그 상태에서도 오원지는 태산오룡은 물론 강호의 여타 무인들과는 차원 다른 경지를 보여주었다. 더군다나 천목맹의 젊은 총사와 깊은 인연이 있는 것까지 확인한 이상 태산오룡이 오원지를 강호 군림의 다리로 선택하는 데는 아무런 걸림돌이 없었다.

이후 태산오룡은 그야말로 오원지의 수족이 되었다. 여전히 그들은 오원지에 대해 모든 것을 알고 있지 못했지만 그의 곁에 머물면 머물수록 오원지가 속한 세계가 천외천의 세계임을 어렴풋이나마 깨달을 수 있었고, 그럴수록 그들 마음속에 이는 야망의 크기도 커져 가고 있었다. 그러니 그들에게 오원지는 이제 그 무엇과도 바꿀 수 없는 귀한 주인이었다.

"대형!"

한순간 태산오룡의 셋째 이정이 나직한 목소리로 종회를 불렀다.

"알고 있네."

종회가 눈빛을 빛내며 대답했다. 그러면서 종회가 다섯 걸음을 옮겨 남쪽으로 이어진 다른 네 개의 온천 사이로 뻗은 길을 막아섰다. 어느새 나타났는지 그 길 위에는 다섯 사람의 그림자가 길게 드리워져 있었다.

다섯 명의 그림자가 다가오자 종회는 달빛에 드러난 얼굴

중 한 명의 얼굴이 눈에 익다는 것을 깨달았다. 파촉에 들어서기 전 누군가의 심부름으로 오원지를 찾아왔던 자다.

"멈추시오."

종회가 차가운 목소리로 다섯 사내의 걸음을 막았다.

"또 보는구려."

역시 과거 오원지를 만나러 왔던 사내가 아는 척을 했다.

'묘살이라고 했던가?'

종회가 그의 주인 오원지를 모신 이후 찾아온 첫 번째 손님이었으므로 종회는 묘살의 이름을 또렷이 기억하고 있었다.

"무슨 일이오?"

종회가 차갑게 물었다.

"날 기억하시겠소?"

"물론."

"기억해 주니 고맙구려. 삼대인을 뵈러 왔소."

종회가 날카로운 눈으로 묘살 뒤에서 나머지 네 사람을 살폈다. 그리고는 자연스럽게 그중 한 명의 얼굴에 시선을 고정시켰다.

화려한 금포에 제법 부드러운 미소를 지닌 사내, 중년을 넘은 것이 분명하나 쉽게 나이를 짐작하기는 어렵다. 온몸에서 흘러나오는 기도는 유한 듯하면서도 태산처럼 무거워 보는 것만으로도 종회의 숨이 막혀왔다.

'주인에 못지않다.'

종회의 얼굴이 딱딱하게 굳었다. 네 명의 호위에 둘러싸인 금포사내의 기운이 그의 주인 오원지를 능가하고 있었기 때문이다.

"주인께선 지금 휴식 중이시오."

종회가 굳은 표정으로 말했다. 그러자 묘살이 역시 차가워진 표정으로 말했다.

"삼대인께서도 사제 분이 오셨다면 길을 열라 하실 거요."

"사제라……."

종회가 네 명의 호위에 둘러싸인 사내를 보며 나직이 중얼거렸다. 그러자 금포사내 환약중이 너그러운 말투로 물었다.

"그대가 태산오룡의 맏이인가?"

"그렇소."

"그렇소라……. 잘 모르나 본데, 나에게 그렇게 말하면 안 되네. 난 자네 주인의 사제야. 그러니 날 대할 때는 자네 주인을 대하듯 해야 하네. 사형께서 아랫사람의 버릇을 잘못 가르치셨군."

"나에겐 오직 한 분의 주인만이 있을 뿐이오."

"글쎄, 그렇게 말하면 안 된다니까. 계속 이런 식이면 자넨 죽을 수밖에 없어."

환약중이 다시 한 번 타이르듯 말했다. 그러나 종회는 한 치의 물러섬도 없었다.

"날 죽일 수 있는 사람도 오직 주인어른뿐이오."

"그래? 그럼 그 생각이 틀렸다는 걸 가르쳐 주지."

환약중의 말이 끝나는 순간, 그의 손이 가볍게 움직였다. 순간 그의 다섯 손가락에서 다섯 줄기의 빛이 흘러나왔다. 빛은 마치 살아 있는 생물처럼 꿈틀거리더니 한순간에 그물을 만들어 종회를 휘감았다.

쉬익!

종회가 재빨리 검을 휘둘러 자신을 휘감는 다섯 줄기의 빛을 잘랐다. 그러나 환약중의 손에서 뻗어 나온 빛은 종회의 검을 교묘하게 벗어나 번개처럼 종회의 몸에 꽂혀들었다.

퍼퍼퍽!

"큭!"

종회의 입에서 신음성이 터져 나왔다. 동시에 그의 사지에서 피가 튀어나오며 그의 몸이 삼사 장 뒤로 나가떨어졌다.

"아직… 우리 사형제의 일을 잘 모를 테니 목숨을 거두지는 않겠다. 더군다나 오랜만에 사형을 만나러 온 길인데 그 종복의 목숨을 거둘 수야 없지. 하지만 아량은 한 번이면 족하다. 다음번엔 결코 용서가 없을 거야!"

환약중의 입에서 싸늘한 노성이 흘러나왔다. 그런데 그 순간 갑자기 오원지가 들어가 있던 온천수에서 붉은 온천수가 하늘로 치솟았다.

콰아아!

마치 용암이 터지듯 치솟은 온천수가 허공에서 잠시 멈춘 듯하더니 한순간 수백 개의 물방울로 변해 환약중과 그의 수하들을 향해 쏟아져 내렸다.

"사형, 인사가 참으로 거치십니다!"

환약중의 입에서 낭랑한 목소리가 흘러나왔다. 동시에 환약중의 팔이 허공에서 어지럽게 움직였다.

따다당!

허공에서 휘저어진 환약중의 소매 깃에 그를 향해 날아들던 물방울들이 쇠구슬 튕겨 나가듯 사방으로 퍼져 나갔다. 하지만 허공에서 쏟아지는 물방울들을 모두 막지는 못해서 환약중의 손이 미치지 못하는 곳으로 날아든 물방울들은 그대로 환약중의 수하들을 향해 꽂혀들었다.

퍼퍼퍽!

"음!"

"으음!"

묘살을 비롯해 환약중을 따르던 자들이 신음성을 내며 비틀거렸다. 그들의 몸에는 어김없이 붉은 온천수가 닿은 흔적이 있었는데 개중에는 피를 흘리는 자도 있었다.

"내 사람을 다치게 했으니 자네 사람들도 다쳐야겠지! 또 예의라면 오랜만에 찾아와 사형의 사람에게 행패를 부린 자네에게 더 필요한 것 아닐까?"

한바탕 물벼락을 퍼부어댄 오원지가 여전히 온천수에 몸을 담근 채 멀리 떨어진 환약중을 향해 소리쳤다.

"하하하! 사형께선 여전하시군요!"

환약중이 날카로워진 눈매와는 달리 호탕한 웃음을 터뜨렸다.

"사람이 어디 쉽게 변하던가?"

"그렇지요. 사람은 쉽게 변하지 않지요. 그래서 이상하다 생각 중이었습니다."

"뭐가 말인가?"

오원지가 여유있는 모습으로 손으로 온천수를 떠 어깨에 뿌리며 물었다. 그의 손이 언제든 환약중에게로 향할 수 있고, 그때가 되면 그의 손에 담긴 온천수는 그 어떤 암기보다도 무서운 무기가 된다는 것을 알고 있는 환약중이 두어 걸음 뒤로 물러나며 말했다.

"사형의 실력은 여전하시지만 성정은 조금 변한 듯하여 드리는 말씀입니다."

"내 성정이 변했다고?"

"그렇습니다. 과거의 사형이시라면 이렇게 쉽게 흥분하시어 즉시 반격을 가하지는 않으셨을 터인데… 조금 조급해지신 것이 아닌가 싶습니다만……."

"하하하! 그런가? 뭐 사람의 성정이야 시간이 지나면 자연스레 변하는 것이지. 그런 면에서 보자면 나뿐만 아니라 자네도 변한 것 같군. 예전이라면 감히 나의 휴식을 이런 식으로 방해했겠는가?"

"하하하! 그렇지요, 그렇지요. 저도 나이가 드니 호기심을 참기 어려워서 말입니다."

"호기심?"

"그렇습니다."

"무엇이 그렇게 궁금하던가?"

"솔직히 말씀드리지요. 사실 전 요동에서부터 줄곧 사형을 뒤쫓았습니다."

"그야 묘살에게 들었네."

오원지가 여전히 자신의 공격에 당해 비틀거리고 있는 묘살을 슬쩍 바라보며 말했다.

"그렇지요, 그렇지요. 그러나 사실은 제가 사부의 명으로 사형을 신마봉으로 데려가려고 요동에 갔다는 사실은 모르시겠지요?"

순간 오원지의 표정이 싸늘하게 굳었다.

"사부의… 명이었다고?"

"그렇습니다."

"사부께서 왜……?"

"그야 당연히 사부께 사유를 고하지 않고 요동으로 가 다른 신경의 후예들을 도발한 죄를 물으시려는 것이겠지요."

"하지만… 왜 이제 와서?"

"글쎄요. 저도 사실 사부의 내심은 짐작하기 어렵습니다. 왜 수년이 지난 이제 와서 사부께서 사형을 치죄하려 하시는 건지……. 뭐, 어쨌든 사부께서 사형을 곤륜으로 데려오라 하셨으니 사형은 저와 함께 가셔야 할 것 같습니다만……."

"어차피 사부를 만날 생각이었으니 내 발로 가겠네. 자넨 걱정할 필요 없네."

"하지만 사부의 지엄한 명이 있으니……."

"후후, 날 강제로라도 끌고 가겠다는 건가?"

"바로 그것이 제가 궁금해했던 겁니다. 과연 사형께 제 제안을 거절할 힘이 여전히 있는가 하는 것이 말입니다. 요동에서부터 사형을 쫓아오면서 늘 궁금했지요. 사형은 왜 마차 안에서 한 발짝도 나오지 않는 걸까? 아니, 지난 오 년간 도대체 무슨 일이 사형에게 일어났던 것일까? 왜 사형은 곤륜으로 돌아오지 않았을까? 사부께 죄를 청하면 적어도 목숨은 부지할 수 있었을 텐데. 혹 아주 큰 부상을 입은 것은 아닐까? 뭐, 이런 의문이 꼬리를 물고 일어나는 겁니다. 그래서… 결심했지요, 한번 내 눈으로 사형을 보아야겠다고!"

환약중이 날카로운 눈으로 오원지를 살피며 말했다. 그러자 오원지가 슥 몸을 좀 더 깊숙이 온천수 안으로 밀어 넣어 턱이 온천수에 잠기게 하더니 역시 차고 날카로운 눈으로 환약중을 노려보며 물었다.

"그래, 직접 보니 어떤가?"

오원지의 물음에 환약중이 두 다리를 조금 벌리고는 한 손을 들어 가슴 어림을 만지며 말했다.

"제 눈이 밝지 않아 아직까진 사형의 상태를 잘 모르겠군요. 그래서… 아무래도 직접 알아봐야 할 것 같습니다."

"그래? 그것도 좋겠지. 우리의 싸움은 기실 수십 년을 이어왔으니 오늘 이곳에서 아예 승부를 내는 것도 좋겠지."

오원지가 담담하게 말했다. 그러자 환약중이 살짝 아미를 좁혔다. 오원지의 표정을 보건대 그는 전혀 자신의 도발을 두려워하지 않는 듯 보였기 때문이다.

애초에 환약중은 묘살이 정상적으로 보이는 오원지를 만나고 온 이후에도 줄곧 오원지의 상태를 의심하고 있었다. 그가 아는 것은 오원지가 수년 전 요동으로 들어가 선경의 후예들과 겨루었다는 것이 전부. 하지만 이후의 오원지의 행보는 환약중이 그런 의심을 품기에 충분했다.

비록 사부의 허락을 얻지 않고 요동으로 간 것은 큰 잘못이기는 하나 그렇다고 곤륜으로 돌아오지 못할 만큼, 사부에게 용서를 구하지 못할 만큼의 잘못이라고는 할 수 없었다.

그런데 오원지는 지난 수년 동안 요동에 머물렀고, 그것도 자신의 행방을 철저히 감춘 채 사부에게조차 연락을 하지 않았다. 더불어 이번 곤륜행에서도 줄곧 마차에 머물 뿐 그가 마차 밖으로 나온 것은 이번이 처음 있는 일이었다.

환약중이 아는 오원지는 비록 음습한 성정의 사람이지만 이렇게 철저하게 은거의 삶을 살 사람은 아니었다. 그런 그가 이렇게 자신을 감출 이유는 단 하나, 그의 몸에 이상이 생겼고, 그걸 환약중을 포함한 사형제들에게 들키고 싶지 않았기 때문일 터다. 만약 사형제들이 그의 몸에 이상이 있다는 것을 안다면 그 즉시 살수를 쓸 것이므로.

그런데 지금 또 온천수에서 느긋하게 목욕을 즐기는 오원지에게선 어떤 부상의 흔적도 찾아볼 수 없었다. 그의 얼굴은 혈색이 좋아 붉은 빛을 띠고 있었고, 환약중의 수하들을 공격한 일수는 그의 무공이 과거에 비해 전혀 무뎌지지 않았다는 것을 의미했다.

그러니 환약중으로서는 고민할 수밖에 없었다. 오원지의 몸 상태를 정확하게 확인하는 가장 좋은 방법은 직접 그에게 손을 써보는 것이었다. 그러나 만약의 경우 오원지가 정상적인 몸 상태를 하고 있다면 그건 너무 위험한 도박이 된다. 둘 중 하나만이 살아남는 싸움이 될 공산이 컸고, 그 경우 승부는 예측 불허였다.

"사제, 뭘 하고 있나? 설마 이 사형이 먼저 사제에게 손을 쓰길 기다리는 것은 아니겠지?"

오원지가 망설이는 환약중을 부추겼다. 그러자 환약중의 표정이 더욱 굳어졌다. 그러다가 한순간 환약중이 고개를 저으며 입을 열었다.

"사형, 오늘은 사형의 얼굴을 본 것으로 만족을 하지요. 이 사제는 줄곧 사형의 몸 상태를 걱정했는데 오늘 보니 제가 걱정할 정도는 아닌 것 같습니다. 안부를 여쭈었으니 그만 돌아가겠습니다. 아, 그리고… 신마계로 들어가시거든 곧바로 사부께 가십시오. 이미 제가 사부께 사형이 온 것을 전하였으니 기다리고 계실 겁니다."

"그래? 물론 사부를 뵈어야겠지. 오랜만에 사제와의 비무를 기대했는데 이대로 돌아간다니 아쉽군."

"기회야 다음에도 있겠지요. 가자!"

환약중이 명을 내리고는 빠르게 장내를 벗어나기 시작했다. 그러자 오원지의 공격에 몸이 상한 그의 수하들이 부리나케 환약중의 뒤를 따르기 시작했다.

환약중이 물러가자 오원지가 천천히 몸을 일으켰다. 그러자 옷을 타고 뜨거운 온천수가 피처럼 흘러내렸다. 그런데 몸을 일으킨 오원지의 안색이 이상했다. 분명 환약중과 대화를 나눌 때는 대춧빛의 얼굴이었는데 지금은 파리하기 이를 데 없었다.

"괜찮으십니까?"

환약중의 손에 몸을 상한 종회였지만 오히려 오원지를 걱정하는 표정으로 물었다.

"괜찮아! 이쯤이야……."

침중하게 말을 하던 오원지가 문득 손을 들어 올렸다. 그러자 갑자기 온천을 둘러싼 숲 위에 마치 연이 날리듯 하나둘 검은 물체들이 나타나 하늘을 메우기 시작했다. 그리고 그중 두 개가 무서운 속도로 오원지가 서 있는 온천수 앞에 떨어져 내렸다.

"대인!"

검은 무복의 사내 둘이 무릎을 꿇고 오원지에게 깊은 인사를 했다.

"오랜만이구나."

오원지의 입에서 나직하지만 격동하는 듯한 음성이 흘러나왔다.

"이렇게 주인님을 뵈오니 기쁘옵니다."

"나도 반갑다. 다른 사람들은?"

"모두 주인님을 기다리고 있습니다."

"이탈자는?"

"여섯이 있었지만 모두 베었습니다."

"여섯이라……. 생각보다 적군. 사형과 사제들이 그냥 있지는 않았을 텐데?"

"최근까지도 대인들의 압력이 대단했습니다만, 모든 흑월을 폐관 수련에 들게 해 대인들의 압력을 견디고 있었습니다."

"폐관 수련?"

"그것이 대인들의 압력을 피할 수 있는 유일한 길이라 판단했습니다."

"하하하! 폐관 수련이라……. 좋은 방법이야. 역시 환초 자네다운 판단이야. 여록!"

"옛, 대인!"

오원지의 부름에 두 명의 흑의인 중 말이 없던 자가 대답했다.

"흑월을 잘 지켜주어 고맙다."

"무슨 말씀을! 당연히 해야 할 일을 했을 뿐입니다."

쿵!

여록이라 불린 사내가 이마로 땅을 찧었다.

"저런! 아직도 그 버릇을 고치지 못했군."

"평생 고치지 않을 겁니다."

"그러다간 자네 이마가 남아나지 않을 거야. 하하하!"

오원지가 기분 좋은 웃음을 터뜨렸다. 그러면서 오원지가 온천수를 벗어났다. 그리고는 한차례 몸을 떨자 젖어 있던 그

의 몸과 옷에서 뿌연 수증기가 일어나더니 한순간에 몸에서
물기가 사라지는 것이었다. 극양의 공력을 익힌 자만이 보일
수 있는 기이한 절기. 그렇게 몸을 말린 오원지가 환초와 여록
이라는 두 수하를 보며 물었다.

"몇이나 왔지?"

"모두 이십입니다."

"그래? 애매하군."

"사대인을 말씀하시는 것인지……?"

"그래. 아마 약중은 다시 돌아올 거야. 특히 자네들이 날 마
중 온 것을 알면 더더욱 말이야. 마중은 힘에 부친 자에게나
하는 거니까."

"사대인을 수행하는 자는 겨우 넷입니다. 사대인이 계시다
해도 상대할 수 있을 것입니다."

"그럴까? 흑월 스물이라……. 애매해."

"하면……?"

"지금 길을 떠난다. 이런 상황에서 약중과 부딪치고 싶지 않
아. 일단 잠혈동으로 복귀한다."

"마존은 언제 뵈올지……."

"내 몸이 성치 않다. 물론 사부가 아니라면 온전히 회복할
수도 없다. 하지만 이런 몸으로 사부를 뵐 수는 없다. 사부의
기세에 온몸이 바스라질 것이다. 잠혈동에서 원기를 회복한
후 사부께 간다."

"알겠습니다."

"여록은 먼저 잠혈동으로 가서 몇 가지 준비를 하라. 몸을 회복하기 위해선 흑월의 모든 힘을 쏟아부어야 할 것이다."

"알겠습니다, 대인!"

다시 여록이 이마를 땅에 찧었다. 그러자 오원지가 여록에게 몇 가지 당부를 했다. 연후 여록이 하늘로 솟구치더니 연처럼 허공을 날아 장내에서 사라졌다.

"우리도 가자."

여록이 사라지자 오원지가 태산오룡을 돌아봤다. 그러자 태산오룡이 얼른 마차를 가져와 오원지 앞에 세웠다. 오원지가 여유를 두지 않고 마차에 오르자 종회가 마차를 몰기 시작했다.

마차가 출발하자 온천수를 에워싸고 있던 숲에서 검은 그림자들이 날아올랐다. 검은 그림자들은 마치 하늘에 떠 있는 연처럼 마차를 따라 북서쪽으로 이동하기 시작했다.

"한발 늦었어. 역시 떠났군."

오원지가 떠난 후 일각, 다시금 온천수 근처에서 환약중의 목소리가 흘러나왔다. 그리곤 곧이어 환약중이 온천수 아래 모습을 드러냈다.

"정말 이미 떠나셨군요."

묘살이 실망스런 표정으로 말했다.

"그래. 내가 사형에게 속았어. 흐흐, 사형. 역시 대단하오. 우리 중 심기가 제일이라더니……."

환약중이 비릿한 실소를 흘려냈다. 그의 눈에서 붉은 살기가 뭉게뭉게 피어났다.

"쫓을까요?"

묘살이 물었다. 그러자 환약중이 고개를 저었다.

"아니, 흑월이 떴으니 무리다."

"흑월이라면 저희 혼원이 상대할 수 있습니다."

"물론 가능하겠지만 혼원을 동원하면 대사형과 이사형이 그 빈틈을 노릴 거야. 일단 삼사형의 몸이 온전치 못하다는 것을 안 것으로 만족한다."

"하지만 눈으로 확인한 것은 아니지 않습니까?"

"후후, 세상인이란 게 어디 꼭 눈으로 확인해야 안다던가. 사형이 흑월을 수십 명이나 동원했고, 그럼에도 이곳을 서둘러 벗어난 것은 내가 돌아올 것을 두려워했기 때문이다. 사형이 날 두려워한다는 것은 곧 사형의 몸이 예전 같지 않다는 거지. 후후후, 그런데 사형은 그런 몸으로 왜 돌아왔을까? 이 사실이 알려지면 사부를 만나기도 전에 대사형이나 둘째 사형에게 죽임을 당할 터인데?"

"두 분 대인께 알릴 생각이십니까?"

묘살이 묻자 환약중이 고개를 저었다.

"그럴 수야 없지. 두 사람은 모르고 나는 아는 사실이 있다는 것만으로도 나에겐 이득 아니겠는가? 좀 생각해 봐야겠어, 이 일을 이용할 수 있을지."

한기에 송추월이 눈을 떴다. 달은 사라진 지 오래지만 아침이 온 것은 아니었다. 별빛이 열린 천막의 틈 사이로 들어오고 있었다.

'뭐지?'

송추월은 갑자기 찾아온 겨울 추위에 놀란 짐승처럼 몸을 쓸었다. 모닥불은 여전히 그 그림자를 천막에 드리우고 있었다. 자기 전에 넣은 통나무는 아직 태반이나 타지 않고 남아 있었다. 그러니 이 갑작스런 한기의 정체를 찾기란 쉽지 않았다.

송추월이 몸을 일으켰다. 한기의 이유가 무엇인지 눈으로 확인할 필요가 있었다. 송추월이 검을 움켜잡았다. 한기의 이유가 사람일 수도 있기 때문이었다.

툭!

천막의 입구를 치우며 숙영지의 공터로 나섰을 때 송추월은 하마터면 그대로 검을 뽑을 뻔했다. 그러나 송추월 본능적으로 움직이는 손을 애써 이성으로 눌렀다.

'너무 강렬하다.'

한기의 정체를 찾는 것은 어려운 일이 아니었다. 한 마리 짐승, 혹은 하나의 돌 조각상, 또는 저승에서 나온 사자일 수도 있었다. 아니면 죽을 때가 되어 헛것을 보고 있는지도 몰랐다.

그, 아니면 그 물건은 송추월과 횃불을 사이에 두고 건너편에 웅크리고 있었다. 사람 허리쯤 오는 바위가 계곡 남쪽에서 불어오는 찬바람을 막고 있었는데, 그 물건은 그 바위 위에 앉아 타오르는 모닥불을 응시하고 있었다.

'눈이 있으니 사람인가?'

송추월이 다시 고개를 갸웃했다. 익숙해지자 점점 바위 위의 물건은 사람의 형색을 닮아갔다. 마치 구멍이 난 듯한 두 개의 눈은 붉은빛을 드러내고 있었고, 온몸을 덮은 검은색 장삼 위로 드러나는 형체는 사람의 팔다리를 하고 있었다.

"누구냐?"

송추월이 물었다.

그러자 검은색 장삼을 두른 불청객이 그 기이한 눈으로 송추월을 바라봤다.

"누구냐?"

송추월이 재차 물었다. 그러자 불청객이 천천히 신형을 일으켰다.

'크다.'

웅크리고 있던 자가 신형을 세우자 제법 헌칠한 키의 중년인 모습을 갖췄다. 송추월이 그가 크다고 느낀 것은 어쩌면 그가 바위 위에 서 있었기 때문일 수도 있었고, 혹은 그의 몸에서 흘러나오는 만만찮은 기세 때문일 수도 있었다.

"심부름을 왔습니다."

불청객은 의외로 정중하게 입을 열었다.

"심부름? 누구의?"

송추월이 여전히 차게 물었다. 그즈음 옆 천막의 입구가 열리며 다른 친구들이 모습을 드러냈다.

"뭐야? 손님이 왔네?"

곽풍산이 바위 위의 불청객을 보며 중얼댔다.

"무슨 일이냐?"

부루가 먼저 나와 있는 송추월에게 물었다.

"글쎄, 지금 막 그 이유를 들으려던 찰나다. 심부름을 왔다
는데?"

"심부름?"

"그래. 기세로 보아 누구 심부름이나 할 사람은 아닌 듯 보
이는데… 누구 심부름이냐?"

송추월이 다시 불청객에게 물었다. 그러자 불청객이 마치
딴사람이 된 것처럼 정중하게 고개를 숙이며 말했다.

"인사드리겠습니다. 세상에 오직 한 분뿐인 존귀한 분의 제
자 분들을 뵙게 되어 영광입니다. 신경의 주인을 모시는 적해
라 합니다."

第四章
마효의 사자(使者)

화마경

'드디어 그가 마중을 하는가!'

송추월이 감개무량한 표정으로 바위 위의 헌칠한 사내를 바라봤다. 스스로 적해라 밝힌 사내는 필시 괴노 마효가 보낸 자가 분명할 터였다.

'그런데 우리가 온 걸 어찌 알았을까? 우린 아직 신마봉에서 제법 멀리 떨어져 있는데. 혹 곤륜 전체에 그의 눈이 있는 걸까?'

"신경의 주인이란 누구를 말하는 것이오?"

부루 역시 적해가 마효가 보낸 자라는 걸 짐작하지 못한 것은 아니지만 본래 확실한 것을 좋아하는 성정이라 바위 위의 사내에게 물었다. 그러자 적해가 냉랭한 목소리로 대답했다.

"설마 나의 주인이 누구신지 모르신다는 것입니까?"

"마효 그가 보냈소?"

"조심하십시오! 감히 주인님의 존대성명을 함부로 입에 담다니……! 더군다나 주인께선 그대들의 사부입니다! 감히 어느 제자가 사부의 이름을 그렇게 함부로 입에 담는단 말입니까?"

마치 어린 조카를 훈계하듯 적해가 노성을 터뜨렸다. 그러자 부루의 곁에서 송추월이 싸늘한 미소를 지으며 입을 열었다.

"그가 그렇게 말하더이까? 우리가 자신의 제자라고?"

송추월의 물음에 적해는 더욱 노기가 기승한 얼굴로 호령했다.

"주인님의 무공을 이었으니 당연히 주인의 제자가 아니겠습니까? 설마 그분의 제자임을 부인하는 것입니까?"

"후후, 그의 제자임을 부인한 것은 우리가 아니라 그요. 그는 비록 우리에게 무공을 가르쳐 주기는 했으나 우리의 사부가 되는 것은 마다했소. 우리의 재질이 자신의 제자가 되기에는 부족하다고 했지."

"그럼 이곳엔 왜 오셨습니까?"

"그가 우릴 불렀기 때문이오. 그가 지독하게도 우리 몸에 그물을 쳐놓았으니까. 빠져나가기 힘든 그물을."

송추월의 눈에서 한순간 적염이 번뜩였다. 그러자 적해의 눈이 가늘어졌다. 송추월이 발산하는 기세에 이 젊은 산적들을 눈 아래로 내려다보던 그의 생각에 변화가 인 모양이었다.

"여러분이 주인의 제자임을 부정해도 무공을 이었다면 어쩔 수 없이 주인의 제자인 것입니다. 그러니 주인에 대한 예의를 지키시지요."

"좋아. 그야 뭐 어쨌든 좋고, 그래, 그대의 주인께서 우리에게 전하라고 한 말은 뭐요?"

"주인께선 제자 분들이 신마계에 든 걸 환영한다는 말을 먼저 전하라 하셨습니다."

"신마계?"

송추월이 되물었다. 그러자 적해가 정색을 한 표정으로 말했다.

"그렇습니다. 제자 분들은 신마계에 들었습니다. 신마봉을 중심으로 사방 이백여 리가 신마계의 경계지요. 이 땅은 오직 신경의 주인을 위해 존재하는 땅입니다. 천하의 그 누구도 이 땅 안에서 신경의 주인에 맞설 수 없습니다."

"그러니까 우리가 그의 땅에 들어왔다는 말이구려."

"그렇습니다. 여러분은 오늘 그 신마계의 경계를 넘었습니다."

"우리가 온 것은 어찌 알았소?"

"천하의 그 누구도 주인의 눈을 피할 수 없습니다. 여러분의 움직임은 이미 오래전부터 주인의 눈에 들어 있었습니다."

"좋아, 어차피 그가 보통 사람이 아니라고 생각하고 있었으니까. 그래, 환영의 말을 전하는 것 말고 그가 전한 말은 무엇이오?"

송추월이 적해의 대답을 재촉했다. 그러자 적해가 송추월을 향해 하나의 전낭을 던졌다. 적해의 손을 떠난 전낭은 마치 깃털처럼 유유히 날아 송추월의 손에 떨어졌다.

"무엇이오?"

"그 안에는 주인께서 제자들의 입계를 축하하는 선물이 들어 있습니다. 다섯 알의 신단인데, 그 신단을 복용하면 앞으로 백 일 동안 주인께서 내리신 제약에서 벗어나게 될 것입니다."

"흐흐흐, 결국 고칠 방도가 있기는 있다는 말이군."

송추월이 득의한 웃음을 지었다. 그러나 적해는 송추월의 말에는 신경도 쓰지 않고 계속 말을 이었다.

"제자 분들이 신마계에 들어선 것은 곧 사자들의 입속으로 들어온 것이나 마찬가지입니다."

"무슨 소리요? 사부가 설마 우릴 죽이기라도 한단 말이오?"

"주인께선 그대들이 살아서 신마봉에 오르기를 기다리고 계십니다."

"하면 누가 우릴 물어 죽일 사자란 말이오?"

"신경의 주인께 네 명의 제자가 있다는 사실은 알고 계십니까?"

"그런 말을 들은 것 같긴 하구려."

송추월이 고개를 끄덕였다. 그러자 적해가 정색을 한 목소리로 말을 이었다.

"본래 주인께선 사십여 명에 이르는 제자를 두셨습니다. 그러나 지금은 오직 네 분, 아니, 여러분을 합치면 아홉 명의 제자만이 남아 있지요. 나머지 사람들은 모두 죽었습니다. 그 이유를 알고 계십니까?"

"당신이 말하는 신경의 주인이 말하길, 제자들끼리 서로 죽고 죽였다고 하더구려."

"맞습니다. 그들은 주인의 후계자가 되기 위해 수십 년 전부터 혈겁의 경쟁을 하고 있지요. 그 말은 곧 여러분도 이 혈겁의 경쟁에 뛰어들게 된다는 말입니다."

"우리가 신경… 화마경이라고 했던가? 어쨌든 그 신경의 후계자 자리에 관심이 없어도 말이오?"

송추월의 질문에 적해가 의아한 표정을 지었다.

"정말… 신경의 주인 자리에 관심이 없습니까? 아니, 신경의 주인이 어떤 의미인지나 알고 있습니까?

"그래 봐야 무경의 주인일 뿐 아니오?"

"하하하! 무경의 주인일 뿐이라 했습니까? 여러분은 정말 조화오경에 대해 전혀 모르고 있군요."

"조화오경은 또 뭐요?"

"음… 조화신경과 조화오경에 대해서는 여러분이 신마봉에 들게 되면 자연히 알게 될 겁니다. 어쨌든 주인께선 조화오경

중 화신밀공이 들어 있는 신경을 지니고 계시지요. 화마경은 다른 오경의 주인들이 사부가 지니고 있는 신경을 일러 부르는 이름이지요. 화신밀공은 여러분이 익힌 화수유천의 신공과 다른 세 개의 절대신공을 말하는 것입니다. 화수유천은 그중 가장 기초가 되는 신공이고……."

"뭐, 그 이야기는 대충 알고 있소."

송추월이 대답했다.

"어쨌든 신경의 주인이 된다는 것은 천하에서 가장 강한 다섯 사람 중 하나가 된다는 의미지요. 고금을 통틀어 조화오경의 주인들보다 강한 자는 무림에 나타나지 않았습니다. 물론 조화성을 만드신 조사는 제외하고 말입니다."

"조화성은 또 뭐요?"

"조화오경의 뿌리인 조화신경이 잠들어 있는 곳입니다. 그 조화성이 열리는 날 천하는 조화성 아래 영원히 무릎을 꿇게 될 것입니다."

"그렇게 대단한 신경이 잠들어 있는 곳을 사람들은 왜 모를까?"

송추월이 고개를 갸웃했다.

"강호는 조화성뿐 아니라 조화오경의 존재와 경주들의 존재도 모르고 있습니다. 천외천이란 곧 조화오경의 경주들을 두고 하는 말일 것입니다."

"알겠소. 대충 우리가 익힌 무공의 뿌리를 짐작하겠구려. 과거 절대의 고수가 조화성이란 것을 세웠고, 그곳에 조화신경을 남겼다. 그리고 다시 조화오경이란 무공 비급을 남겨 다섯 후예에게 전했다. 그 비급의 주인들을 경주라 부르고 그들은 조화성이 열릴 때를 기다리고 있다, 뭐 그런 말이구려."

"거의 일치합니다."

"그런데 조화성은 왜 열리지 않는 것이오?"

"조화성이 열리기 위해선 조화오경이 하나로 모여야 합니다."

"후후후, 거기에 문제가 있군. 오경이 하나로 모인다는 건 오경주가 서로를 제압해야 한다는 의미가 되니까."

"맞습니다. 오경주의 무공은 신인의 경지에 도달해 있지만 서로의 무공에선 그 우열을 가릴 수 없기에 경쟁이 수백 년을 이어온 것입니다."

"하하하, 참으로 어리석은 사람들이군."

"무례하십니다!"

"후후, 어차피 눈앞에 없는 오경주를 무서워할 이유는 없지. 아무튼 서로 경쟁하느라 수백 년을 무림의 그늘에서 살아오다니 이처럼 어리석은 사람들이 어디 있을까?"

"비록 오경주가 무림의 뒤에 물러나 있어 지금은 육패가 강호를 지배하고 있지만 오경주 중 한 명이라도 손을 쓰는 날에는 무림의 판도가 크게 변할 것입니다. 오경주는… 이미 수백 년 동안 드러나지 않은 무림의 지배자였습니다."

"어쨌든 그래 봐야 어둠 속의 존재 아니겠소? 그런 오경주라면 크게 욕심나지 않는구려."

송추월이 정말 신경의 주인 자리에 관심이 없는 듯 퉁명스레 말했다. 그러나 다른 친구들은 달랐다. 부루와 곽풍산, 그리고 대일과 원무극까지 나머지 친구들은 이미 신경에 대한 욕망에 눈이 붉어져 있었던 것이다.

마효의 수하 적해는 그런 다섯 친구의 변화를 유심히 살피며 말을 이었다.

"여러분이 신경의 후계자 자리에 욕심이 없다고 하더라도 결국 이 경쟁은 피할 수 없을 겁니다."

"이유는?"

"주인의 후계자만이 주인께서 제자 분들 몸에 심어놓은 결계에서 완전히 벗어날 수 있기 때문입니다. 그러니… 자유를 원하시거든 신경의 후계자가 되십시오."

"자유를 원하거든 신경의 후계자가 돼라……."

"그렇습니다. 여러분이 화수유천을 익히는 순간부터 운명은 이미 정해져 있었던 것입니다.

"고약하군."

"고약해도 어쩔 수 없지요. 그리고 꼭 결계만이 문제가 아닙니다."

"다른 문제가 있단 거요?"

"앞서 말한 여러분의 사형들… 그 네 분은 결코 여러분을 살려두려 하지 않을 겁니다. 그러니… 여러분이 사시려면 그들과 싸워야 할 겁니다. 그래서 제가 건넨 그 단약이 중요한 거지요. 그 단약은 여러분의 사형들도 매번 주인께 받아 복용하는 것입니다. 그것만이 신경의 결계에서 한시적으로라도 벗어날 수 있는 유일한 방법이기 때문이지요. 물론 각자의 방법으로 목숨을 부지할 수는 있을 겁니다. 하지만 그래 가지고는 전혀 자신의 힘을 쓰지 못하지요. 오직 주인께서 내리신 이 환약만이 온전히 몸을 정상으로 되돌려 놓을 수 있습니다. 물론 그도 겨우 얼마간이지만. 아무튼 주인께서는 그대들이 온전한 몸으로 다른 사형제들과 경쟁하기를 바라십니다."

"그럼 그들을 모두 죽여야 신마봉에 들어갈 수 있단 말이오?"

"아마도……. 그러니… 좋든 싫든 그들과 싸워 이겨야 한다는 거지요."

"한 가지 더 물읍시다."

"말해보시지요."

"정말 그들을 모두 죽여도 상관없소?"

"아마도 그게 여러분이 살 수 있는 가장 좋은 방법일 것입니다."

"참으로 비정한 사부구려. 제자들을 상쟁하게 만들어 서로를 죽고 죽이게 하다니……."

"그게 신경… 화마경의 주인이 되기 위한 전통이지요."

"후후, 전통이라……. 내가 신경의 주인이 된다면 그 전통부터 뜯어고쳐야겠군."

"그건 좋을 대로 하십시오."

적해가 송추월이 신경의 주인 자리에 관심을 드러내자 만족한 표정으로 말했다.

"신경의 주인께서 우리에게 당신을 보내 이런 이야기를 해 주는 이유는 뭐요?"

"그게 공정하다고 생각하신 것 같습니다."

"공정? 후후, 그 노인네에게도 그런 아량이 있었나?"

"주인께선 비록 성정이 거친 분이시지만 일의 맺고 끊음과 은원의 되갚음은 철저하시지요."

"뭐, 그렇다고 치고, 혹 그 네 명의 제자에 대해 말해줄 수 있소?"

송추월의 질문에 적해가 잠시 망설이다가 입을 열었다.

"그들에 대해 말해주는 것은 주인께서 내리신 명을 벗어나는 일이기는 하나 그들을 모르고서야 싸움이 될 수 없을 것 같으니 간단하게 말해 드리겠습니다."

"고맙구려."

송추월이 짐짓 포권까지 해 보였다. 그러자 적해가 그런 송추월을 한번 노려보고는 천천히 입을 열었다.

"네 제자 분은 다음과 같습니다. 먼저 주인의 대제자는 마혼이란 별호를 쓰는 고부 대인이십니다. 신마봉 북쪽에 자하산장을 두고 계시지요. 두 번째 제자 분은 별호를 중마라 하시는 금악 대인님이십니다. 묘인곡에 거하지요. 삼제자 분은 일악으로 불리시는 오원지 대인이십니다. 여러분은 특히 이분을 조심해야 할 겁니다. 네 분 중 가장 냉정하고 냉혹하며, 심계에 능하신 분이지요. 그 밑에 흑월이라는 세력을 두고 계신데, 신마봉 동쪽 잠혈동에 거하십니다. 물론 최근 제법 오랫동안 곤륜을 떠나 계셨지만 소식을 듣자 하니 이번에 여러분과 비슷한 시기에 곤륜으로 돌아오셨다고 합니다. 그리고 마지막으로 넷째 제자 분의 별호는 풍귀, 이름은 환약중이라 하십니다. 신마봉 남쪽에 혼원이란 장원을 두고 계시지요. 이것이 내가 여러분에게 해줄 수 있는 말의 전부입니다. 더 이상의 이야기를 전한다면 아마도 네 제자 분은 여러분이 아니라 날 노릴 겁니다."

적해가 두려운 듯 주위를 살피며 말했다.

"그 정도로 충분하오. 그런데 모두 하나씩은 세력을 지니고 있구려."

"세력이라고까지는 할 수 없으나 제각기 수십 명의 수하를 데리고 계신 것은 맞습니다. 네 제자 분은 신마봉 동서남북에 각기 위치하시며 신마계의 경계를 지키십니다. 그러니… 결국 여러분은 그분들과 격돌하지 않을 수 없는 운명이지요."

"그게 운명이라면… 알겠소. 이제 할 말은 다 한 것이오?"

"제가 할 말은 다 했습니다. 하고 싶은 말은 없습니까?"

"가서… 어른께 전하시오. 만약 내가 신마봉에 올라 신경의 주인이 된다면 세상에서 가장 비참하게 말년을 보내야 할 거라고."

"여전히 불경스럽군요."

"그럼 내 몸을 이 지경으로 만든 양반에게 공손하길 바랐소?"

"끙! 알겠습니다. 그리 전하겠습니다. 부디 신마봉에서 만나길 빌겠습니다."

"아마… 그렇게 될 거요."

"그럼!"

적해가 가볍게 포권을 해 보인 후 그 자리에서 흔적도 없이 사라졌다. 적해가 사라지고 나서도 송추월과 친구들은 한동안 자신의 자리에서 움직이지 않았다. 그들은 제각기 상념에 젖어 깊은 생각에 빠져 있었다. 어느새 하늘의 별도 빛이 바래지며 서서히 동쪽 하늘이 밝아오기 시작했다.

"생각보다… 대단한 사람이었군."

먼저 입을 연 것은 대일이었다.

"그러게 말이야. 천하에서 가장 강한 사람 중 하나라……."

곽풍산이 맞장구를 쳤다.

"그의 후계자가 된다면 천목맹 정도는 아무것도 아니겠군."

부루의 말속에 숨길 수 없는 야망이 묻어났다.

"그것보다 살 방도를 찾는 게 중요해!"

원무극은 살수답게 앞으로 닥쳐 올 마효의 네 제자의 위협을 걱정했다. 송추월은 아무 말 없이 밝아오는 동쪽 하늘만 바라보고 있었다. 그러자 다시 부루가 입을 열었다.

"떠날 준비를 하자."

부루의 말투에서 야망을 지닌 자의 의욕이 느껴졌다.

"아침은 먹고 가야지."

곽풍산이 한쪽에 세워둔 말에게 다가가더니 말 등의 짐 속에서 건량을 꺼내 네 친구에게 던졌다.

송추월은 시선도 두고 있지 않다 날아드는 건포를 잡아 들더니 천천히 입으로 가져갔다. 그러면서 중얼거리듯 말했다.

"신경의 후계자는 하나다."

순간 네 친구는 퍼뜩 놀라며 송추월을 바라봤다.

"그게 무슨 말이야?"

원무극이 두려운 듯 물었다.

"말 그대로야. 신경의 후계자는 결국 하나다!"

송추월이 냉정하게 말했다.

"그러니까, 이 자식아. 그런 말을 하는 이유가 뭐냐고?"

곽풍산이 신경질적으로 소리쳤다.

"몰라서 묻는 거냐?"

송추월이 시선을 돌려 곽풍산을 보며 물었다.

"너, 이 자리에서 서로 싸우자는 말이냐?"

곽풍산이 도끼를 부여잡았다.

"결국은 싸워야 할 거란 말이지. 모두가 신경의 후계자가 되길 원한다면."

"그래서 지금 승부를 보자고?"

"아니. 그건 아니고, 서로 약속은 하고 가자는 말이다."

"약속? 무슨 약속?"

"적어도… 그들을 상대할 때까지는 서로 다른 짓은 하지 않기로 말이야."

송추월의 시선이 부루에게 가 닿았다.

"왜 날 봐?"

부루가 불쾌한 표정으로 물었다.

"네 대답을 가장 먼저 듣고 싶거든."

"그래? 좋아, 약속하지. 그 늙은이를 만나기 전에는 난 결코 너희를 배신하지 않을 거다."

"후후, 늙은이를 만나면 배신하겠단 말이군."

"추월! 너 계속 날 자극할 거냐? 너야말로 지금 이 순간 파장을 만들려는 건 아니겠지?"

"나야 뭐 아무래도 상관없다만… 다음 풍산, 넌 어때?"

"다른 놈이 배신하지 않으면 나 또한 배신은 없다."

곽풍산이 들었던 도끼를 내려놓으며 말했다.

"대일!"

"내 걱정은 마. 난 야망이 없는 놈이야. 있어봐야 표국 하나 차리는 것으로 만족한다고. 살기만 하면 돼."

그러면서도 대일의 눈에는 여전히 신경에 대한 열망의 찌꺼기가 남아 있었다.

"좋아, 무극 너는?"

"살수가 뭘 바라겠냐? 더 이상 살성만 안 되면 그뿐이지."

"좋아, 나 또한 마효 그 늙은이를 만날 때까지는 함께하겠다. 하지만 마효를 만났을 때 마경의 후계자 자리를 다른 사람에게 양보할 생각은 없다."

송추월의 말에 다른 친구들의 눈빛이 변했다. 그들에게 송추월이 이렇게 드러내 놓고 무엇엔가 욕심을 부리는 것은 처음 있는 일이었다.

"추월, 뒤늦게 욕심이 나는 거냐?"

부루가 비아냥댔다. 그러자 송추월이 실소를 흘리며 말했다.

"난 말이야, 내 목숨을 다른 사람 손에 맡길 생각은 추호도 없어. 그 적해라는 자의 말대로라면 결국 신경, 아니, 화마경을 얻는 자가 마경의 무공을 배운 자들의 생살여탈을 결정하게 될 거야. 그러니 내 손에 마경이 들어오지 않는다면 결국 내 목숨을 다른 사람 손에 맡겨야 한다는 거지. 난 그런 상황은 용납하지 못하겠어. 내 운명은 내가 결정한다. 그래서… 마경을 가져야겠다."

"제길, 그런 의미가 있었나? 그럼 나도 욕심이 나는데?"

대일이 머리를 긁적이며 중얼거렸다.

"흐흐흐, 솔직히 우리 마음속에 마경에 대한 욕심이 없는 사람이 있겠냐? 기회가 된다면 누구든 그 화마경의 주인이 되고 싶겠지. 단지 피를 볼 거냐, 아니냐의 차이가 있을 뿐. 한 가지 약속들 하자."

"또 뭘?"

곽풍산의 말에 대일이 귀찮다는 듯 물었다.

"누가 신경의 후계자가 되든 다른 사람 목숨 가지고 장난치지 말기로 하자."

"그야 당연한 것 아니냐?"

원무극이 별일을 다 약속받으려고 한다는 듯 퉁명스레 대답했다.

"그 당연한 일이 말이야, 간혹 지켜지지 않을 때가 있거든."

곽풍산이 조금 음산한 눈빛으로 말했다. 그러자 원무극이 입을 열었다.

"그렇다면 약속도 필요없지. 말로 한 약속은 언제든 깨어질 수 있으니까."

"풋, 그런가? 하긴 그렇군. 어쨌든 나중에 누가 신경의 후계자가 되든 다른 사람을 해하는 일은 없도록 하자. 불행히 그런 일이 일어나면… 나머지 네 명이 힘을 모아 신경의 후계자와 싸워야겠지."

"좋아, 난 약속해!"

원무극이 말했다.

"나도."

대일도 즉시 대답했다.

"나도 약속하마."

이번에 부루가 대답했다. 그러자 송추월이 빙그레 미소를 지으며 말했다.

"나도 약속하지. 하지만 아마… 그런 일은 없을 거야. 화마경은 내 손에 들어올 테니까. 그러면 너희는 모두 몸 성하게 너희의 자리로 돌아가게 될 거야."

"녀석, 하여간 허풍은."

대일이 송추월을 보며 실소를 흘렸다. 네 친구는 잠시 웃음을 흘렸다. 그러다 문득 부루가 중얼거렸다.

"그 천안객잔의 주인이란 자, 정말 대단한 것 같아. 어떻게 그 네 제자의 세력을 알고 있었을까?"

"그러게 말이야. 음… 어쩌면 마효 그 늙은이와 관련이 있는 사람일 수도 있겠어."

원무극이 나직하게 말을 받았다.

눈이 내렸다. 만년설의 설산은 다시 몇 년을 이어간 옷을 입었다. 십여 필의 말이 새 눈에 새 흔적을 남기며 곤륜의 고산 준령 속으로 깊이 파고들었다.

그렇게 송추월과 친구들은 다시 십여 일을 이동했다. 그러던 어느 날 수천 척의 산봉우리가 병풍처럼 둘러서 더 이상 앞으로 나갈 수 없을 듯한 장엄한 산의 방벽이 눈앞에 나타났다.

"젠장, 길은 있는 거야?"

내리는 눈을 손으로 가리며 켜켜이 서 있는 준령을 보며 곽풍산이 투덜거렸다.

"잠시 쉬어가자."

지도를 지니고 있고 또 일행의 길잡이 역할을 하던 부루가 불쑥 말을 내뱉고는 서둘러 서쪽에 있는 거대한 숲 속으로 들어갔다. 오래전부터 눈이 내리고 있었지만 숲의 바닥은 맨살을 드러내고 있었다. 워낙 무성한 가지를 가지고 있어 눈이 미처 땅에 닿지 못한 때문이었다.

눈을 피하자 시야가 확보됐다. 길을 막고 있는 산의 장벽은 좀 더 무겁게 송추월 일행에게 닥쳐들었다. 부루는 품속에서 지도를 꺼내 주변의 지형과 앞을 막고 있는 준령들을 비교하기 시작했다. 대일과 원무극이 그런 부루의 곁에서 함께 길을 찾았다.

"이건가?"

대일이 지도 위의 한 선을 손으로 가리켰다.

"그런 것 같아. 보자, 이쪽으로도 길은 있는 것 같아."

원무극이 다른 선을 짚으며 말했다.

"그 길로 가면 한 닷새는 돌아가야 할 것 같은데?"

"그렇긴 하지만 바로 가는 길은 산을 넘는 길인 것 같은데… 저 산을 올라야 한단 말이야."

원무극이 고개를 저으며 말했다.

"못 오를 것도 없지."

부루가 담담한 목소리로 말했다.

"제길, 산 위에서 얼어 죽을 수도 있어."

원무극이 위험한 길임을 거친 억양으로 강조했다.

"어차피 마지막이야. 지도를 보면 이 준령을 통과하면 신마봉을 볼 수 있을 거야. 돌아가는 길도 평탄한 것은 아닐 것 같고."

"그래도 나라면 안전한 길을 택하겠다."

원무극이 말했다.

"무슨 살수가 그렇게 겁이 많아?"

대일이 놀리듯 말하자 원무극이 정색을 하며 대답했다.

"녀석, 살수에 대해 잘 모르는구나? 살수는 언제나 가장 안전한 길을 택한다. 시간이 오래 걸리더라도. 그래서 살수에게 가장 중요한 덕목이 인내와 끈기야."

"애고, 그런가? 내가 살수를 잘못 알고 있었군."

"표행도 안전이 최고 아니냐?"

"흐흐, 그건 네가 또 잘못 알고 있는 거다. 표행은 사실 안전보단 속도야. 제시간에 표물을 목적지에 대는 것이 중요해. 때를 맞추지 못한 물건은 값이 떨어지지. 그래서 처리표국에는 천하의 모든 지름길에 대한 정보가 쌓여 있지."

"그렇군. 아무튼 난 돌아가는 쪽을 택하겠어. 나에게 선택권이 있다면."

"난 산을 넘겠다."

대일이 단호하게 말했다. 그러자 부루가 송추월과 곽풍산을 보며 물었다.

"너희 의견은?"

"난… 산을 넘겠다. 명색이 산사람인데 산을 피할 수는 없지. 추월 너는?"

곽풍산이 묻자 송추월이 잠시 생각에 잠겼다가 대답했다.

"아무 쪽이나 상관없지만 곤륜의 대산을 구경해 보는 것도 좋겠지."

"좋아, 산을 넘자는 의견이 많군. 그럼 산을 넘는다."

부루가 행로를 결정했다.

"산을 넘을 거면 좀 쉬어가지."

대일이 친구들을 돌아보며 말했다.

"그러자. 눈도 많이 오는데 이대로 산을 넘기엔 무리야. 아예 오늘은 여기서 자고 내일 아침 일찍 산에 오르는 건 어떨까?"

곽풍산이 아예 터를 잡고 누울 생각을 했다.

"그것도 나쁘진 않군."

송추월이 동의하자 오늘은 일찍 노숙을 시작하는 것으로 결정됐다. 송추월과 친구들이 부지런히 말에서 짐을 내려 노숙할 준비를 하기 시작했다.

"저들이냐?"

나이는 오십대 중반, 바위처럼 단단한 체구에 수염이 거뭇하게 난 얼굴은 산을 뽑아 던질 기세다. 눈은 호랑이 눈처럼 강렬하고 두터운 입술은 한번 말한 것은 반드시 해내고야 마는 결단력을 지녔음을 드러내고 있었다.

"그렇습니다."

오십대 중년인의 주위로 십여 명의 사내가 모여들어 있었다. 그중 하나가 중년인의 말에 공손하게 대답했다.

"모두 다섯이라고 했지?"

"그렇습니다."

역시 같은 대답이 흘러나왔다.

"어때 보이더냐?"

"기세로 보자면 네 분의 대인에 미치지는 못하는 것 같습니다. 특히 주인께는 더더욱."

"기세로 보자면이라……. 다른 면이 있다는 말이군."

"그렇습니다."

"말해보라."

"모두들 독특한 기운을 지니고 있었습니다. 같은 무공을 익힌 사람들이라고는 믿을 수 없을 만큼 자신만의 독특한 기운을 지녔습니다. 마존께서 그들을 선택한 이유가 그 기운의 독특함에 있다면 아마도 자신들만의 절기를 지니고 있을 겁니다."

"좋아, 함통 그대의 눈이라면 믿을 수 있지. 그런데 언제까지 그들이라거나 저들이라거나 할 건가?"

중년 사내의 말에 대답을 하던 사내의 얼굴이 당황스럽게 변했다.

"그… 그것이……."

"조심해. 그들이 비록 조금 미숙하다 하더라도, 혹은 내게 장애가 된다 하더라도 어쨌든 사부의 제자이고 내 사제들이다. 세상에 누가 있어 감히 내 사제들을 함부로 무시할 것인가?"

"죄송합니다, 주인. 제가 감히 불경을 저질렀습니다."

"아아, 됐어. 난 그렇게 아량이 좁은 사람이 아니야. 뭐, 그들의 나이가 어리고 나의 방해물이라 생각하여 나온 행동이겠지. 하지만 앞으론 조심해."

"알겠습니다, 주인."

"좋아, 그런데 오늘은 더 이상 움직일 것 같지 않군."

"아마도 산을 넘을 요량인 모양입니다. 산을 넘자면 오늘은 저쯤에서 쉬고 내일 아침 일찍 움직이게 될 겁니다."

"이대로 산을 넘으면 잠혈동에 가깝지?"

"그렇습니다."

"흑월이 움직였고?"

"그렇습니다."

"음… 지난 수년간 숨죽였던 흑월이 움직였다는 건 셋째 사제가 나타났다는 의미일 거다. 잠혈동을 잘 살펴."

"넷!"

"사부께서 전갈을 보내셨다. 저들이 산을 넘을 때까지는 손을 쓰지 말라셨다. 사부께선 저들에게 특별한 애정을 가지신 모양이야. 후후, 자식도 늦게 본 자식이 귀엽다고 했던가? 하지만 사부의 애정은 조금 잘못된 것 같아. 저들을 귀엽게 여겼다면 신마봉으로 부르지 말았어야지. 신마계에 들어 저들의 목숨이 온전할 거라 생각하셨다면 그건 우리 네 사람을 너무 무시하는 처사시지."

"산을 넘으면 바로 손을 쓰시겠습니까?"

"아니. 그냥 지켜본다. 잠혈동에 가까우니 셋째 사제가 돌아왔다면 그가 손을 쓸 거다. 그가 손을 쓰지 않는다면 넷째

사제가 나설 거다. 혼원의 아이들도 움직이기 시작했다고 했
으니……."

"역시 일대인이 마음에 걸리시는군요."

"그래. 다른 두 사제는 영활하긴 해도 능히 대처할 수 있다.
하지만 사형은 달라. 움직임이 산과 같아서 도대체가 그 안에
무슨 생각을 품고 있는지 알 수가 없지. 더불어 한번 움직이면
그 기세를 감당하기가 여간 어려운 것이 아니고. 조심해야지.
잘 살펴!"

"옛, 주인!"

"바야흐로 다시 혈쟁의 시간이다. 사부께선 도화선에 불
을 붙이셨으니 이번엔 반드시 신경의 후계자가 결정될 거
다."

"그 자리에 반드시 주인께서 계실 겁니다."

"그래야겠지. 너희나 나나 살아남으려면 말이야. 가자! 일
단 곡으로 돌아간다. 곡을 오래 비울 수는 없으니까. 내가 곡
을 비운 사실은 철저히 숨겼겠지?"

"옛, 대인, 누구도 눈치채지 못할 겁니다."

"좋아, 하지만 오래 비울 수는 없지. 사람을 붙여 저들을 잘
감시하도록."

중년 사내가 천천히 걸음을 옮겨 눈 덮인 산을 오르기 시작
했다.

"어디까지 왔다고?"

오원지의 혈색은 한결 나아 보였다. 비록 태사의 깊숙한 곳에 몸을 묻고 있었지만 마차를 타고 여행을 할 때와는 확연히 다른 모습이었다.

"산 아래서 노숙을 하고 있다고 합니다. 내일 산을 넘을 듯합니다."

"그래? 느리군."

"어찌할까요? 기회라면 오늘 밤이……."

"아서라. 사부의 전령이 왔다 가지 않았느냐? 환초, 여록, 둘 모두 자중하라."

"알겠습니다. 아무튼 다행입니다. 마존께서 특별한 추궁을 하지 않으시니."

"그러게 말이야. 난 당장에 신마봉에 불려 올라가 몇 년 굴속에라도 처박아두실 줄 알았는데. 하하하!"

오원지가 기분 좋은 웃음을 터뜨렸다. 그러다가 갑자기 표정을 바꿔 진지한 얼굴로 말했다.

"대신 다른 벌을 내리신 게지."

"예?"

오원지의 수하 환초가 되물었다.

"사부께서 내게 특별한 벌을 내리지 않으신 것은 이미 내 몸 상태를 알고 있기 때문일 거다. 아마도… 전령으로 왔던 이노 흑치가 내 몸 상태를 알아봤을 거다. 분명 환약을 전해주며 눈치챘을 게다."

"하지만……."

"그들을 무시하지 마. 사부의 삼노는 하나같이 뛰어난 자들이다. 무공으로 보자면 능히 사부의 제자들인 우리와 겨룰 만하지. 그런 자가 내 상태를 모를 리 없다. 사부의 생각은 이럴 거다. 이대로 날 사형제들 간의 혈투 속으로 밀어 넣으시는 거지. 이런 몸으로는 다른 사형제들과 상대할 수 없다고 판단하셨을 거고, 벌은 이 혈투에서 내가 죽음으로써 자연히 받게 될 것이고."

"설마 그렇게까지야……."

"아닐 것 같은가? 이봐, 환초. 사부는 말이야, 은원에 있어서는 서릿발 같은 분이야. 은원의 값을 반드시 치르는 분이라고. 내가 사부를 속이고 요동으로 간 일은 결코 작은 일이 아니다. 그럼에도 사부가 별다른 치죄를 하지 않은 건 내가 이 경쟁에서 승리할 가망이 없다고 판단하신 거다. 사실… 나도 그 판단을 부인할 생각은 없어."

"주인!"

환초가 깊게 고개를 숙였다.

"아아, 그렇다고 너무 실망하지 마. 나에겐 여전히 한 수의 승부가 남아 있으니까."

"반드시 그러실 거라 생각했습니다."

"후후후, 승부수가 없으면 이곳으로 돌아올 생각을 안 했을 거야."

"주인의 현묘하신 신책은 언제나 승리를 가져왔습니다. 이번에도 반드시 그러하실 겁니다."

"그러길 바라야지. 일단 녀석들을 좀 도와줘."

"그들을 제거하지 않을 생각이십니까?"

환초가 놀란 듯 물었다.

"제거? 자기 칼을 버리는 사람도 있나?"

"칼이라시면……?"

"녀석들은 날 대신해서 다른 사형제들과 싸울 것이다. 우리가 좀 도와주면 능히 겨뤄볼 만할 거야."

"하면 준비하셨다는 것이……?"

"그래. 난 녀석들에게 기대를 걸고 있다. 가까이서 살펴본바에 의하면 절대 호락호락 죽을 놈들이 아냐. 녀석들을 잘이용하면 난 놈들이 만든 길을 따라 사부의 앞에 서게 될 거다."

오원지의 눈이 영활하게 빛나기 시작했다.

아침이 오자 천하가 순백으로 물들었다. 송추월과 친구들은 아침 일찍 일어나 짐을 챙기고 산을 오르기 시작했다. 일정한 높이에 이르자 숲이 사라졌다. 그리고 다시 조금 더 오르자 오직 눈밖에 없는 곳에 도달했다. 다행히 어제까지 내리던 눈은 그치고 하늘은 옥빛을 되찾았다. 설봉과 옥빛의 하늘두 개로 갈라진 세상의 틈을 향해 일행은 끊임없이 눈산을 올랐다.

사람보다는 말들이 힘겨워하기 시작했다. 눈은 말의 다리를깊이 끌어당겼다. 송추월과 친구들은 무공을 익혔기에 설산을 땅처럼 걸을 수 있었지만 말들은 달랐다.

"이거… 말을 업고 가야 하나?"

힘겨워하는 말의 고삐를 잡아끌며 곽풍산이 투덜거렸다.

"속도를 줄여야겠어. 이러다가는 말들이 지쳐 죽겠다."

대일이 선두에 선 부루에게 소리쳤다. 그러자 부루가 뒤를 돌아보며 말했다.

"정상에 거의 다 왔어. 조금만 가면 돼."

"젠장, 말이 죽으면 우리도 죽어. 짐을 가져가지 못하면 얼어 죽든 굶어 죽든 하나라고."

"알았어. 조금 늦추지. 하지만 마냥 쉬어갈 수는 없어. 오늘 중으로 봉우리를 넘지 못하면 이 눈밭에서 밤을 보내야 해. 그러면 네가 걱정하는 대로 말은 얼어 죽을 거야."

"좋아, 좋아. 속도를 늦추기만 해. 어쨌든 산을 넘긴 할 테니까."

대일이 고개를 끄덕였다.

설산을 오르는 일은 쉽지 않았다. 다행인 것은 아래서 볼 때는 거대한 봉우리들로 병풍처럼 막혀 있던 설산이 사실은 그 사이사이에 산을 넘기에 적당한 틈새를 가지고 있다는 것이었다. 그래서 송추월과 그 친구들은 산의 정상까지 오르지 않고도 산과 산 사이의 계곡을 통해 산을 넘는 길을 찾을 수 있었다.

휘이잉!

어느덧 일행은 산의 이쪽과 저쪽을 동시에 볼 수 있는 지점
에 도착했다. 봉우리와 봉우리 사이에 난 계곡을 통해 강한 바
람이 매섭게 불어왔다.

"젠장! 조심해! 날아가겠다!"

대일이 소리쳤다. 바람이 말과 사람의 걸음을 뒤로 밀리게
했다. 송추월은 순간 공력을 끌어올렸다. 몸에 온기가 돌며 바
람에 맞설 힘이 생겼다. 송추월이 말의 엉덩이에 손을 가져다
댔다. 그러자 공력이 말에게 전해져 말이 세찬 바람을 뚫고 앞
으로 전진하기 시작했다.

다른 친구들도 하나둘 공력을 일으켜 말과 스스로를 앞으로
밀고 나가기 시작했다. 그렇게 이각여를 바람과 싸운 끝에 드
디어 송추월과 그 일행은 산의 이편으로 넘어왔다.

휘이잉!

여전히 바람은 불었지만 이십여 장 산 아래로 내려온 덕에
더 이상 바람이 일행의 움직임을 방해하지는 않았다. 그제야
일행은 걸음을 멈췄다. 그리고 산 아래로 펼쳐진 새로운 곤륜
의 모습을 바라봤다.

"여긴가!"

곽풍산의 입에서 나직한 탄성이 새어 나왔다. 부루는 부지
런히 품속에서 지도를 꺼내 지도에 나타난 지형과 눈에 보이
는 지형을 번갈아 살피고 있었다.

"저건가?"

문득 송추월이 손을 들어 설산에 둘러싸인 작은 산 하나를

가리켰다. 거리가 제법 멀어 아스라이 눈에 들어오기는 했으나 왠지 모르게 사람의 시선을 잡아끄는 특별함을 지닌 산이었다.

송추월이 가리킨 산은 하나같이 흰색 눈을 덮은 거대한 설봉들 중 유독 다른 색을 지니고 있었다. 아랫부분에는 초록이 우거져 있고 상층으로 올라갈수록 검은 빛을 가진 산이었는데, 아마도 봉우리 부분이 암석으로 이루어진 석산인 듯싶었다.

"지도상으로는 맞는 것 같다."

부루가 입을 열었다.

"얼마나 걸릴 것 같아?"

원무극이 물었다.

"눈으로 보이기는 가까워도 결코 가까운 거리는 아니다. 이 지도를 보면 대략 닷새는 걸릴 것 같아."

"그렇게 멀어? 멀어 보이지 않는데?"

대일이 의아한 표정으로 되물었다.

"이런 곳에선 눈으로 보이는 거리는 믿을 게 못 돼. 실제로 걸어보면 보는 것과는 전혀 다르거든. 산에서 살아봤잖아?"

부루가 퉁명스럽게 대답했다.

"뭐, 그렇긴 하지만 이곳은 장백과는 좀 다르니까."

"어쨌든 눈에 보이니 오긴 온 거네."

원무극이 감개무량한 표정으로 말했다.

"그러게 말이다. 저 산 어딘가에 그 늙은이가 있단 거지? 만나기만 해봐라."

"어쩔 건데?"

"흐흐, 어쩌긴, 이 도끼로 그냥… 헤헤, 살려달라고 살살 빌어야지."

곽풍산이 능글맞게 웃었다.

"문제는 이제부터다."

송추월이 심각한 음성으로 말했다. 그러자 부루가 고개를 끄덕였다.

"추월이 말이 맞아. 문제는 지금부터야. 이제부턴… 그 적해라는 사람의 말대로 그의 네 제자가 우리 목숨을 노릴 거다. 저 산까지의 거리는 비록 닷새 정도지만 어쩌면 수개월이 걸릴 수도 있다. 싸움이 시작된다면."

부루가 차가운 안광을 흘리며 말했다.

"정말 그렇게 강한 자들일까?"

곽풍산이 긴장한 표정으로 중얼거렸다.

"적어도 그의 제자니까. 그리고 수십 년간 수십 명의 경쟁자를 물리친 자들이고. 단단히 각오해야 할 거야."

부루가 다시 한 번 주의를 줬다. 그러자 송추월이 서 있던 말을 끌어당기며 말했다.

"내려가자. 해가 지고 있어. 저 아래 숲에서 쉬도록 하자."

"그러게. 벌써 해가 지네. 산을 넘는 데 꼬박 하루가 걸린 거군."

원무극이 송추월의 뒤를 따르며 중얼거렸다. 그렇게 다섯 명의 대호산 산적이 드디어 괴노 마효의 땅에 발걸음을 내디뎠다.

第五章
혼원

화마경

오는 자 모두를 죽여라. 더 이상 너희를 찾아오는 자가 없어야 너희
는 신마봉에 오를 수 있을 것이다.

"이건 뭐냐?"

한 자루 화살에 매달린 작은 전서를 보며 곽풍산이 의뭉스
런 목소리를 흘려냈다.

"그가 보낸 걸까?"

대일은 마효를 의심했다.

"쓰여 있는 글로 보자면 그 늙은이인 것 같기는 한데……."

곽풍산이 대답했다. 그러자 조금 떨어져 있던 부루가 냉정
한 목소리로 입을 열었다.

"그는 아니야."

"어째서? 우리에게 이런 경고를 해줄 사람이 그밖에 더 있어?"

곽풍산이 부루의 의견을 반박했다.

"그는 이미 한 번 사람을 보냈다. 경고라면 사람을 보냈을 때 충분히 했어. 그러니 며칠 지나지 않아 이런 식으로 경고를 다시 보낼 이유가 없지."

"그럼 누가?"

"넷 중 하나겠지."

"그 늙은이의 제자 중 한 명이 보냈을 거란 말이야?"

"그래."

"그들이 왜 우리에게 이런 경고를 하는 거지? 우린 그들의 적이잖아?"

"이 전서는 제법 중요한 몇 가지 사실을 말해주고 있다."

"부루 네 생각을 말해봐."

입을 다물고 있던 송추월이 부루의 판단을 물었다. 아무래도 이런 일에는 부루만 한 사람이 없다. 천목맹의 치열한 권력 투쟁에서 살아남은 부루가 아닌가. 부루 역시 자신의 의견을 말하는 데 주저함이 없었다.

"내 생각은 이래. 우리가 그들이 말하는 이 신마계에 들어서는 순간 우리의 존재는 그들 모두에게 알려졌을 거야. 그들 스스로 알아냈을지, 혹은 마효 그자가 자신의 제자들에게 알렸는지는 모르지만 어쨌든 그들은 우리의 존재를 알고 있을 거다."

"그래서?"

"그 적해라는 자의 말처럼 마효의 제자들은 모두 신경의 후계자가 되길 원한다. 그러기 위해선 경쟁자들을 물리쳐야 하고, 우린 그들에게 새로운 경쟁자가 되었으니 당연히 그들은 우릴 제거하기 위해 나설 거다."

"여기서 그 사실을 모르는 사람은 없어. 문제는 이 전서가 가지고 있는 의미가 뭐냐는 거지."

"거긴 두 가지 중요한 의미가 있어. 하나는 누군가 오늘 우리를 기습할 거란 거다."

"응?"

"네 사람 중 누군가 오늘 우릴 찾아올 거야. 그 전서는 그걸 경고하고 있다. 그러니 우린 준비를 해야 해."

부루의 말에 다른 사람들이 고개를 끄덕였다. 듣고 보니 전서의 목적은 확실해 보였다. 돌려 말하고 있지만 결국 오늘 누군가의 기습이 있을 거란 암시였다.

"두 번째 의미는 뭐냐?"

송추월이 부루에게 물었다. 그러자 부루가 빙긋 미소를 지었다.

"두 번째는 누군가 우리에게 이런 경고를 보냈다는 것은 오늘 우릴 찾아올 자의 일을 방해하겠다는 의미라는 거지. 그건 곧 우리가 이 신마계에 발을 들여놓음으로써 네 제자와 우리 사이뿐 아니라 그들 사이에도 다시 경쟁의 불꽃이 타오르기 시작했다는 거다. 그들은… 어쩌면 이 기회에 오랫동안 끌어온 자신들의 경쟁을 끝내려 할지도 모른다."

"오호라! 싸우는 자는 우리만이 아니다?"

곽풍산이 손뼉을 쳤다.

"그건 우리에게 무척 유리한 거야. 어느 누구라도 전력을 다해 우릴 상대하지 않을 거란 의미니까. 우리에게 전력을 쏟아부으면 뒤에서 다른 사형제들의 공격이 기다리고 있을 테니 말이야. 후후후."

"어부지리가 우리를 살리는 건가?"

"뭐, 비슷한 거지."

부루가 고개를 끄덕이자 듣고 있던 송추월이 조금 큰 목소리로 말했다.

"좋아, 어쨌든 오늘 밤 누군가 온다는 말이지?"

"맞아. 준비를 좀 해야겠어. 혹 무식한 방법을 쓸 수도 있으니까."

부루가 자리에서 일어나더니 말들의 위치를 바꾸기 시작했다. 그러더니 불쑥 곽풍산에게 말했다.

"가서 나무 십여 개만 잘라와."

"나무?"

"그래. 한 이쯤 되는 굵기로."

부루가 두 손으로 원을 만들며 말했다.

"어디에 쓰게? 설마 여기다 방책을 만들려는 건 아니지?"

"글쎄 가져와 봐."

부루의 재촉에 곽풍산이 어슬렁거리며 숲 속으로 들어갔다.

쿵쿵쿵!

곽풍산이 숲으로 들어간 후 일각여 동안 도끼로 나무 자르는 소리가 숲을 울렸다. 그리고 잠시 후 곽풍산이 정말 십여 개의 나무 기둥을 어깨에 몰아 얹고 돌아왔다. 보통 사람이라면 장정 대여섯 명이 함께 들어도 힘겨울 생나무 기둥을 곽풍산은 홀로 지고 오더니 부루 앞에 거칠게 부려놓았다.

"됐냐?"

곽풍산이 부루를 보며 묻자 부루가 고개를 끄덕였다.

"좋아, 이 정도면 적당해."

"도대체 뭘 하려고?"

"기다려 봐."

부루가 곽풍산이 잘라온 나무 기둥 두 개를 두 손으로 들어 올렸다. 그리고는 노숙지의 후방으로 다가가더니 숲과 공터 사이에 두 개의 나무 기둥을 박아 넣었다.

역시 보통의 사람들이라면 망치가 필요한 일이었지만 나무 기둥은 부루의 손길 한 번에 땅속 깊이 박혀들었다. 부루는 그렇게 나무 기둥 십여 개를 모두 땅속에 박아 넣었다. 그런데 마지막 나무 기둥을 땅에 박아 넣자 장내에 기이한 변화가 생겼다.

"어, 어찌 된 거지?"

부루가 마지막 나무 기둥을 박아 넣자마자 곽풍산이 어리둥절한 표정을 지었다.

"진이구나!"

원무극이 놀란 표정으로 소리쳤다. 그러자 부루가 손을 털고는 친구들 곁으로 다가오며 말했다.

"맞아. 진이야. 간단한 눈속임이지만 어쨌든 후방에서의 기습은 막을 수 있을 거야."

부루가 꽂아 넣은 나무 기둥들은 대부분 숙영지의 후방에 위치해 있었다. 그런데 나무 기둥을 모두 땅에 꽂자 그 즉시 기둥들의 흔적은 사라지고 그곳에 희미한 안개와 함께 거대한 바위들이 생겨나 사람의 접근을 차단하고 있었다. 덕분에 숙영지는 남쪽으로만 길이 트인 아늑한 모양으로 변했다.

"부루 너, 진법도 익혔냐?"

대일이 놀란 표정으로 물었다.

"천목맹에는 진법의 대가들도 여럿 있지. 그래서 간단한 진법 몇 개 배워뒀다. 이럴 때 써먹는군."

"간단한 진법이 아닌 것 같은데? 우리 살수계에서도 환진은 좀 배우는데 이건 무척 정묘한 진법이야."

"그래? 그렇다니 고맙네."

부루가 모닥불 앞으로 가 앉았다.

"어쨌든 이젠 기다리기만 하면 되는 건가?"

부루가 앉자 송추월이 부루를 보며 물었다.

"그들이 오면… 네가 나서야 해."

부루가 송추월을 보며 말했다.

"왜 내가 나서야 하지?"

"우리 중 네가 가장 무공이 뛰어나니까."

부루가 말했다. 그러자 송추월이 피식 실소를 흘렸다.

"그래 봐야 오십보백보. 나설 사정이 되면 나서지."

송추월이 내려놓은 짐에 몸을 기대며 눈을 감았다. 신마계에 들어 첫 번째 손님을 기다리는 것치고는 너무나 여유있는 모습의 송추월이었다.

바람이 남쪽에서 북쪽으로 불었다. 그렇다고 강한 바람은 아니어서 잦아진 모닥불을 흔들 정도에 지나지 않았다. 송추월은 짐에 등을 기댄 자세 그대로 잠든 것처럼 보였다. 다른 친구들은 잠을 이루지 못하고 있었다. 일단 전해진 경고는 적이 실제로 출현한 것보다 더 팽팽한 긴장을 일행에게 심어주고 있었다.

누구도 입을 열지 않았다. 긴장으로 눈을 뜬 상태에서도 일행은 최대한 몸에 휴식을 부여하고 있었다. 공력으로 싸우는 무인들이라 할지라도 그 기본은 몸이다. 충분한 휴식을 취해야 제대로 싸울 수 있으니 이들에게 지금의 휴식은 곧 싸움의 시작이나 마찬가지였다.

타타탁!

모닥불을 일군 나무가 그 심장까지 타들어가는지 애처로운 소리를 냈다. 그런데 그 순간 송추월이 눈을 떴다.

팟!

그리곤 번개처럼 신형을 날리더니 허공으로 솟구쳤다.

파파팍!

날카로운 강전이 송추월이 등을 기대고 있던 짐에 박혀들었다. 다른 네 친구도 어느새 제각기 자리에서 이동해 날아드는 화살을 피하고 있었다.

"젠장, 무슨 인사가 이따위야? 겨우 화살 세례라니……."

곽풍산이 날아드는 화살 하나를 손으로 낚아채며 투덜댔다. 송추월과 그 친구들 중 이런 식의 화살 공격에 당할 사람은 없었다.

"에라!"

곽풍산이 손에 든 화살을 화살이 날아온 방향으로 던졌다. 그러자 화살이 시위에 걸어 쏜 것보다도 더 강렬한 파공음을 내며 숲으로 날아갔다.

퍽!

어딘가에 화살 꽂히는 소리가 둔탁하게 들려왔다. 그리고 그제야 화살 공격이 멎었다.

"나와보쇼!"

곽풍산이 숲을 향해 소리쳤다. 그러자 숲에서 사람 그림자가 어른거리더니 십여 명의 사람이 모습을 드러냈다. 모두 검은색 옷을 입은 사람들이었는데, 그렇다고 같은 옷을 입은 것은 아니어서 색만 비슷할 뿐 그 차림새는 다양한 편이었다.

또한 모닥불 불빛에 얼굴이 드러나자 그들의 생김새 역시 무척 다양해서 일부러 세상에 나가 독특한 행색을 갖춘 사람들을 데려온 것 같은 느낌을 받을 정도였다.

'기도가 만만찮군.'

송추월은 나타난 자들의 행색보다 그들의 기도가 신경이 쓰였다. 이들의 기도는 강호에 나가면 하나같이 절정고수 소리를 들을 만한 것이었다. 그러나 겁을 먹거나 기가 죽을 정도는 아니었다. 작금의 송추월과 그 친구들은 무공에 관한 한 천하의 누구에게라도 양보할 생각이 없는 사람들이었다.

"어디서 왔소?"

불청객들이 모습을 드러내자 곽풍산이 도끼를 든 채 팔을 활짝 벌리며 물었다. 그러자 의외로 불청객들 가운데서 가장 앞에 선 자가 공손하게 송추월 등을 향해 포권을 해 보이고는 입을 열었다.

"대인들을 뵙게 되어 영광입니다. 전 조한림이라고 합니다. 그리고 이쪽은 이삭혼이라고 하는데, 저희는 혼원의 사대호법을 맡고 있는 사람들입니다."

"혼원? 어떤 곳이오?"

곽풍산이 여전히 퉁명스런 말투로 물었다. 이미 마효의 사자 적해로부터 혼원에 대해 들었지만 곽풍산은 아무것도 모르는 표정을 지어 보였다.

"혼원은 마존의 넷째 제자이신 환약중 대인이 머무시는 곳입니다."

"환약중? 아니, 그보다 마존이라 했소?"

"그렇습니다."

"혹… 그 마존이란 사람이 마효라는 이름을 가지고 있소?"

"그렇습니다."

"흐흐흐, 정말 경고가 사실이었군."

곽풍산이 음산한 웃음을 흘렸다. 그러면서 들고 있던 도끼를 바로 잡았다. 그사이 부루가 앞으로 나섰다.

"우리가 누군지 알고 오신 거요?"

"그렇습니다. 마존께서 새롭게 다섯 분의 영웅을 제자로 들이셨다고 들었습니다. 저희에게 마존의 제자 분들은 주인님과 같은 분들이라고 할 수 있습니다. 부디 편히 대해주십시오."

조한림이라 자신을 밝힌 중년 사내는 한 치도 예의를 잃지 않고 말을 이었다.

"뭐, 그야 나중 문제고… 혹 그대들의 주인께서는 오지 않으셨소?"

"주인께서는 혼원에 머물러 계십니다."

"혼원이라……. 좋소. 그런데 우릴 찾아와 화살을 퍼부은 이유는 뭐요?"

"당연히 주인의 명을 받고 다섯 분의 대인을 만나러 온 것입니다."

"그대들 주인의 명을 들어봅시다."

그러자 조한림이 지금까지의 비굴할 정도의 공손함에서 벗어나 허리를 펴며 말했다.

"주인의 말씀을 전하겠습니다. 주인께서는 사제 분들의 신마계 입성을 무척 기뻐하신다고 전하라 하셨습니다. 그리고 그 환영의 의미에서 사제 분들을 혼원에 초청하신다고 하셨습니다."

"초청이라……."

부루가 말꼬리를 흐렸다. 만약 이들의 말에 따라 혼원으로 간다면 절대 살아서 나오지는 못할 터였다.

"그를 사형이라 불러야 할지는 잘 모르겠소. 왜냐하면 우린 마효라는 양반에게서 제자로서의 자격을 얻지 못했기 때문이오. 하지만 어쨌든 한 사람에게서 무공을 배운 입장에서 당신들 주인의 초청에 감사하는 바이오. 하지만 우린 누구의 초청에 응할 사정이 못 돼오. 우린 하루라도 빨리 당신이 마존이라 부르는 그를 만나야 하기 때문이오."

"주인께서는 반드시 사제 분들을 모셔오라 했습니다."

조한림이 단호한 목소리로 대답했다.

"말인즉슨 강제로라도 데려가겠다는 의미구려?"

"어떤 형태로라도 혼원으로 대인들을 모시라는 명이셨습니다. 우린 주인의 명을 따를 뿐 다른 선택의 길이 없습니다."

"후후후, 알고 있소. 애초에 초청을 하면서 화살을 쏘아댄 것은 우릴 시체로 그대들 주인 앞에 데려가도 괜찮다는 의미겠지. 그런데… 혹시 이걸 생각해 보았소?"

"부족함이 있다면 가르침을 주시길."

여전히 조한림은 정중하다.

"그대들 말대로 우리가 그에게서 무공을 배웠다는 사실 말이오."

"물론 그야 잘 알고 있지요."

"그럼… 우리가 어떤 사람들이라는 것도 잘 알고 있겠구려."

"물론 그렇습니다."

"좋아, 좋아. 이봐, 추월! 이들은 죽을 각오가 되어 있다는 군."

문득 부루가 송추월에게 말을 건넸다. 이쯤에서 송추월이 앞으로 나서주길 바란다는 의미다. 송추월은 부루와 조한림이 이야기를 나누는 동안 조한림과 그의 곁에 무심한 표정으로 서 있는 이삭혼을 눈여겨 지켜보고 있었다. 어디선가 본 듯한 얼굴들이었기 때문이다. 그리고 부루가 자신을 부를 때쯤 그의 머리가 이들을 기억해 냈다.

'항주에서 요동으로 가던 배에서 보았던 자들이군. 그렇다면… 그때 이들과 함께 있던 자가 바로 그 늙은이의 넷째 제자인 환약중이란 말이군. 후후, 참 사람 인연이란 게…….'

"추월!"

송추월이 대답이 없자 다시 부루가 송추월을 불렀다, 그러자 송추월이 서너 걸음 앞으로 나서며 말했다.

"귀 안 먹었다."

"이 사람들이 죽을 각오가 되어 있대."

"뭐, 죽고 싶은 사람은 죽어야겠지. 그전에… 요동에서는 언제 돌아왔소?"

문득 송추월이 조한림을 보며 물었다. 그러자 조한림이 가볍게 고개를 숙이며 대답했다.

"알아보시는군요."

"그러게 말이오. 머리가 나빠 한참 생각했소."

"대인들의 뒤를 따랐습니다."

"응? 애초부터 우리가 목적이었던 거요?"

"그건 아닙니다. 대인들의 정체를 안 것은 곤륜에 도착한 이후입니다."

"그럼 왜 우리 뒤를 따른 거요?"

"그건… 우리가 찾고자 하는 사람이 대인들의 뒤를 따르고 있었기 때문입니다."

순간 송추월의 눈이 반짝였다. 대신 부루의 눈은 사람들이 눈치채지 못할 정도로 흔들렸다.

"우리 뒤를 따르는 자라……. 그게 누구요?"

"모르고 계셨습니까?"

"우리 뒤를 따른 자들이 한둘이 아니니……."

"그렇군요. 제법 많은 숫자의 강호인들이 대인들의 뒤를 따랐지요. 하지만 그 모두를 합쳐도 그분 한 분의 무게를 감당하기 힘들지요."

"도대체 누구기에 당신 같은 사람이 그리 정색을 하는 것이오?"

"셋째 대인께서 대인들의 뒤를 쫓고 있었습니다."

"셋째 대인? 셋째 대인이라면… 설마 그대들 주인의 사형을 말하는 것이오?"

여간해선 표정이 변하지 않는 송추월이 놀란 눈으로 물었다.

"그렇습니다. 그분이 요동에서부터 줄곧 대인들의 뒤를 쫓

왔지요. 애초에 주인께선 마존의 명으로 셋째 대인을 찾으려 요동에 갔었습니다. 그래서 자연히 셋째 대인을 쫓다 보니 대인들의 뒤를 따르게 된 것이지요."

"음… 일이 그리된 것이었군. 그런데… 왜 그가 우리 뒤를 쫓은 것이오?"

"그건 저희로서도 알 수 없는 일입니다."

"그와 당신 주인은 만나지 않았소?"

"만나기는 했으나 대인들을 쫓는 이유는 듣지 못했습니다."

"그는 지금 어디 있소?"

"셋째 대인 말입니까?"

"그렇소."

"아마도 셋째 대인께선 잠혈동에 계실 겁니다."

"잠혈동이라……."

"신마봉 동쪽에 있는 셋째 대인의 근거지지요. 흑월이 머무는 곳입니다."

"흑월!"

"셋째 대인을 따르는 수족들이지요. 아마도 천하에서 가장 은밀하고 무서운 자들일 겁니다."

물론 이미 적해로부터 들은 이름이다.

"재밌군, 재밌어. 그는 왜 우리 뒤를 따른 걸까? 특별히 우릴 공격한 것도 아니고."

송추월이 호기심이 깃든 얼굴로 홀로 중얼거리다 문득 조한 림을 보며 물었다.

"어쨌든 그건 그렇고… 그대들은 우리 시체라도 끌고 돌아가야 한단 말이구려."

"그런 일이 없기를 바랍니다."

"아마 그런 일은 없을 거요. 왜냐하면 시체가 되는 건 그대들이 될 테니까."

송추월이 팔짱을 끼며 말했다. 그러자 조한림이 살짝 얼굴을 찌푸렸다.

"정녕 피를 보셔야겠습니까?"

그러자 송추월이 대답했다.

"선택은 그대들이 하는 거요. 정말 피를 보고 싶소?"

송추월의 대답에 조한림이 고개를 저었다.

"그리 말씀하시니 어쩔 수 없군요. 저희야 주인의 명을 따를수밖에 없는 처지니. 모셔야겠네."

조한림이 곁에 서 있는 이삭혼이란 자를 보며 말했다. 그러자 이삭혼이 고개를 끄덕이고는 뒤에 서 있는 자들을 향해 낮게 말했다.

"준비하라!"

이삭혼의 명이 떨어지자 두 사람 뒤에 서 있던 자들이 송추월 등을 반원을 그리며 에워쌌다.

"무극, 넌 뒤를 좀 살펴!"

불청객들이 움직이는 것을 지켜보며 송추월이 낮게 말했다.

"알았다."

원무극의 목소리가 들려오는 동시에 그의 신형이 장내에서 사라졌다.

"모두 나서야겠다."

원무극이 사라지자 송추월이 남은 친구들을 향해 말했다. 그러자 곽풍산과 대일이 송추월과 부루가 있는 곳으로 다가섰다.

"아주… 제대로 싸워보겠어."

곽풍산이 혀로 입술을 축이며 중얼거렸다. 마치 굶주림에 지친 사자처럼.

곽풍산의 도끼를 상대해야 하는 건 이삭혼이었다. 곽풍산은 처음부터 이삭혼을 목표로 도끼를 휘둘렀다. 우두머리를 베어야 싸움의 승산이 있다는 원칙은 차치하고라도 이삭혼은 곽풍산의 호승심을 자극하는 자였다. 그의 풍모는 곽풍산과 비슷하여 호목에 장대한 체구를 자랑했고, 들고 있는 병기 또한 대일의 청룡도에 버금가는 대도였다.

쿠쿠쿵!

곽풍산이 도끼를 휘두르며 다가오자 이삭혼이 무겁게 도를 들어 곽풍산의 도끼를 막았다. 거대한 충돌음이 땅과 하늘을 흔들었다. 지금까지 숱한 강호의 무인들이 거북해한 곽풍산의 도끼를 이삭혼은 대등하게 막아냈다.

"모두 공격하라! 생사는 괘념치 마라!"

곽풍산과 이삭혼의 싸움이 시작되자 조한림이 차갑게 명을 내렸다. 그러자 혼원의 고수들이 일제히 송추월 등을 덮쳐

갔다.

차차창!

순식간에 강렬한 격돌이 이루어졌다. 그리곤 또 바람이 먼지를 불어 날리듯 양측은 서로에게서 멀어졌다.

"이건… 다르다!"

일 합의 격돌 후 뒤로 물러난 대일이 흥분인지 아니면 걱정인지 모를 표정으로 소리쳤다

"그래, 정말 다르군."

부루 역시 고개를 끄덕였다.

"목숨을… 걸어야 해."

송추월이 담담한 목소리로, 그러나 무거운 의미를 지닌 말을 흘려냈다.

"정말 목숨을 걸어야겠어. 천목맹이나 천추성의 고수들과는 차원이 달라."

대일이 청룡도를 움켜쥐며 말했다.

"살아남는 것은 각자의 몫이다. 다시 얼굴을 볼 수 있길 바란다."

송추월이 냉정하게 말을 뱉고는 훌쩍 신형을 날려 혼원의 고수들을 향해 날아갔다.

"젠장할 녀석, 하여간 매정하기는!"

대일이 송추월의 뒤를 따랐다. 그러자 부루가 잠시 하늘을 보며 중얼거렸다.

"과연 우린 신마계에 온 건가? 이제 생사는 하늘의 뜻이다.

그러나 살아남아 신경의 주인이 된다면 천하는 이 부루의 손에 들어올 것이다. 목숨을 건다!"

부루가 훌쩍 신형을 날려 송추월과 대일의 뒤로 뛰어들었다.

송추월의 검이 번개처럼 움직였다. 단언컨대 송추월이 무공을 익혀 대호산을 내려온 후 이처럼 모든 것을 쏟아부어 싸움을 한 경우는 없었다. 그의 검은 그 어느 때보다도 빨리 움직였고, 단전에서 일어난 공력은 온몸을 태울 듯이 뜨겁게 달아오르고 있었다.

"큭!"

묵직한 손 떨림과 함께 나직한 신음 소리가 들려왔다. 근 일각을 싸운 후 처음으로 적을 벤 송추월이었다.

'정말 대단한 자들이다. 한 명 한 명이 강호의 절정고수 못지않다.'

송추월은 적을 베고도 적의 무공에 감탄했다. 그러나 강한 적이 송추월을 두렵게 하지는 않았다. 오히려 송추월의 가슴은 호승심으로, 아니, 강한 것을 파괴하고 싶다는 욕망으로 들끓기 시작했다. 화수유천의 마기가 다시금 그의 몸을 지배하기 시작한 것이다.

"생각보다 대단하다. 이건… 쉽지 않을 수도 있겠어."

아직 싸움에 뛰어들지 않은 조한림이 어두운 눈빛으로 중얼거렸다. 그의 눈에 서서히 싸움의 승기를 잡아가는 송추월 등이 보였다. 한쪽에선 여전히 곽풍산과 이삭혼이 맹렬한 싸움을 벌이고 있었는데, 그쪽의 사정도 어느덧 서서히 곽풍산이 유리한 고지를 밟아가고 있었다.

"역시 마존의 가르침을 받은 자들은 다른 것인가? 저런 애송이들조차도."

조한림이 한숨을 내쉬었다. 이미 그는 그들이 마존이라 부르는 마효의 제자들이 어떤 자들인지 충분히 알고 있었다. 무공으로는 천하를 뒤엎을 만하고 독하기로는 만인의 피를 뽑을 수 있는 자들이다.

그러나 그건 그가 알고 있는 네 명외 제지에 국한된 사실일 거라고 믿었던 조한림이었다. 그런데 오늘 충분히 제압할 수 있을 거라 자신했던 이 젊은 제자 다섯조차도 그가 두려워하는 그의 주인과 별반 다르지 않은 무위와 마기를 드러내고 있었다.

"물러나야 하나?"

조한림이 고개를 갸웃했다. 그의 주인인 환약중은 자신의 어린 사제들을 데려오라 명하면서 한 가지 주의를 줬다. 그건 이들의 무공이 조한림 등이 감당할 수 없는 경지라면 욕심 부리지 말고 그 즉시 물러나라는 것이었다. 싸움은 이들이 아니라 다른 세 명의 사형과 하는 것이라면서 혼원의 전력에 약화를 가져올 가능성이 있다면 언제든 물러나라는 것이 환약중의 명이었다.

"큭!"

다시 한 명의 비명 소리가 조한림의 귀에 들려왔다. 어느새 또 한 명의 혼원 고수가 송추월의 검에 쓰러지고 있었다.

"특히 저자, 위험하다. 물러나야 한다."

조한림이 결심을 굳혔다. 연후 그의 목소리가 전장에 울려 퍼졌다.

"물러난다!"

명이 떨어지자 미리 약속이 있었던 듯 혼원의 고수들이 썰물처럼 숲으로 물러나기 시작했다. 물러나지 못한 자는 오직 하나, 곽풍산을 상대하고 있는 이삭혼뿐이었다. 그는 곽풍산과의 싸움이 워낙 급해 몸을 뺄 여유를 찾지 못했다.

"살고 죽는 것은 삭혼 그대의 몫이네."

조한림이 나직이 중얼거리고는 훌쩍 신형을 날렸다. 그런데 그 순간 불쑥 그가 가려는 방향 앞에서 화살 같은 검이 그의 이마를 향해 날아들었다.

"흡!"

조한림이 갑작스런 검의 출현에 놀라 다급성을 터뜨리며 급히 신형을 뒤로 물렸다.

"그대가 죽고 사는 것 역시 그대 몫이야. 살아갈 수 있다면 살아가 봐."

조한림의 앞을 막은 검의 주인은 원무극이었다. 원무극이 염기 띤 눈에 살기를 드러내며 조한림과 이 장 거리를 두고 노려보고 있었다.

"물러나시오."

"후후, 왜 이래? 죽으러 온 거 아니었어?"

원무극이 실소를 흘렸다. 조한림은 말문이 막혔다. 이들의 능력으로 보건대 정말 오늘 자신과 동료들은 사지에 뛰어든 격이나 마찬가지일지도 몰랐다.

팟!

조한림은 대답 대신 번개처럼 검을 뺐다. 그러자 한줄기 빛이 원무극을 향해 뻗어나갔다. 빛은 마치 바람에 날리는 실처럼 부드럽게 곡선을 그리고 있었는데, 그 아름다운 모습과 반대로 빛에 실린 힘은 강력하기 이를 데 없었다.

퍼퍼퍽!

빛줄기에 걸린 어린 나무들이 둔탁한 파열음을 내며 쓰러졌다. 그리고 한순간 빛줄기가 부드럽게 원무극을 감쌌다. 마치 채찍이 나무 기둥을 휘감듯이.

팟!

조한림은 자신의 검에서 뻗어나간 빛줄기가 원무극을 감싸자 한순간 검을 강하게 그었다. 그러자 원무극을 휘감은 빛줄기가 허리를 맹렬하게 잘랐다.

팟!

그런데,

"음!"

신음성을 흘린 자는 원무극이 아니라 조한림이었다. 검기를 이용해 단숨에 원무극의 허리를 자르려던 그의 계획은 허무하게 흐트러졌다. 자신의 검기에 걸렸다고 생각했던 원무극의 신형이 한순간 그의 검기 속에서 사라져 버렸기 때문이다. 그의 검기는 애꿏은 허공을 베고는 순식간에 사라졌다.

"천추삼성의 성주들보다 뛰어나다!"

부루가 중얼거렸다. 비록 원무극을 베지는 못했지만 조한림이 선보인 빛의 검공은 천추삼성의 성주들이었던 복지양이나 조천석의 무공을 능가하는 것이었다.

"후후, 신마계라 하더니 정말일세. 하나같이 보통이 아냐. 내가 한 놈도 못 베었다니까?"

대일이 음울한 웃음을 흘렸다.

"그래도 저자는 베어야겠지?"

송추월이 차게 말했다. 그의 시선은 여전히 원무극과 대치하고 있는 조한림에게 가 있었다.

"넌 무극을 도와라. 난 저쪽을 맡지."

부루가 살기를 드러내며 곽풍산 쪽으로 시선을 돌렸다.

"일단 손님을 보냈으니 그에 합당한 답례를 하는 게 맞기는 해. 우리 넷째 사형께 제대로 된 답을 해줘야지. 흐흐."

대일이 음울한 웃음을 흘렸다.

"시작하자."

부루가 먼저 신형을 날렸다. 그러자 송추월 역시 소리 없이 허공을 날아올랐다.

"난 구경이나 해야겠군. 어, 피곤하다!"

부루가 청룡도를 어깨에 둘러멘 채 사방을 경계하며 어슬렁

거리기 시작했다.

조한림은 원무극에게서 한시도 시선을 떼지 못했다. 자신의 공격을 피해낸 원무극의 신법이라면 언제 어느 때 시야를 벗어나 기습을 가할지도 몰랐다. 일단 그의 모습을 잃어버리는 순간 살검은 자신의 가슴을 파고들 것이다.

"과연 마존의 제자시오."

조한림이 입을 열었다. 팽팽한 긴장 속에서 입을 연다는 것은 곧 상대를 흔들어보겠다는 의도. 원무극이 가벼운 미소를 지었다.

"그대들이 마존이라 부르는 노인네가 대단하긴 하지. 그래서 오늘 당신은 여기서 죽을 거야."

"비록 마존의 제자 분들이 대단하긴 해도 날 죽일 수는 없을 겁니다."

"후후, 과연 그럴까? 그댄 그대의 주인 앞에서도 그리 말할 수 있나?"

"나의 주인과 당신들은 다릅니다."

"하하하, 뭐가 달라? 한 사부를 뒀는데."

"같은 뿌리에서 나왔다고 그 가지가 모두 같은 굵기로 자라지는 않지요."

"후후후, 주인에 대한 믿음이 무척 강하군. 하지만 그대는 한 가지 잊은 사실이 있어."

"그게 무엇인지 궁금하군요."

"그건 말이야, 바로 우린 그대의 주인처럼 홀로 선 가지가 아니라는 사실이야. 우리 다섯 줄기나 된다고!"

원무극의 말이 끝나는 순간 조한림이 신형을 틀었다. 그러나 이미 그의 뒤에는 송추월이 다가와 있었고, 그의 검은 조한림의 등 한복판을 찌르고 있었다.

팟!

조한림이 최대한 빨리 신형을 움직였으나 그의 등에는 길게 검상이 만들어졌다. 송추월의 검은 그가 피하기에는 너무도 빠르고 은밀했던 것이다.

조한림이 피를 흘리며 송추월에게서 멀어졌다. 그의 눈에 독한 기운이 감돌았다.

"마존의 제자란 자들이 이렇게 치졸한 수를 쓰다니……."

조한림이 노기를 드러내며 소리쳤다. 그러자 송추월이 한줄기 비웃음을 입에 담았다.

"그대 말대로 마존의 후예라면 당연히 이런 술수에도 능해야 하지 않을까? 그대의 주인과 다른 제자들의 술수는 하늘에 닿아 있을 터인데. 그리고 도대체 그대 자신이 마인이라 부르는 자들에게 뭘 기대한다는 거야? 죽기나 해!"

송추월의 냉정한 말에 조한림이 다시 노기를 터뜨리려는 찰나 그의 옆구리 쪽으로 희미한 그림자가 생겨났다. 그리고 화살처럼 검은 그림자가 조한림의 허리를 관통했다.

"컥!"

조한림이 송추월에게 반박하는 대신 극렬한 통증에 자신도 모르게 신음성을 토해냈다.

"죽음은 언제나 곁에 있지. 사람들은 그걸 몰라. 그래서 남의 다리 밑에서 인생을 허비하는 거야. 이뤄지지 않을 욕망을 채우기 위해. 뭐, 채워봐야 별것없는 욕망일 테지만. 그대의 주인에게 당신의 죽음이 아주 명예로웠다고 전해주지. 마인답지 않게!"

원무극이 사선을 넘어가는 조한림을 보며 냉소인지 위로인지 모를 말을 흘려냈다. 그의 곁으로 송추월이 다가서며 말했다.

"무슨 살수가 그렇게 말이 많아?"

"지금은 살수가 아니잖아."

"그런가? 어쨌든 놀라운 곳이지?"

"그러게. 정말 놀라운 곳이야. 일개 수하의 무공이 이렇게 뛰어나다니. 도대체 그들의 무공은 어느 정도일까?"

"그러게. 정말 겨뤄보고 싶군. 이런 수하들 말고."

"호호, 추월 넌 자신있나 보구나?"

"뭐, 없을 것도 없지."

"그렇게 말하니까 나도 자신감이 좀 생기네."

원무극이 한줄기 미소를 짓는 순간 다시 한마디 비명성이 두 사람 귀를 어지럽혔다.

"악!"

고개를 돌리니 곽풍산의 도끼가 이삭혼의 등을 깊숙이 파고 들고 있었다. 이삭혼의 앞에는 부루가 서 있었는데 곽풍산의 도끼가 이삭혼의 등을 파고드는 순간 부루의 손 역시 가볍게 이삭혼의 목을 스치고 지나갔다.

"제길, 왜 남의 싸움에 끼어들어? 다 끝나가고 있었는데!"

곽풍산이 이미 숨을 거둔 이삭혼의 몸에서 도끼를 회수하며 소리쳤다.

"지금 자존심 따질 때냐?"

부루가 퉁명스레 대꾸했다.

"내가 이자에게 지기라도 했을 거란 말이야?"

곽풍산이 도끼를 들어 올리며 으르렁거렸다.

"누가 네가 진대? 단지 싸움을 좀 더 빠르고 확실하게 끝낼 필요가 있었다는 거지. 저길 봐. 저쪽도 추월이와 무극이가 함께 나섰잖아?"

부루가 손을 들어 송추월 등을 가리켰다. 그제야 곽풍산이 노기를 가라앉히며 중얼거렸다.

"그래도… 이자는 내 몫이었다는 말이지."

"알아. 알고 있으니까 그만해. 가자!"

부루가 곽풍산의 어깨를 잡아끌었다.

송추월과 친구들은 서둘러 짐을 챙겼다. 그들의 내면에 거부할 수 없는 마성이 꿈틀거리고 있다 해도 혈흔 낭자한 곳에서 잠을 청할 정도는 아니었다.

서둘러 짐을 챙긴 송추월과 친구들이 한바탕 혈풍이 불었던 숲을 떠나자 이내 숲은 고요 속으로 가라앉았다. 그리고 한순간 한줄기 바람이 불어왔다. 바람은 잠시 혈풍의 진원지에 머물다 사라졌는데 바람이 사라지자 혼원 고수들의 시신도 함께 사라졌다.

*   *   *

탕!

환약중이 강하게 탁자를 내려쳤다. 그러자 질 좋은 목재로 만들어진 탁자가 한순간에 부수어져 내렸다.

"누가 죽어?"

환약중이 되묻자 묘살이 식은땀을 흘리며 대답했다.

"조한림과 삭혼이 죽었습니다."

"지금 농담해?"

"죄송합니다. 그들의 시신을 회수했습니다."

바직!

환약중의 손에 잡힌 의자의 팔걸이가 가루가 되어 흘러내렸다.

"정말 죽었단 말이지?"

"죄송합니다, 대인!"

"아니, 묘살 자네가 죄송할 것은 없지. 음, 흐흠, 하하! 내가 좀 흥분했나 보군."

환약중이 분노의 기색 끝에 기이한 웃음을 흘리며 자리에서 일어났다. 그리고는 천천히 걸음을 옮겨 달빛도 없는 창문 앞

에 다가갔다. 그리고 한동안 어둠 속에서 설산의 흰 빛을 바라
봤다. 그러다가 문득 고개를 돌렸다.

"그들 중 죽은 사람은?"

"없습니다."

"없어?"

"그렇습니다."

"우린 조한림과 이삭혼에 더해 세 명이나 죽고?"

환약중의 물음에 묘살이 대답 대신 고개를 숙였다. 그런 묘
살을 무심히 바라보던 환약중이 문득 고개를 끄덕이며 다시
웃음을 흘렸다.

"흐흐흐, 정말… 정말 사부의 제자였군. 난 일말의 의심을
하기도 했어. 그런데 정말 사부의 제자였어. 사부의 제자가 아
니라면 천하의 그 누구도 이삭혼과 조한림을 그렇게 쉽게 벨
수 없지. 사부, 제대로 제자를 키운 것 같소. 흐흐흐!"

환약중의 실소가 강해질수록 묘살의 몸은 더욱 떨렸다. 주
인에 대한 그의 두려움이 어느 정도인지 몸으로 드러내고 있
는 묘살이었다.

"묘살!"

"예, 대인!"

"어찌할까?"

"그… 그것이…….."

묘살이 쉽게 대답을 하지 못했다. 그러자 환약중이 다시 입
을 열었다.

"쉽지 않지? 복수를 하고 싶지만. 그러자면 우리의 모든 걸 걸어야 할 테고… 그렇게 되면 뭐, 신경 같은 건 물 건너가는 거지. 두 사람의 복수를 위해 내 꿈을 포기할까?"

"그건 아니 될 말씀입니다!"

묘살이 단호하게 말했다.

"그래, 나도 그렇게 생각해. 복수야 나중에 해도 되지. 일단 이쯤에서 손을 뗀다. 그들에 대한 처리는 사형들에게 맡겨둬."

"알겠습니다."

"대신 그들의 행적을 놓치면 안 돼!"

"명심하겠습니다."

"혼원의 모든 고수를 동원해, 나도 다시 출행한다!"

"존명!"

第六章

조우

화마경

"한번 정식으로 만나봐야 할 것 같군."

장대한 체구의 중년 사내가 기우뚱거리며 자리에서 일어났다.

"직접 나서실 것까지는……."

사내의 앞에서 역시 초로에 접어든 날카로운 인상의 인물이 머리를 조아렸다.

"아니, 직접 만나보고 싶군. 지난번엔 시간이 없었지만 혼원의 공격에서 살아남았다니 만나보고 싶어."

"그들을 직접 상대하시겠다는 것인지요?"

"그건 아니야. 애송이들과 손을 섞을 수야 없지. 하지만 일단 그들을 만나긴 해야겠어."

"묘인곡을 비우는 것은 위험한 일입니다. 그들을 만나면 대인께서 곡을 비우신 걸 다른 대인들도 아시게 될 겁니다."

"훗, 문만 지키고 있다고 신경이 내 손에 들어오는 것은 아니야."

"하지만 그사이 다른 대인들이 묘인곡을 차지하려 한다면 주인께선 유리한 패를 잃으시는 겁니다."

"함통, 자넨 생각이 너무 많아. 이 묘인곡은 한 사람이 백 명을 상대할 수 있는 곳이다. 그러니 다른 사형제들이 아무리 이곳을 탐낸다 해도 쉽게 범할 순 없다. 더군다나 내가 그들을 만나러 간다 해도 그래 봐야 신마봉의 경내이다. 그러니 지난번과는 다르다. 설혹 누군가 묘인곡을 공격한다 해도 늦지 않게 돌아올 수 있을 거야."

"알겠습니다. 주인님의 뜻이 그러하시다면⋯⋯."

"대신 회제와 용천 두 사람을 남긴다. 그 정도면 되겠지?"

"그렇다면 걱정없습니다."

"좋아, 자넨 나와 함께 가지."

"모시겠습니다."

새롭게 자리를 잡은 휴식처는 작은 동굴이었다. 동굴 앞쪽으로 개울이 흘러 물을 구하기도 편했고, 멀리 신마봉의 봉우리가 아스라이 눈에 들어와 주변의 지형을 살피는 것도 편리했다.

부루는 계속해서 지도를 살피고 있었고, 송추월은 한쪽에서 눈을 감고 잠을 청하고 있었다. 일행이 하루를 온전히 쉬어가기로 한 것은 요동을 떠난 이후 처음 있는 일이었다. 비록 금세 끝나기는 했으나 마효의 넷째 제자 환약중이 이끄는 혼원 고수들을 상대하는 것에 적지 않게 심력을 소비했기에 하루 낮밤의 휴식을 취하기로 한 일행이었다.

"세상에, 송어가 있어!"

어느새 곽풍산이 긴 장대에 어른 팔뚝만 한 송어 십여 마리를 꿰어 오며 소리쳤다. 아마도 동굴 앞에 흐르는 개울에서 잡아오는 모양이었다.

"송어? 고기가 산단 말이야?"

"그렇다니까? 보라고!"

"신기한 일일세. 설봉의 녹아내리는 물에 고기라니… 하류라면 모를까."

대일이 고개를 갸웃했다.

"물은 어때?"

문득 부루가 지도에서 눈을 떼며 물었다.

"물이 어떻다니?"

"맑아?"

"아주 맑아."

"그럼 산 위가 아닌 산속에 수원(水原)이 있는 모양이군."

"그런가?"

"그래서 물고기도 사는 모양이고. 아무튼 좀 구워봐."

"흐흐, 알았어. 내가 아주 제대로 구워주지."

곽풍산이 동굴 앞쪽에 피워놓은 모닥불에 다가앉으며 말했다.

구수한 냄새가 동굴을 채웠다. 고기 익어가는 냄새가 다섯 친구들의 코를 자극했다. 곤륜에 든 이후 줄곧 건량만 먹어왔기에 송어 익어가는 냄새는 여간한 유혹이 아니었다.

"됐어. 맛들 봐."

곽풍산이 노릇하게 구워진 송어를 친구들 앞에 내놓았다. 그러자 대일이 재빨리 품속에서 소금 주머니를 꺼내 커다란 나뭇잎 위에 소금을 부었다.

다섯 친구는 이제 누구도 무시할 수 없는 무림의 고수들이었지만 잘 구워진 송어에서 흘러나오는 냄새에 식욕을 참지 못하고 곽풍산이 내놓은 송어를 향해 달려들었다.

"좋아!"

"정말 좋군. 흐흐."

곽풍산과 대일이 흐뭇한 미소를 지으며 송어를 뜯었다.

"술이 있으면 더 좋을 텐데."

곽풍산이 입맛을 다셨다.

"그러게 말이야. 이럴 줄 알았으면 사천을 떠나기 전에 술을 구해 올 걸 그랬어."

대일이 때늦은 후회를 늘어놓는 그때, 문득 묵직하면서도 제법 정겨운 목소리가 다섯 친구 귀에 들려왔다.

"술이라면 내가 준비해 줄 수 있네만……."

순간 다섯 친구가 입에 물고 있던 송어를 내려놓았다. 그리고는 모두 고개를 돌려 동굴 입구를 응시했다.

동굴 앞에는 한 명의 중년 사내가 수수한 자색 장삼을 걸치고 동굴 안쪽에서 흡사 거지처럼 모여 앉아 송어를 뜯고 있는 다섯 친구를 바라보고 있었다. 그의 시선에선 이들을 향한 정겨움이 느껴지기도 했는데, 그것이 그의 진심에서 우러난 눈빛인지 아니면 자신을 가리기 위해 드러낸 눈빛인지는 쉽게 알 수 없었다.

"누굴까?"

대일이 고개를 갸웃했다. 지금 이 시점에 이들 다섯 친구를 홀로 찾아올 수 있는 사람은 오직 네 사람뿐이다. 아니, 이젠 암암리에 그들이 사부로 인정하는 마효를 포함하자면 다섯. 하지만 눈앞에 선 자는 마효가 아니니 결국 넷일 수밖에 없었다.

"넷째는 아니야."

송추월이 말했다. 그는 환약중의 얼굴을 알고 있었다. 눈앞의 사내는 환약중이 아니었다. 환약중보다는 나이가 많아 보이고 그 무게가 더해 보였다.

물론 부루는 이자가 셋째도 아니라는 것을 알고 있었다. 그러나 그는 그 사실을 말하지는 않았다. 숨길 수 있는 순간까지 자신이 처음부터 마효의 셋째 제자 오원지와 줄곧 인연을 맺어왔다는 걸 친구들에게 숨기고 싶은 부루였다.

"그럼 셋 중 하나겠네?"

원무극이 입을 열었다.

"뭘 고민해? 확인해 보면 되지."

곽풍산이 거구를 일으켰다. 여전히 한 손에는 잘 구워진 송어가 들려 있었다. 곽풍산이 서너 걸음 앞으로 걸어나가 유유자적한 모습으로 서 있는 사내에게 물었다.

"우리에게 네 명의 사형이 있다고 들었소. 뭐, 솔직히 아직 우린 그 노인네를 사부로 인정한다고 결정하지 않았으니 사형이라고 부를 수 없을지도 모르지만… 어쨌든 넷 중 뉘시오?"

정말 사형에게 하는 말투라면 버릇없기 이를 데 없는 말투다. 그러나 중년 사내는 곽풍산의 거친 말투에도 변함없이 미소를 지었다.

"누굴 것 같나?"

"그걸 알면 묻겠소?"

곽풍산이 송어를 한입 베어 물며 퉁명스럽게 되물었다.

"하하, 그렇군. 이 사형이 실수를 했군. 난 고부라는 이름을 가지고 있네. 사제들이 마혼이란 별호를 붙여주었지. 혹은 자하산장의 장주로도 불리네."

순간 동굴에 있던 송추월 등이 모두 자리에서 일어났다. 마혼 고부! 그렇다면 이건 생각보다 거물이다. 고부라면 마효의 첫째 제자였다.

"이거… 첫째 사형을 볼 줄은 몰랐소. 솔직히 네 사형 중 가장 만나기 어려울 줄 알았는데 첫 번째로 보다니……."

"하하하, 대사형으로서 새로운 사제들의 얼굴을 봐야 하는 건 당연한 의무가 아니겠는가? 그래서 직접 나섰네. 아랫사람을 보내 산장으로 초대할 수도 있었지만 거절할 것 같아서. 이미 넷째의 초청을 거절했다지?'

"흐흐흐, 역시 우리 행적을 세밀히 알고 계시는구려. 알고 계신 대로요."

"어떤가? 나와 함께 자하산장에 들러보지 않겠나? 그곳에는 그대들이 원하는 미주가 산더미처럼 쌓여 있다네."

"하, 미주가 산더미라……. 이거 마음이 동하기는 하는데… 아무래도 그 초대에는 응하지 못할 것 같소이다."

"그런가? 왜지?"

"두 가지 이유가 있소이다."

"두 가지씩이나? 그 이유를 듣고 싶군."

"뭐, 그리 어려운 문제는 아니오. 첫째, 우리가 그대의 본거지인 자하산장이란 곳으로 갔을 때, 과연 우리 목이 그대로 남아 있겠느냐는 걱정 때문이오. 그대나 우리나 모두 알다시피 그 괴팍한 사부의 제자 중 살아남을 사람은 하나밖에 없지 않소? 그러니 그대가 우리에게 칼을 겨누지 않을 거라 어찌 장담하겠소?'

"타당한 걱정이네. 다른 하나는?"

"에… 설혹 그대가 우릴 해치지 않는다 하더라도 우린 그대의 장원에 들르는 것보다 그 노인네를 만나는 것이 더 급하오. 다른 길을 둘러갈 생각은 없소."

그러자 중년 사내, 괴노 마효의 첫째 제자인 마혼 고부가 고개를 끄덕였다.

"듣고 보니 둘 모두 타당한 이유네."

"그럼 우리가 그대의 초대를 거절하는 것을 이해하시겠구려."

"물론 이해하네. 그런데 과연 자네들이 내 초대를 무시하고도 사부를 만날 수 있을지는 의문이네."

순간 곽풍산의 안광이 한차례 번뜩였다.

"그 말은 한번 붙어보자는 의미요?"

"아아, 그런 것은 아니네. 난 자네들과 싸울 생각이 없어."

"그럼 무슨 의미로 한 말이오?"

"나야 아니지만 과연 다른 사제들이 그대들이 신마봉에 오르게 그냥 두겠냐는 말이네."

"후후, 그건 대사형께서 걱정하실 일은 아닌 것 같소. 그 문제야 결국 우리가 해결해야 할 일이오."

곽풍산이 유들거리며 대답했다. 그러자 고부가 고개를 저었다."

쉬운 길이 있다면 쉬운 길을 택하는 것도 좋은 방법이지."

고부의 말에 곽풍산이 묘한 눈으로 고부를 바라봤다. 그러다가 불쑥 질문을 던졌다.

"설마… 우릴 도와주겠다는 말이오?"

"알아들었으니 영 앞뒤가 막힌 사람은 아니군."

고부가 고개를 끄덕였다.

"이것 참. 모두 들었지? 대사형께서 우릴 신마봉에 오르도록 도와주시겠다는데? 이걸 도대체 어떻게 받아들여야 하는 거야?"

곽풍산이 자신의 머리로는 도저히 고부의 내심을 짐작할 수 없다는 듯 소리쳤다. 그러자 뒤에 있던 부루가 앞으로 나섰다.

"본래 누군가가 손을 내미는 경우엔 반드시 그에 대한 대가를 원하게 마련이지."

그러자 곽풍산이 그제야 고개를 끄덕였다.

"아하! 그러니까 우릴 그 노인네에게 데려다 주는 대신 뭔가 바라는 게 있다는 말이군!"

"이제 우리가 뭘 내놔야 하는지 들어야지."

어느새 부루는 곽풍산을 지나쳐 두어 걸음 앞에 나가 서 있었다.

"그대가 천목맹의 총사였던 사람인가 보군."

고부가 부루를 보며 말했다.

"알아봐 주시니 고맙습니다, 대사형!"

부루는 처음부터 고부를 사형으로 부르길 주저하지 않았다.

"하하하, 그리 불러주니 고맙군."

"우리가 뭘 내주길 원하십니까?"

부루가 말을 돌리지 않고 물었다. 그러자 고부가 잠시 침묵을 지켰다가 입을 열었다.

"사실은 이 거래를 성사시키기 위해 자네들을 자하산장으로 초대하려 했던 걸세. 이런 산속에서 거래를 하기엔 너무 격식이 없지 않나?"

"그래도 목숨을 위협받고 하는 거래보다야 낫겠지요."

"후후후, 그리 생각한다면 할 수 없고. 좋아, 먼저 묻겠네. 자네들이 사부를 만나려는 이유는 뭔가?"

고부가 정색을 하며 물었다. 그러자 지금까지 유해 보이던 그의 인상이 갑자기 차고 무섭게 변했다. 고부의 변한 모습에 부루가 자신도 모르게 한 걸음 뒤로 물러났다.

'과연 첫째라 다른가?'

부루의 뒤에서 고부를 지켜보고 있던 송추월이 내심 경각심을 일으켰다. 본색을 드러내자 고부의 기운은 그가 지금까지 만났던 그 누구보다도 강렬했다. 하지만 금세 다시 송추월이 고개를 저었다.

'저렇게 강렬한 기운을 흘려낸다는 것은 그가 아직 그 늙은 이처럼 기운을 안으로 갈무리하는 단계에는 이르지 못했다는 것을 의미한다. 결국… 아직은 한 사람의 인간일 뿐이란 거지. 상대 못할 것은 아니야.'

송추월이 내심 고부의 능력을 추측하고 있는 사이 평정을 회복한 부루가 고부의 기세에 대항하듯 입을 열었다.

"우리가 사부를 만나러 가는 것은 사부가 우릴 신마봉으로 불렀기 때문이지요."

"단지 그의 부름 때문에 신마봉으로 가는 것은 아니지 않은가? 그에게서 원하는 것이 있을 텐데?"

"그건 사형께서도 잘 알고 계시리라 생각됩니다만……."

"역시 사부가 걸어놓은 결계 때문이겠지?"

"다르지 않습니다."

그러자 고부가 천천히 고개를 끄덕이더니 다시금 날카로운 안광을 흘려 부루를 쏘아보며 물었다.

"혹 다른 목적은 없는가?"

이번만큼은 부루도 뒤로 물러나지 않았다. 그는 고부의 날카로운 안광을 깊은 눈으로 받아들이며 한줄기 미소를 지었다.

"운이 닿는다면 신경의 후계자가 될 수도 있겠지요."

부루의 대답에 고부 역시 한줄기 미소를 지었다. 그러면서 충고하듯 입을 열었다.

"사부께서 거둬들인 사십여 명의 제자 중 오직 네 명만이 살아남았네. 그 이유는 그들이 신경에 대한 욕심을 버리지 않았기 때문이지. 아니, 사실대로 말하자면 그들은 살기 위해 신경의 후계자가 되려 했지. 왜냐하면 지금껏 신경의 주인이 된 사람치고 그 사형제들을 살려둔 사람이 없었으니까. 다시 말해, 신경의 주인이 되면 가장 먼저 지금까지 경쟁했던 자신의 사형제들을 멸살하는 것이 신경주의 제일 행보였네. 그래서… 신경의 무공을 익힌 자들은 살기 위해 신경주가 되어야만 하는 것이지. 그게… 신경의 무공을 익힌 자들의 숙명일세."

화마경의 이런 처절한 피의 역사는 송추월 등이 익히 알고 있는 사실이었다.

"그러나!"

긴장한 송추월 등을 훑어보며 고부가 다시 입을 열었다.

"그 전통이 완벽하게 지켜진 것은 아니네."

"신경의 경주가 되지 않고도 살아남은 사람이 있다는 말이군요."

"그렇다네. 그대들은 혹 파촉의 경계에 있는 천안객잔의 주인을 기억하나?"

"물론 기억합니다. 우리가 이곳까지 온 것은 그에게서 받은 지도 덕이지요."

"그분이 바로 신경의 후예 중 신경주가 되지 않고도 살아난 유일한 분일세. 노혼 그분은 사부의 사제시네."

'역시 사연이 있는 사람이라 생각했지. 그가 그 늙은이의 사제였군. 어쩐지 기운이 비슷하다 했어.'

송추월이 내심 고개를 끄덕였다.

"그는 어떻게 살아남은 겁니까?"

"나도 그 내막은 자세히 모르네. 하지만 한 가지 사실은 확실하네. 그분이 사부를 위협할 만한 사람이 아니라는 점 말이네. 그리고 평생 그곳에서 신마계의 문지기 노릇을 해야 하는 숙명을 받아들였지. 그게 그분이 살아 있는 이유네."

"가혹한 조건이군요."

"산다는 건 인간이 버리기 힘든 욕망이니까. 자네들도 마찬가지 아닌가?"

"그렇지요. 그래서 이젠 죽으나 사나 신경의 후계자가 되려고 하는 것이지요."

"그렇지. 목숨을 부지하기 위해선 그게 가장 좋은 방법이니까. 하지만 오직 그 방법만 있는 것은 아닐세."

"다른 방법이 있단 말입니까?"

"그렇다네. 그건 바로 노혼 그분과 비슷한 길을 걷는 것이지."

"자세히 듣고 싶군요."

부루가 흥미로운 표정으로 되물었다. 그러자 고부가 정색을 하며 입을 열었다.

"한 가지 제안을 하겠네. 자네들이 날 돕겠다면 내가 신경의 경주가 된 뒤에 자네들의 목숨과 신분을 보장하겠네."

고부의 말에 부루가 빙긋 미소를 지었다.

"아주… 매력적인 제안이군요."

"자네들이 비록 사부에게 무공을 배웠다고는 하나 우리 네 사람과의 격차가 있음은 분명한 사실이네. 물론 자네들의 재능이 떨어진다고 말하는 것은 아니네. 단지 시간의 문제일 뿐이지. 무공이란 것이 재능이 엇비슷하면 결국 얼마나 오래 수련했는가의 문제가 되니까."

"우리의 무공도 무시할 수는 없지요."

부루가 가벼운 미소와 함께 말했다.

"아네. 또한 자네들이 자신의 무공에 자신감을 갖는 것도 이해할 수 있네. 하지만 냉정하게 말해 자네들은 우리 네 사람의 수준이 아닐세. 단적으로 자네들은 아마 화수유천을 익혔을 거네."

"맞습니다."

"우리 또한 화수유천을 익혔네. 하지만 그건 이미 이십여 년 전의 일이네. 지금의 우린 화수유천을 넘어 화산범해의 단계를 익히고 있네. 아는지 모르겠지만 이 신경의 무공에서 신공은 모두 네 단계로 나뉘네. 자네들이 익힌 화수유천이 첫 번째 단계이고 우리 네 사형제가 수련 중인 화산범해가 두 번째 단계지. 이 두 단계는 신경의 주인이 아니더라도 익힐 수 있네. 하지만 다음 두 단계, 화기만주, 화정멸세는 오직 신경의 주인만이 익힐 수 있지. 자네들의 무공은 신경의 범주에서 보자면 겨우 초보 단계에 지나지 않는다는 걸세. 화수유천만으로는 결코 우리 네 사람을 넘을 수 없네. 그러니 애초부터 자네들은 신경의 주인이 되는 경쟁에서 이길 수 없다는 말이지."

고부가 확신하듯 말했다. 그러자 부루가 살짝 아미를 모았다. 고부의 말에는 거짓이 없어 보였다. 그리고 만약 고부의 말대로라면 그들의 무공은 마효의 네 제자들에 비해 한 단계 밑일 가능성이 많았다. 그런데 그때 문득 송추월이 입을 열었다.

"무공이란 게 공력의 고하에 의해서만 그 강약이 결정되는 것은 아니지. 가끔은 신공을 익히지 못한 하류도 일초의 검식을 잘 써 고수를 벨 수 있는 곳이 무림이지."

송추월의 말에 고부가 부루를 지나쳐 송추월에게로 시선을 던졌다. 그리고는 깊은 눈으로 송추월을 살피다가 감탄의 기색을 보였다.

"자넨… 조금 다르군."

"뭐가 말이오?"

다른 사람과 달리 송추월의 말투가 거칠기 이를 데 없다.

"개중 제일 나은 것 같아."

"후후, 그 말은 사양하겠소. 우리 다섯은 제각기 다른 무공을 익혔소. 물론 화수유천의 신공은 같지만… 해서 우리 다섯의 고하를 논하는 것은 사실 직접 도검을 맞대기 전에는 의미가 없는 평가요. 마찬가지로 우리의 사형이라 자칭하는 당신들 넷과의 승부도 붙어보기 전에는 그 결과를 알 수 없소. 더군다나! 우린 다섯인데 당신들은 혼자이지 않소? 설마 넷이 함께 우리를 상대하는 일은 없을 터이고. 그러니 당신이 내놓은 제안은 우리에게 그리 매력적인 것이 아니오."

송추월의 말에 그의 친구들의 기세가 살아났다.

"허험! 맞는 말이군, 맞는 말이야. 우리 다섯이라면… 누구도 상대할 수 있지."

곽풍산이 고개를 끄덕였다. 그러자 고부가 고개를 끄덕이며 말했다.

"좋네. 자네의 말, 인정하겠네. 사실 자네들이 변수가 된 것은 하나가 아니라 다섯이기 때문이네. 자네들 다섯은 우리 한 사람을 충분히 능가할 수 있지. 사부도 아마 그래서 자네들 다섯을 동시에 신마봉으로 부르신 것일 걸세. 그런데 한 가지 묻고 싶군."

"말해보시구려."

"천운을 잡아 자네 다섯이 우리 네 사람을 모두 제압하고 신경을 손에 넣었다고 하세. 그럼 그땐 누가 신경의 주인이 되는 것인가? 신경의 주인은 오직 하나일 뿐인데?"

술책이라면 이간계다. 그러나 사실 그런 상황이 벌어질 가능성은 농후했다.

"그때가 되면 우리 스스로 신경의 주인을 결정하게 될 거요."

"서로를 죽여가면서?"

고부가 비웃듯 물었다. 하지만 송추월의 반응은 특별한 것이 없었다.

"그건 그때 가서 결정하게 될 거요. 물론 우리의 인연으로 보아서 누가 누구를 죽이는 일은 없을 거요. 아마 화마경의 역사상 가장 많은 생존자가 남는 싸움이 될 거요. 안 그래?"

송추월이 친구들을 돌아봤다. 그러자 곽풍산과 대일이 주저 없이 대답했다.

"그럼그럼. 누가 신경의 후계자가 되든 우리가 서로를 죽일 이유는 없어. 그러니… 사형, 그런 걱정은 붙들어두시오. 하하하!"

곽풍산이 고부를 보며 너털웃음을 터뜨렸다. 그러자 고부가 한숨을 내쉬며 고개를 저었다.

"순진하구나. 물론 자네들의 우정이 무척 깊은 것은 알겠다. 하지만… 신경은 그저 그런 기보가 아니다. 천하를, 세상을 뒤덮을 만한 힘을 지닌 물건이야. 그런 물건은 사실 기보가 아니라 마물이라고 불러야 할 거다. 왜냐하면 신경을 눈앞에

둔 자는 누구나 인간이 애초부터 품고 있던 탐욕을 드러내지 않을 수 없기 때문이다. 어떤 정인군자라 하더라도 신경을 눈앞에 두면 마기에 휩쓸릴 수밖에 없다. 그 마기를 제어하는 길은 오로지 신경의 주인이 되어 신경의 무공을 완성하는 것. 그러니 그대들의 우정도 신경 앞에서는 무용지물이 될 것이다. 한 사람만 남고 넷은 모두 죽으리라. 신경을 욕심내는 이상!"

고부가 저주 같은 말을 쏟아냈다. 그러자 송추월이 차가운 음성으로 말했다.

"사람들은 본래 모든 일을 자신의 기준으로 해석하지. 당신과 우리가 같다고 생각하지 마시오. 당신은 스스로의 야심을 위해 수십 명의 사제를 죽였지만 그건 신경 때문이 아니라 당신의 천성이 애초부터 각박했기 때문이오."

"후후후, 그래? 그럴 수도 있겠지. 그럼 두고 보겠다. 과연 너희가 신경을 앞에 두고도 우정을 유지할지. 그나저나 결국 내 초청을 거절한 것인가?"

"그렇소."

"아쉽군. 나로서도 대단한 결심을 하고 내놓은 제안이었는데……."

"우리가 말이오, 어려서부터 하도 당해서 누구 밑에 들어가는 건 체질적으로 싫어한다오."

"하하하, 알겠네. 더 이상 권하지 않지. 음… 충고 하나 하지. 이제부터 조심해야 할 거네. 우리 네 명의 사형제가 모두 자네들을 주목하고 있네. 어느 누가 먼저 손을 쓸지 모르네."

"오히려 누구도 손을 쓰지 않을지도 모르오. 이미 우리의 실력은 보았을 테니 누군가 우릴 제압하려면 그만한 대가를 치러야 한다는 사실을 모두 알고 있을 거요. 당신들은 우릴 경계하면서도 결국 당신들 넷의 상대는 못 될 거라 생각하고 있소. 그러니 누가 우리를 상대하느라 자신의 전력을 약화시키겠소?"

"후후후, 그도 맞는 말이다. 하지만 그대들이 신마봉의 관문을 넘으려 한다면 누구라도 먼저 손을 쓰게 될 걸세."

"두고 봅시다. 누가 먼저 손을 쓰게 될지. 부디 그대가 아니길 빌겠소. 그대가 먼저 나선다면 그대의 꿈도 사라지게 될 테니까."

"하하하! 충고, 고맙네. 그 대가로 자네들이 원하던 술을 몇 병 두고 가지. 이봐!"

고부가 그의 뒤쪽 무성한 숲을 보며 소리쳤다. 그러자 한 명의 중년 사내가 바람처럼 달려나와 고부 뒤에 시립했다.

"술은?"

"여기 대령했습니다."

숲에서 나타난 사내가 품속에서 술병 세 개를 꺼냈다. 그러자 고부가 가볍게 손을 흔들었다. 순간 사내의 품속에 있던 술병들이 둥실 허공으로 떠올랐다. 그리곤 고부의 손길을 따라 허공을 날아가더니 고부와 송추월 등의 중간에 사뿐히 내려앉았다.

"좋은 술이네. 곤륜의 영수로 만든 거니 공력에도 도움이 될

걸세. 잘 마시게. 사제들의 무운을 비네. 가자!'

놀라운 신기로 술병을 전한 고부가 미련없이 신형을 돌려 장내를 벗어났다. 그러자 대일이 긴장한 표정으로 중얼거렸다.

"과연 그의 첫째 제자답군. 저런 재주를 부리는 사람은 내 평생 처음 보는걸?"

"허공섭물, 격공섭물이라는 기술이야. 공력이 극에 달해야 시전이 가능하다는 전설의 비술이지. 저걸 할 수 있다는 것은… 혹 이기어검이 가능할지도 모르겠군."

"어이쿠! 이기어검까지?'

곽풍산이 놀란 표정으로 부루를 바라봤다.

"그의 제자로 수십 년을 수련한 자라면 놀랄 일도 아니지. 그들의 자신감에는 다 이유가 있는 거야. 추월 넌 정말 저들을 상대할 자신이 있는 거냐?"

부루가 물었다. 그러자 송추월이 한줄기 미소를 지으며 되물었다.

"그럼 넌 그의 말대로 그 밑에 들어가 발바닥을 핥으며 살 자신이 있냐?"

송추월의 반문에 부루가 한참 송추월을 노려보다 피식 실소를 흘렸다.

"후후, 역시 그렇게는 못하겠다. 차라리 죽지."

"거봐. 그러니까 자신이 있든 없든 우린 우리대로 살아야 하는 거야. 아무튼 저들도 서로 눈치를 보며 우리에 대한 처분을 미루고 있으니 우리는 서둘러 신마봉으로 가야지."

"지금 가냐?"

대일이 물었다.

"오늘은 쉬고."

"그러게. 마침 술도 생겼으니 먹던 고기나 마저 먹자!"

곽풍산이 성큼성큼 걸음을 옮겨 고부가 놓고 간 술병을 가지고 돌아왔다. 송추월과 친구들은 다시 동굴 안으로 들어가 이젠 천하에서 찾아보기 힘든 미주를 곁들어 잘 구워진 송어를 뜯기 시작했다.

"정말 놀랐습니다. 대사형께서 이렇게 허무하게 물러나실 줄이야 누가 상상이나 했겠습니까?"

어두운 숲에서 두 무리의 무사들이 서로를 마주 보고 서 있었다. 팽팽한 긴장감 속에서 일촉즉발의 위기감이 느껴졌다.

"후후, 나도 놀랐네. 사제가 묘인곡을 비울 줄은. 묘인곡은 신마봉 신전에 오르는 세 갈래 길 중 하나의 입구인데 그곳을 비우다니. 사제가 묘인곡을 얻기 위해 얼마나 많은 노력을 기울였던가. 하하, 사제의 대담함은 언제나 날 감탄시키는군."

"묘인곡은 천하에서 가장 뚫기 어려운 곳이지요. 한 사람이 능히 백, 천의 적을 막을 수 있는 곳이니 제가 자리를 비운다고 감히 묘인곡을 탐하는 자가 있지는 않을 겁니다."

"하하하, 그런가? 하지만 우리의 두 사제는 보통 배포를 지닌 인물들이 아니지 않은가?"

"원지와 약중이 비록 대담하다고는 해도 설마 묘인곡을 탐하겠습니까? 사형이라면 몰라도."

"하하, 나 역시 묘인곡을 탐할 생각은 없네."

"그러시다면 다행이지요. 그런데… 사부께선 왜 입산의 명을 내리시지 않을까요? 저들을 신마봉으로 불러들였다면 우리에게도 입산의 명을 내려야 하지 않습니까?"

"사부의 내심은 언제나 짐작하기 어렵지. 하지만 한 가지 짚이는 것은 있네."

"그게 무엇입니까?"

"어쩌면 사부는 우리 중 오직 하나만이 살아남기를 바라실지도 모르네. 우리 스스로 신경의 주인을 정하라는."

"설마 인수로를 열 생각이시란 말인가요?"

"아마도."

"하면 저들을 불러들인 이유는 무엇입니까? 저들은 결코 인수로의 혈쟁을 견뎌내지 못할 겁니다."

"모르지. 사부는 오히려 저들에게 승산이 있다고 보시는 건지도."

"저들을 인수로에서 우리와 경쟁시킬 생각이란 겁니까? 그렇다면 사부께선 우릴 너무 무시하는군요. 저런 애송이들까지 경쟁에 참여시키시다니……."

"그들이 단지 애송이라고 보는가?"

"아니라는 겁니까? 우리 네 사형제는 이미 화산범해를 수련하고 있습니다. 그런 우릴 저들이 상대할 수 있다고 보시는 겁니까?"

"저들은 다섯이네. 그것도 듣자 하니 어려서부터 함께 자란 사이라고 하더군. 더불어 저들은 자신들의 무공이 우리에 비해 부족하다는 것도 알고 있네. 그러니 저들은 당연히 다섯이 하나가 될 걸세. 그렇게 된다면 우리도 감히 홀로 저들을 상대하진 못할 걸세. 만약 가능했다면 난 그들 앞에 술을 놓고 물러나지 않았을 거네. 그 술병에 그들의 피를 채웠겠지."

고부의 눈에서 섬뜩한 안광이 번쩍였다. 그러자 중마 금악이 흠칫 경계의 빛을 보이다가 이내 신색을 회복하고는 입을 열었다.

"그랬군요. 그래서 사형께서 그리 쉽게 물러나신 거군요. 사형이 그렇다면 그런 거겠지요."

"후후, 내 판단에 동의하지 못한다면 자네가 한번 저들을 상대해 보지 그러나? 본래 스스로의 견해는 자신의 몸으로 증명하는 걸세. 말이 아니라."

"아닙니다. 제가 어찌 사형의 안목을 믿지 못하겠습니까? 저 또한 홀로 저들 다섯을 상대할 수는 없겠지요. 그럼… 이걸 어쩌나. 아무도 막지 않는다면 저들이 신마봉에 드는 것을 그냥 보고 있어야겠군요."

"후후, 그럴 수는 없지."

"하지만 우리 넷 중 누구도 저들의 앞을 막을 수는 없을 것 아닙니까? 서로의 뒤가 위험한 상황에선. 저들을 상대하려면 자신의 모든 세력을 동원해야 할 터이니."

금악의 말에 고부가 묘한 미소를 지으며 말했다.

"선택은 우리가 아니라 저들이 할 걸세."

"무슨 말씀이신지……?"

"저들이 선택하는 상대가 저들을 막아서겠지. 후후후!"

순간 금악의 고개를 끄덕였다.

"그렇군요. 그런데… 저들이 과연 신전에 이르는 방법을 알고 있을까요?"

"모르고 있다면 가르쳐 주겠지."

"누가 말입니까?"

"그야 당연히 사부가 아니겠는가?"

"음… 그렇군요. 사부께서 부르셨으니 길을 알려주겠군요. 그렇다면… 저도 준비를 좀 해야겠군요."

"서둘러 준비하는 것이 좋을 걸세. 어쩌면 사부는 우리의 승부를 기다리는 것에 싫증이 난 것일지도 몰라. 이 승부의 결과를 빨리 보고 싶으실 거야. 그래서… 저들을 불러들인 것일 테고."

"큰불을 일으킬 쏘시개가 필요했던 거군요."

"그렇겠지."

"듣고 보니 저들 다섯 사제가 불쌍하군요. 한번 불꽃을 피우면 이내 사그라질 테니."

"안타까운 일이지. 그래서 내 저들에게 술 세 병을 내리지 않았는가?"

"하하하, 역시 사형은 덕이 있으십니다."

고부와 금악이 서로를 보며 묘한 웃음을 흘렸다.

송추월과 친구들은 하룻밤을 동굴에서 보냈다. 고부 이외에 그들을 찾아온 자는 더 이상 없었다. 덕분에 오랜만에 깊은 잠을 잔 다섯 친구는 새벽 새소리와 함께 잠에서 깨어났다.

"어, 술 때문인가? 덕분에 푹 잤군."

잠에서 깨어난 곽풍산이 기지개를 켜며 말했다.

"그러게 말이야. 그 술이 그냥 술은 아닌 모양이야. 머리도 아프지 않고."

"설산의 영험함이 깃들었다고 했잖아."

"해장도 필요없겠어."

그러자 뒤에 있던 부루가 건량을 두 사람에게 집어 던졌다.

"어서 요기나 해라. 일찍 출발해야지."

"에구, 또 건량 신세네."

"어쩌겠어? 아침부터 또 송어를 잡아올 수도 없고."

곽풍산이 고개를 저으며 건량을 입에 넣었다.

빠르게 요기를 해결한 일행은 서둘러 동굴을 떠났다. 멀리 보이는 신마봉이 길잡이 노릇을 하고 있었기에 더 이상 지도를 볼 필요는 없었다. 괴노 마효가 기다리고 있는 신마봉이 송추월과 그 친구들을 끌어당기고 있었다.

* * *

검고 험한 산. 도저히 발길이 닿을 수 없는 숲과 절벽을 가지고 있었고, 산을 휘감은 안개가 도처에서 시야를 방해하고 있었다. 그뿐인가. 산 곳곳에 지옥의 입구처럼 입을 벌리고 있는 동굴들은 한순간에 영원히 빠져나올 수 없는 지저의 세계로 여행자를 빨아들일 것 같았다.

"젠장할!"

문득 대일이 욕설을 뱉어냈다. 송추월과 친구들은 하늘을 찌르는 설산들 사이에서 기이하게 검은빛을 흘려내고 있는 중간 크기의 산을 바라보고 있었다. 그들이 서 있는 능선은 온통 눈밭이었지만 흙빛의 산은 흰빛을 찾아보기 힘들었다.

"저 산에 올라야 한단 말인가!"

대일이 질린 표정으로 탄성을 자아냈다. 산은 멀리서 볼 때는 산의 형상을 하고 있었지만 가까이에서 보니 그야말로 산이 아니라 하나의 살아 있는 생물처럼 느껴졌다, 그것도 참혹한 상처와 짙은 마기를 지닌 괴물의 모습을 하고.

"생각보다 커!"

원무극은 다른 느낌으로 산을 바라보고 있었던 모양이다. 원무극의 말에 송추월이 고개를 끄덕였다.

"그래, 생각보다 크군. 우리가 본 건 솟구친 산의 위쪽 부분이었던 거야. 그 아랫부분이 저렇게 넓고 깊을 줄은 생각도 못했다. 신마봉이라……. 정말 이름에 어울리는 산이다. 마계에 온 것 같아."

웬만해선 무엇에 놀라지 않는 송추월조차 괴이한 모습의 신마봉 앞에선 기가 질린 모양이었다.

"도대체… 저길 어떻게 올라가지?"

다시 대일이 신마봉에 오를 걱정을 했다. 그러자 부루가 침착하게 말했다.

"어떤 산이라도 오르지 못할 산은 없다."

"그러니까 어떻게 오르냐고?"

"길이 있을 거야."

"길? 저기 어디 길이 있겠어? 사방이 절벽에다 동굴, 거기에 운무까지. 제길, 더군다나 저 흙빛의 연무는 십 장 안도 살피기 어려울 것 같아. 설마 독무는 아니겠지?"

"그가 살고 있으니 길이 분명히 있을 거야."

부루가 다시 말했다.

"좋아, 네 말대로 길이 있다고 치자. 그러나 아마 그 길을 찾는 데만 몇 달이 걸리겠다. 망할 늙은이!"

대일이 마효를 향해 욕설을 흘려냈다.

"길을 찾을 수는 있겠냐?"

송추월이 나직하게 부루에게 물었다.

"글쎄, 이 지도들은 더 이상 소용없을 것 같아."

부루가 천안객잔에서 노혼이 준 지도를 흔들며 말했다.

"결국 우리가 직접 길을 찾거나 만들어야 한다는 건데……."

송추월이 고개를 저으며 다시 신마봉으로 시선을 돌렸다. 송추월의 시선이 벗어나자 부루가 가만히 어금니를 깨물었다. 아마도 곤륜에 들어서자마자 자신을 떠나 버린 사형 오원지를 원망하는 듯싶었다.

"좋은 방법이 없을까?"

원무극이 차분한 목소리로 말했다.

"그들은… 길을 알고 있을 거야."

원무극의 말에 부루가 낮은 목소리로 대답했다.

"그들이라면… 사형이라는 자들?"

대일이 물었다.

"그래. 그들은 분명 길을 알고 있을 거야."

"하지만 어떻게 그들에게서 길을 알아내지? 첫째 사형이란 자가 다녀간 후로는 더 이상 아무도 나타나지 않고 있는데."

"나타난다고 해도 길을 알아내긴 어렵지. 그중 한 명이라도 제압하지 않는 이상."

송추월이 냉정하게 말했다.

"이 망할 늙은이가 오라고 했으면 길이라도 제대로 알려줘야 할 것 아냐?"

곽풍산이 신마봉을 보며 투덜거렸다. 그런데 그때 갑자기 한 차례 바람이 부는 듯하더니 일행 앞에 눈에 익은 자가 나타났다.

"물론 신경주께선 제자 분들을 곤경에 처하게 버려두지는 않지요."

며칠 만에 다시 얼굴을 드러낸 마효의 수하 삼노 적해가 빙그레 미소를 지으며 말했다.

第七章
세 개의 문

화마경

"허! 또 오셨네. 다신 못 볼 줄 알았는데. 혹시 줄곧 우릴 감시하고 있었던 거요?"

곽풍산이 마효의 사자 적해에게 물었다. 그러자 적해가 고개를 저었다.

"감시라니요, 그럴 리가 있나요? 단지 이곳에서 경주님의 제자 분들을 기다리고 있었지요."

"우릴 기다렸다니, 우리가 이곳으로 올 줄 알고 있었다는 것이구려?"

"이곳의 지형이야 뻔하지요. 제자 분들이 신마봉에 접근할 길은 이곳밖에 없지요."

적해가 가벼운 미소로 대답했다.

"이거 완전히 부처님 손바닥 위에 있는 거네. 그런데 왜 우릴 기다린 거요?"

"그야 당연히 경주께서 명을 내리셨기 때문이지요."

"지난번에 다 전한 것 아니었소?"

"그땐 그곳에서 전할 말만 전했습니다."

"그 말은 이곳에서 전할 말은 따로 있다는 뜻이구려."

"그렇습니다. 경주께선 제자 분들이 신마봉에 접근하는 거리에 따라 필요한 말을 전하라 명하셨지요."

"흐흐, 망할 늙은이. 정말 하는 짓이라곤!"

곽풍산이 음흉한 실소를 흘렸다. 그러자 적해의 표정이 변했다.

"거듭 말씀드리지만 경주에 대한 불손한 말씀은 삼가주십시오."

"그건 당신 사정이고, 우린 아직 그 늙은이를 사부로 인정한 것이 아니오."

곽풍산이 도발적인 태도로 대꾸했다.

"경주는 이 신마계의 지배자일 뿐 아니라 천하에서 가장 존귀한 분입니다. 비록 제자가 아니더라도 그분에 대한 불경은 이곳에선 곧 죽음을 의미하지요."

"흐흐, 그래서 지금 나에게 손을 쓰겠다는 말이오?"

곽풍산의 눈빛이 변했다. 건들거리는 움직임 속에서 차가운 살기가 흘러나오기 시작했다. 그러자 적해가 한 발 뒤로 물러났다.

"모르고 한 일이니 문제 삼을 수는 없지요. 하지만 앞으로는 조심해 주십시오."

"그건 싫소. 마음에 들지 않으면 검을 드시우. 뭐, 이곳에 오는 동안 조용히 온 것은 아니니 당신 한 명 더 적으로 돌린다고 문제될 것은 없을 것이오. 하지만… 나에게 검을 들 땐 그대도 목숨을 내놓을 각오는 해야 할 거요."

곽풍산이 싸늘한 표정으로 말했다. 그러자 적해가 차가운 시선으로 곽풍산을 응시하다 한숨을 쉬며 고개를 저었다.

"경주께선 정말 기이한 분들을 제자로 들이셨군요. 그러나 이것이 또한 경주께서 선택한 일이시라면 저야 경주님의 결정을 받아들일 수밖에 없겠지요. 제가 제자 분들께 검을 드는 일은 없을 겁니다."

"흐흐, 잘 생각하셨소. 살고 죽는 문제는 누구에게나 중요하지."

"목숨이 아까워서는 아닙니다."

"흥, 그야 어쨌든!"

곽풍산이 코웃음을 흘렸다. 그때 곽풍산을 스치고 송추월이 앞으로 나섰다.

"전할 말이나 전해주시오."

송추월의 말에 적해가 고개를 끄덕였다. 송추월의 말투는 조금 거칠어져 있었다. 지금의 상황이 별로 마음에 들지 않는 모양이었다.

"그러지요. 제자 분들과 더 이야기를 하다가는 나조차도 이상해질 듯합니다. 지금 이곳에서 제가 전할 말은 신마봉에 오르는 세 가지 길[道]에 대한 것입니다."

"신마봉에 오르는 길[道]?"

"그렇습니다. 봐서 아시겠지만 신마봉을 결코 평범한 산이 아닙니다. 보통 사람은 물론 무공을 익힌 무림인도 쉽게 오를 수 있는 산이 아니지요."

"과연 그렇소이다. 그래서 우리도 어찌해야 산에 오를까 그걸 고민하고 있었소. 그런데 세 개의 문이 있다니 다행이구려."

"하지만 비록 신마봉에 오르는 세 개의 문이 있다고는 해도 쉽게 그 문을 통해 신전에 이르기는 쉽지 않을 겁니다."

"신전은 또 뭐요?"

"신마봉 가장 위, 경주께서 머무르시는 곳을 신마계의 사람들은 신전이라 부릅니다. 신전은… 신마봉에서 가장 신성한 곳으로, 반드시 경주님의 허락이 있어야 들 수 있는 곳이지요."

"우리가 가야 할 곳이 그곳이구려."

"맞습니다. 바로 그곳에 가셔야 합니다. 하지만 쉬운 길은 아니지요."

"그곳에 이르는 길이 세 개 있다?"

"그렇습니다."

"들어봅시다."

송추월이 마치 당연한 것을 요구하듯 말했다. 그러자 적해가 빙그레 미소를 지으며 말했다.

"경주께서 말씀하시길, 송 대협께서 가장 독특한 기운을 지니고 있다 하시더니 과연 그렇군요."

"우리 이름을 알고 있었소?"

"경주께서 말씀해 주셨지요. 물론 각 제자 분의 생김새도 함께 말씀해 주셨기에 처음 만났을 때부터 제자 분들의 이름을 모두 알고 있었습니다."

"그 양반이 우리 이름을 기억하고 있었다니 의외군."

송추월이 고개를 갸웃했다. 대호산 혈동에 마효가 기거할 때 물론 다섯 명의 산적은 자신들의 이름을 그에게 일러주었지만 당시 그는 이 다섯 명의 산적을 잠시 부리는 졸처럼 생각했기에 오늘날까지 그가 자신들의 이름과 특징을 기억하고 있으리라고는 생각지 못한 송추월이다.

"신경의 무공을 전해 받은 분들입니다. 어찌 그 신분을 소홀히 취급하셨겠습니까?"

"말인즉슨 우릴 대하던 태도와는 달리 우리에게 제법 신경을 쓰고 있었다 그 말이구려."

"제법이 아니라 아주 많이지요, 특히 송 대협에 대해선."

순간 송추월 뒤에 있던 부루의 표정이 살짝 변했다. 그의 시선은 송추월의 등에 꽂혀 있었는데 한순간 살기와 비슷한 기운이 부루의 눈에 나타났다 사라졌다.

"그건 뭐 중요한 게 아니고… 세 개의 길에 대해서 말해주시오."

송추월의 요구에 적해가 고개를 끄덕였다.

"그러지요. 신마봉의 하계에서 신전으로 오르는 길은 말씀 드렸듯이 세 갈래 길이 있습니다. 그 세 개의 길에는 각각 이름이 붙여져 있는데, 제일로는 천신로(天神路), 제이로는 지왕로(地王路), 제삼로는 인수로(人獸路)라 하지요."

"천신과 지왕과 인수라……. 인간을 짐승과 같은 배열에 놓다니 과연 특이한 견해군."

송추월이 못마땅한 표정으로 말했다. 그러나 적해는 그런 송추월의 말에 다른 반응을 보이지 않고 말을 이었다.

"이 세 가지 길은 각기 쓰임새가 다릅니다."

"어떻게 말이오?"

"먼저 천신로는 오직 경주님만이 사용할 수 있는 길입니다. 그 길이 어디에 있고 어떻게 생겼으며 입문과 출문이 어디인지도 오직 경주님만이 아시지요."

"결국 그 길은 우리가 알 수 없는 길이겠구려."

"그렇습니다. 천신로를 알기 위해선 반드시 신경의 경주가 되어야지요."

"지왕로는 어떤 길이오?"

"지왕로는 경주님의 허락을 득한 사람들이 신전에 이르는 길입니다. 신마봉 동북쪽에 있는데 대제자님과 셋째 제자님이 거하시는 자하산장과 잠혈동 사이에 그 길이 있지요."

"우리가 이용할 수 있는 길이오?"

"물론 그 길을 통해 신전에 이를 수는 있겠으나 쉽지는 않을 겁니다. 그 길을 통과하려면 말씀드렸듯이 대제님과 셋째 제자님의 허락을 득해야 할 테니까요. 두 제자 분께 주어진 임무가 그 길을 지키는 것이지요."

"그들 사부가 입산을 허락했는데도 그들의 허락이 필요하오?"

"경주께선 여기 계신 다섯 분이 지왕로를 뚫고 올라오셔도 상관없다는 말씀을 하시긴 했지요. 그러나 신패를 내리시지는 않았습니다."

"신패는 또 뭐요?"

"지왕로를 통과할 수 있는 신패지요. 오직 경주께서만 내리실 수 있습니다. 그 신패가 없는 이상은 대제님과 셋째 제자님의 허락 없이는 지왕로를 오를 수 없습니다."

"다시 말해 오르고 싶으면 그 두 사람을 이기고 올라오라 그 말이구려."

"정확히 그런 의도이실 겁니다."

"후후, 능력이 있으면 올라오라는 거군. 좋소. 나머지 세 번째 길, 인수로는 어떤 길이요."

"인수로는… 무척 위험한 길입니다."

"사람과 짐승이 함께 다니는 길이니 그렇겠구려."

"인수로라는 이름은 사람과 짐승이 함께 다니는 길이라 하여 생긴 것이 아닙니다. 인수로란 사람이되 짐승과 같은 자, 즉 야차의 심성을 지닌 자들을 위해 만든 길입니다."

"야차의 심성이라……. 왠지 찔리는데?"

송추월이 친구들을 돌아봤다. 그러자 곽풍산과 대일, 그리고 부루와 원무극까지 희미하게 미소를 지었다.

"그러게 말이야. 꼭 우릴 두고 하는 말 같아."

원무극이 음울한 미소를 지으며 말했다.

"그러게 말이야. 그런데 이 신마계에 거하는 사람들 중 야차가 아닌 자가 있나?"

대일 역시 비릿한 미소를 지으며 물었다.

"맞아. 이곳에 있는 자들은 모두 야차를 넘어선 자들이지. 내 생각에 그런 길을 따로 만들 필요는 없었을 것 같은데."

곽풍산이 두 팔을 들어 올리며 말했다. 송추월은 친구들의 반응을 보며 웃음을 짓고는 이내 적해에게 물었다.

"제삼로에 대해 자세히 설명해 주시오."

송추월의 질문에 적해가 정색을 한 표정으로 말했다.

"삼로는… 누구나 오를 수 있습니다."

"무슨 말인지 도통 모르겠구려."

"지왕로가 경주님의 허락을 받은 자가 오를 수 있는 길이라면 인수로는 누구의 허락 없이도 신전에 도달할 수 있는 길이란 뜻입니다."

"그런 길을 놔두고 왜 경주의 허락을 받아 길을 오른단 말이오?"

"그건 인수로가 경주의 허락 없이도 오를 수 있는 길이기는 하지만 그 길에 들어선 자는 죽음의 계곡을 통과해야 하기 때문입니다. 즉, 누구나 오를 수 있지만 죽음을 각오해야 하는 길이란 말이지요. 인수로에는 온갖 위험이 산재해 있고, 또한 신마계의 누구라도 그 안에서는 살행을 행할 수 있습니다. 신마계가 탄생한 이래 인수로를 통해 신전에 든 사람은 채 다섯이되지 않지요."

"도대체 어떤 자들이 그 길을 통해 신전에 올랐소?"

"인수로를 만든 것은 네 번째 신경의 주인이셨던 도융 경주 때입니다. 그때까지는 오직 천신로와 지왕로만이 신전에 이르는 길이었지요."

"도융 경주가 인수로를 만든 이유는 뭐요?"

"그때까지 신경의 후계자를 정하는 방법은 하나였습니다. 선대 경주가 제자들 중 재질이 가장 뛰어난 사람을 신경의 후계자로 정하는 것이었지요. 그런데 네 번째 경주이신 도융 경주 시대에 신경의 후계자를 정하는 데 어려움이 있었습니다."

송추월과 친구들은 아무 말 없이 적해가 이야기를 이어가기를 기다렸다.

"당시 도융 경주께선 다섯 명의 뛰어난 기재를 제자로 두셨는데, 그 제자 분들의 능력이 워낙 출중해 그중 누구 하나를 신경의 후계자로 정하지 못하셨지요. 해서 도융 경주께선 고심끝에 인수로를 만드셨습니다. 인수로를 통해 신전에 오르는 자를 자신의 후계자로 정하시려 한 것이지요. 해서 도융 경주의 다섯 제자가 인수로에 동시에 뛰어들어 경쟁을 시작했지요."

"오직 한 명만이 살아남았겠구려."

송추월의 말에 적해가 고개를 끄덕였다.

"맞습니다. 도융 경주의 제자 다섯 중 오직 한 분만이 살아남아 신전에 도착하셨지요. 사실 처음 인수로를 만들 때만 해도 인수로란 이름은 생기지 않았습니다. 인수로란 이름이 생긴 것은 제육대 경주이신 무상화 경주 시대의 일로, 당시 무상화 경주님의 열두 제자가 자신들을 따르는 수하들까지 동원해 인수로에 몰려들어 일백에 이르는 희생자를 만든 혈겁을 일으켰지요. 그리고 그중 오직 한 명이 후계자로 정해졌지요. 그때부터 제삼의 길을 인수로라 부르기 시작했습니다. 신전에 닿기 위해선 사람이 아니라 야차가 되어야 한다는 의미에서 생긴 이름이지요."

"이번엔 어떻소이까?"

송추월이 물었다.

"무슨 말씀이신지……?"

"그대의 주인은 이번에도 인수로를 통해 후계자가 정해지길 원하는 겁니까?"

송추월의 질문에 적해가 천천히 고개를 끄덕였다.

"아마도 그런 듯합니다. 만약 경주께서 제자 분 중 후계자를 정하셨다면 이미 그 결정을 제자 분들께 전하셨을 겁니다."

"후후, 역시 독한 늙은이야."

송추월이 실소를 자아냈다.

"인수로는 신마봉의 서쪽 묘인곡을 통과하게 되어 있습니다. 묘인곡이 어떤 곳인지 혹시 아십니까?"

"그대가 말한 대로 중마 금악의 거처가 있는 곳 아니오?"

"그렇습니다. 묘인곡은 경주의 제자 분 중 둘째 제자 분이신 중마 금악님이 머무시는 곳입니다. 중마 금악님이 묘인곡에 거처를 정하신 이유는 당연히 인수로 때문입니다. 묘인곡을 통하지 않으면 그 누구도 인수로에 접근할 수 없으니 만약의 경우 경주께서 제자 분들의 경쟁을 원하실 경우 가장 유리한 위치를 점하게 되는 것이지요. 묘인곡을 차지하기 위한 싸움은 무척 치열했습니다. 그 경쟁에서 금악님이 이기신 거지요."

"그렇다면 그는 누구도 묘인곡을 통과하는 걸 용납하지 않겠구려."

"아마도 그렇겠지요. 더군다나 묘인곡은 한 사람이 백 사람을 당할 수 있는 천험의 요새입니다. 그곳을 통과하는 일은 결코 쉽지 않습니다. 그러니 다섯 분께서는 선택을 하셔야 합니다. 지왕로를 뚫을지 인수로에 뛰어들지."

"둘 다 목숨을 걸어야 하는 길이군."

송추월이 중얼거렸다.

"맞습니다. 자, 오늘 제가 다섯 분께 전할 말은 여기까집니다. 그리고 이것은 지왕로와 인수로를 표시한 지도입니다. 길을 찾기 어렵지 않으실 겁니다. 만약 다섯 분이 인수로를 선택하시게 된다면 경주께서는 다른 네 분의 제자 분께 인수로의 문을 열라는 전서를 보내실 겁니다. 그럼 그 순간 신경을 향한 본격적인 경쟁이 시작되는 것이지요."

적해가 품속에서 둘둘 만 양피지 꾸러미를 송추월에게 던졌다. 양피지 꾸러미는 가볍게 허공을 날아 송추월의 손에 떨어졌다. 허공섭물은 아니지만 그에 근접한 신기였다.

송추월이 양피지 꾸러미를 잡아 들자 적해가 고개를 숙였다.

"그럼 전 이만 물러가겠습니다."

"혹 다시 우리 앞에 나타날 계획이 있소?"

"글쎄요. 그건 두고 보시지요."

적해가 가벼운 미소를 짓고는 그 자리에서 표흘히 사라졌다.

"귀신같은 자야. 첫째 사형이라는 사람에게는 미치지 못할 것 같지만 강호에 나가면 상대를 찾기 어렵겠어."

적해의 움직임을 보며 대일이 혀를 내둘렀다.

"지금 그게 급한 게 아니다."

곽풍산이 대일의 어깨를 스치고 지나 송추월 앞으로 다가갔다.

"보자."

곽풍산의 말에 송추월이 손에 든 양피지를 풀었다. 그러자 신마봉이 그려진 지도가 모습을 드러냈다. 지도는 무척 단순했다. 신마봉과 그 주변을 그린 그림 위에 네 개의 점과 두 개의 선이 그어져 있을 뿐이다.

네 개의 점에는 각기 이름이 쓰여 있었는데 북쪽에는 자하산장, 서쪽에는 묘인곡, 동쪽에는 잠혈동, 그리고 남쪽에는 혼원이라는 이름이 붙여져 있었다.

"이 네 개의 점은 사형이란 자들의 본거지를 표시한 거군. 그리고 이 두 개의 선은 지왕로와 인수로를 나타내는 것일 테고."

부루가 양피지를 살피며 말했다.

"정말 필요한 정보만 있네. 뭐, 더 필요한 것도 없지만."

대일이 입맛을 다시며 말했다.

"어떤 길로 할래?"

원무극이 친구들을 돌아보며 물었다.

"두 사람보다야 한 사람이 낫지 않을까?"

대일이 대답했다.

"ㄱ 말은 인수로를 오르자는 말이냐?"

"지왕로는 첫째와 셋째가 지키고 있다니 불가능하지 않을까?"

"어렵기로는 인수로도 마찬가지야. 특히나 인수로를 통해 신전에 도달하면 신경의 후계자로 인정받게 된다니 더더욱 견제가 심할 거야. 당장 묘인곡을 통과하는 것도 문제고."

원무극이 고개를 저었다. 그러자 부루가 입을 열었다.

"그건 무극의 말이 맞아. 그래서 우린 결정을 해야 해."

"무슨 결정?"

"신마봉에 오르는 목적 말이야. 내가 생각하기엔 사실 인수로보다는 지왕로가 쉬울 것 같아. 이유는 첫째, 지왕로는 그 노인네의 허락만 있다면 누구나 오를 수 있는 길이니 일단 평탄할 테고, 또 무극의 말처럼 비록 첫째와 셋째가 지키고 있다지만 지왕로를 통해 신전에 오른 자가 신경의 주인이 되는 것은 아니니까 그 견제가 그리 심하지는 않을 거다. 대신…….”

부루가 잠시 말을 끊고 친구들을 돌아봤다. 그리고는 잠시의 침묵 끝에 부루가 심각한 표정으로 말을 이었다.

“대신… 지왕로를 통해 신전에 오르면 노인네를 만나 우리의 몸에 걸린 이 결계를 풀어버릴 수는 있겠지만 신경의 후계자가 되진 못하겠지.”

부루의 말에 다섯 친구의 표정이 묘하게 변했다. 기실 송추월과 그 친구들이 곤륜 신마봉에 온 것은 자신들의 몸에 깃든 저주의 기운을 풀기 위해서다. 그러니 괴노 마효를 만나 저주의 결계를 풀 수 있다면 가장 쉬운 길을 택하는 것이 옳았다. 그러나 이미 이들은 화마경의 존재를 알았고, 화마경의 힘을 알았으며, 화마경의 주인이 된다는 것이 어떤 의미인지를 알았다. 화마경에 대한 유혹은 이미 그들 마음 깊숙한 곳에 자리잡고 있었던 것이다.

“화마경을 포기한다…….”

곽풍산이 먼 산을 보며 나직하게 중얼거렸다. 허망한 기운이 그의 목소리에 실려 있었다.

“우린 결정을 해야 한다. 신경을 포기하고 좀 더 가능성이 많은 길을 택해 신전에 오를지, 아니면… 인수로에 들어 목숨을 걸고 승부를 내볼지.”

부루가 다시 한 번 현실을 일깨웠다.

“뭐, 지왕로로 가도 목숨을 걸어야 하는 건 마찬가지잖아?”

문득 대일이 중얼거렸다. 이미 인수로로 가는 편을 선택한 듯한 목소리였다.

"그럼 대일 넌 인수로로 가자는 쪽이군."

곽풍산이 묻자 대일이 고개를 끄덕였다.

"그래. 솔직히 신경에 대한 욕심이 없다고 말할 수는 없어. 기왕지사 이곳까지 온 이상 신경을 얻을 수 있다면 그 길을 포기하고 싶지 않다. 더군다나 신경을 포기할 경우, 앞으로 신경의 주인이 될 자가 우리 목숨을 살려준다는 보장도 없고. 그럴 바에는 애초에 그 고부라는 자의 초청을 받아 자하산장으로 가는 편이 낫지 않았겠어?"

대일의 말에 곽풍산이 고개를 끄덕였다.

"나도 대일과 마찬가지 생각이다. 생사를 확실하게 하는 방법은 우리 중 누군가가 신경의 후계자가 되는 길이야. 그 외의 방법은 모두 불확실해. 이 신마계에서는."

"무극, 너는?"

부루가 원무극에게 물었다.

"나도… 두 사람과 마찬가지 생각이야."

원무극이 굳은 표정으로 말했다.

"추월, 네 생각은?"

부루가 마지막으로 송추월에게 물었다.

"내 생각이 무슨 소용이야. 이미 모두 인수로로 갈 결정을 했는데 나만 지왕로로 갈 수는 없지. 가보자고. 어차피 신전에 오르지 못하면 죽을 목숨. 이렇게 된 것, 신경을 얻어 천하에서 가장 강한 자가 될 수 있다면 그 길을 택하는 게 낫겠지."

송추월의 말에 부루가 고개를 끄덕였다.

"좋아, 내 생각도 마찬가지다. 애초에 우리에겐 인수로밖에 길이 없었어. 지왕로는 우리의 목숨을 보장하지 못하니까. 그럼 인수로로 가는 것으로 하자."

"그런데 우리가 과연 인수로를 통과할 수 있을까?"

원무극이 걱정스런 표정으로 중얼거리자 곽풍산이 호통을 쳤다.

"젠장, 그딴 거 걱정해서 뭐 해! 되면 되고 안 되면 죽는 거지! 가자고!"

호방하게 말을 내지른 곽풍산이 가파른 산비탈을 타기 시작했다.

*　　　　*　　　　*

신마봉은 능선에 가려진 하단 부위가 보이지 않는 곳에서 볼 때는 곤륜의 거산 준봉들에 비해 작은 산이라 할 수 있었다. 하지만 실제로 그 앞에 서면 그 어떤 산보다도 우악스럽고 큰 산이었다. 그 하단 부위가 무척 깊어 마치 지저에서 솟아난 산과 같은 모습을 하고 있었기 때문이다. 더불어 곤륜의 거산들에 가려진 하단 부위에 아홉 개의 작은 산과 여섯 개의 깊은 계곡을 품고 있어 기실 곤륜의 그 어떤 산봉우리보다도 넓고 깊으며 높은 산이라고 할 수 있었다.

신마봉의 경계에 접어들어 다시 마효의 수하 적해를 만나 신마봉 봉우리에 이르는 길을 알게 된 송추월 일행은 인수로를 품고 있는 묘인곡에 도달하기 위해 다섯 개의 작은 산과 세 개의 봉우리를 지났다. 그 길만 해도 다시 이틀. 그렇게 쉬지 않고 이틀을 달리자 일행 앞에 기이한 모양의 계곡이 모습을 드러냈다.

계곡은 하단 부위의 넓이가 수십 장에 달하는 반면 산의 상층부까지 이어진 윗부분은 십여 장에 지나지 않을 정도로 좁았다. 계곡 주변에는 상층부까지 검고 무성한 숲이 형성되어 있었는데, 부루조차도 계곡을 채운 나무들의 이름을 모르겠다고 고개를 저었다. 숲은 신마봉의 봉우리까지 이어진 까마득한 칼자국 모양의 계곡 주변으로 수백 장 넓이로 펼쳐져 있었는데, 그 모습이 마치 산 위에서 계곡으로 검은 물을 쏟아부어 그 물이 계곡 주변으로 흘러넘치는 형상을 하고 있었다.

그 깊고 검은 숲의 하단부에 사람이 기거하는 하나의 장원이 자리 잡고 있었다. 장원은 묘인곡의 계곡에 바싹 붙어 지어져 있었는데, 지어진 지 얼마나 지났는지 모르지만 세월의 흐름 속에 검은 숲과 완벽하게 조화를 이루고 있었다.

얼핏 보아서는 장원이 아니라 숲의 일부라고 생각할 만한 모습의 장원은 어두웠으며 깊은 침묵에 잠겨 있었다.

"왠지 으스스한데?"

신마봉에서 흘러내린 거대한 검은 물줄기를 눈앞에 두고 잠시 걸음을 멈췄던 일행 사이에서 대일의 목소리가 흘러나왔다.

"그러게 말이야. 이거 영 재수없는 모습이야."

곽풍산도 묘인곡의 모습이 썩 마음에 들지 않는 듯 중얼거렸다.

"그래도 아니 갈 수 없어."

반면 부루는 묘인곡을 앞에 두자 투기가 솟아오르는 듯했다. 그의 얼굴은 그 어느 때보다 생기가 넘쳐흘렀다. 강한 도전의 욕구가 가감없이 부루의 얼굴에 드러났다.

"마치 모흑산을 보는 것 같아."

원무극이 중얼거렸다.

"모흑산? 모흑산은 또 어디냐?"

곽풍산이 물었다.

"모흑산은 흑천의 성지야. 흑천이 시작된 곳이지. 흑천은 특별한 근거지가 없지만 수년에 한 번씩은 반드시 모흑산으로 돌아가지. 또한 흑천이 새로운 살수를 받아들이면 새로 입천한 자는 반드시 모흑산에서 살수로서 수련을 받아야 해."

"그런 곳이 있었군. 그런데 그곳이 이곳과 비슷하다고?"

"그래. 아주 비슷한 분위기야."

그러자 곁에 있던 부루가 입을 열었다,

"이곳에선… 무극 네 도움이 많이 필요할 것 같다."

"내 도움이? 왜?"

"어둡고 깊은 숲이다. 곳곳에 위험이 도사리고 있을 것이고, 숨어서 우릴 공격하는 자들도 있을 거야. 그러니… 살수인 네 능력이 꼭 필요한 곳이지. 앞을 서야겠다."

"살수가 앞에 서는 거 봤냐?"

원무극이 퉁명스레 고개를 저었다.

"네 능력이 필요하다니까?"

"그래도 살수에겐 원칙이 있어. 절대 내 모습을 적에게 먼저 드러내지 않는 것이 그중 하나지. 난 그 원칙에서 벗어나면 능력의 절반을 잃는 것이나 마찬가지야."

다른 때와 달리 원무극은 단호했다. 그러자 부루가 불쾌한 표정을 지으며 말했다.

"지금은 각자의 고집을 내세울 때가 아니야. 서로 도와야 한다고!"

"알아. 하지만 사람에겐 누구나 깰 수 없는 원칙이 있는 거야. 난 내 식대로 인수로에 도전한다."

지금껏 원무극이 이토록 완강한 경우가 없었다. 어찌 보면 앞에 서는 문제가 이렇게 고집을 피울 일인가 싶지만 사실 원무극의 거부는 이유가 있었다. 그의 무공은 냉정하게 따지자면 다른 네 친구에 비해 조금 모자랐다. 그런 그가 친구들과 대등해지기 위해선 철저하게 살수의 살법을 지켜야 했다. 인수로가 짐승이 되어야 통과할 수 있는 곳이라면 어찌 친구인들 믿을 것인가. 원무극은 본능적으로 자신을 보호하고 있었던 것이다.

"그만해라. 내가 앞에 서지."

문득 송추월이 나섰다.

"네가?"

부루가 의외라는 듯 송추월을 바라봤다.

"뭐, 어려울 것 없으니까."

"알았어. 그럼 그렇게 해. 하지만 이 말은 너희에게 해둬야 겠다."

부루가 다부진 표정으로 말했다. 그러자 나머지 네 사람이 부루를 바라봤다.

"인수로에 들어가면 서로를 도와야 한다. 우리가 상대할 자들은 우리보다 강해. 우리가 힘을 모으지 않으면 그들을 이길 수 없다. 그러니 인수로 안에서는 자신의 이득보다 서로를 위해 힘을 써야 할 거다."

여전히 원무극에 대한 불편한 감정이 풀리지 않은 모양이었다. 부루의 말이 끝나자 원무극이 퉁명스레 말했다.

"네 말은 맞아. 그러나 네가 지금 한 말을 가장 또렷이 기억해야 할 사람이 바로 너라는 걸 잊지 마."

"그게 무슨 말이지?"

부루가 날카롭게 물었다. 그러자 원무극이 차가운 시선으로 부루를 노려보며 말했다.

"넌 이미 한 번 친구들을 버렸었어!"

"좋지 않군, 좋지 않아."

묘인곡의 곡주이자 마효의 둘째 제자인 중마 금악이 천천히 고개를 저었다. 그의 앞으로 검은 묘인곡이 위태롭게 펼쳐져 있었다. 그가 서 있는 곳은 장원 동쪽에 위치한 작은 망루였다. 그의 시선에 수백 장 떨어진 곳에 서 있는 송추월 일행이 보였다.

그러나 그의 관심은 송추월 일행이 아니라 방금 전 자신의 손에 들어온 한 장의 서찰에 쏠려 있었다.

"무슨 전서입니까?"

금악 주변에는 세 명의 중년고수들이 서 있었는데, 그들은 중마 금악의 수하 중 가장 뛰어나다고 일컬어지는 함통, 회제, 융천 삼 인의 고수였다. 조심스레 금악에게 질문을 한 것은 그 중 함통이었다.

"사부께서 명을 내렸어."

금악이 무거운 음성으로 말했다.

"어떤……?"

"인수로를 열어보라는군."

"그럼 결국……."

"후후후, 사부께선 제자들 중 오직 한 명만 살리시겠다는 거지. 역시 독하신 분이야. 그래도 한 가닥 기대를 하고 있었는데……."

"외람되지만 나쁜 것만은 아니지 않습니까? 경쟁없이 후계자를 정하셨다면 아무래도 첫째 대인을 외면하기 쉽지 않으셨을 겁니다."

"음, 그렇긴 하지. 하지만 그래도 인수로를 연다는 건……."

"묘인곡은 대인께서 차지하고 계십니다. 대인께 결코 나쁜 결정은 아닌 듯합니다."

"묘인곡은 인수로의 시작일 뿐이야. 정상적이라면 우린 겨우 한 시진 정도의 이득밖에 없다고."

"그 한 시진이 승부를 결정할 수 있습니다. 그래서 다른 대인들이 그토록 묘인곡을 탐했던 것 아니겠습니까?"

"그렇긴 하지. 음… 그런데 그 이득이 약간 침해됐어."

"그게 무슨……?"

"사부께서 말씀하시길, 시작은 저들이 묘인곡에 들어서면서부터라고 했거든."

"그런… 그럼 다른 대인들께서도 충분히 준비를 하고 들어오실 것 아닙니까?"

"그렇지. 그래서 이득이 침해됐다고 한 거야. 그래도 어쨌든 유리한 것은 유리한 것이니 불평만 하고 있을 수는 없다."

"어찌 계획을 세울까요?"

"저들과 사형제들을 모두 묘인곡에서 몰살할 수 있다면 묘인곡에서 승부를 봐야 한다. 그러나… 한 번에 모두 몰려온다면 묘인곡에서 승부를 보긴 쉽지 않다. 그러니 저들을 묘인곡에 모아두고 그사이 문을 열어야겠지."

"그러나 대인께서 삼문으로 향하신 것을 알면 저들이 묘인곡에서 상쟁을 벌이겠습니까?"

"그러니까. 그들이 내가 이곳을 벗어났다고 생각하게 만들면 안 되지."

"하면……?"

"융천!"

중마 금악의 부름에 세 명의 수하 중 듬직한 체구의 인물이 한 걸음 앞으로 나섰다.

"옛, 대인!"

"날 위해 죽을 수 있나?"

"이미 각오하고 있었습니다."

"좋아, 그대의 형제들은 평생 화려한 삶을 살게 될 것이다."

"지금까지의 은혜로도 충분합니다, 대인!"

"내가 묘인곡을 떠나면 융천이 날 대신한다."

"하지만 저들이 과연 믿겠습니까?"

함통이 불안한 얼굴로 물었다.

"물론 직접 사형제들을 상대하면 그들의 눈을 속일 수 없을 것이다. 그러나 저들 다섯은 달라. 그들은 날 상대한 적이 없다. 그러니 저들이라면 융천이 날 대신한다고 해도 속을 거다. 그리고 융천이 저들 다섯을 막고 있으면 나머지 사형제들도 그 승부가 가려지길 기다릴 것이다. 난 그사이 인수로로 향한다."

금악의 말에 함통의 얼굴에 감탄의 기색이 서렸다.

"묘책이십니다."

"후후후, 그동안 융천은 나를 대신하기 위한 준비를 착실히 해왔다. 멀리서라면 충분히 사형제들을 속일 수 있을 것이다."

"반드시 수행해 내겠습니다."

융천이라 불린 사내가 다부진 표정으로 고개를 숙여 보였다.

"좋아, 시간을 벌었으니 이제 삼문을 통과할 준비를 해야 한다. 그 또한 쉽지 않은 일. 자칫하면 묘인곡에서 번 시간이 아무런 이득이 되지 않을 수도 있다. 그러니 함통과 회제는 삼문에 대한 준비를 하라."

"옛, 대인!"

"왜?"

갑자기 송추월이 걸음을 멈추자 뒤에서 부루가 물었다. 그러자 송추월이 퉁명스레 말했다.

"넌 앞만 보냐?"

"무슨 말이야?"

"뒤를 봐!"

송추월의 말에 일행이 황급히 뒤를 돌아봤다. 그러자 그들이 지나온 길 위에 일단의 무리가 모습을 드러냈다. 그런데 한 무리가 아니었다. 각기 묘인곡으로 이르는 남쪽과 북쪽의 길에서도 적지 않은 수의 사람들이 모습을 드러내고 있었다.

"저들은……?"

"모두 몰려왔어. 인수로의 싸움에 뛰어들겠다는 거지."

송추월이 말했다. 부루의 눈은 서쪽으로 가 있었다. 그 모습을 확실히 볼 수는 없었지만 거대한 흑마 위에 앉아 있는 자의 분위기가 눈에 익었다. 그와 함께 오 년의 세월을 보낸 마효의 셋째 제자 오원지가 분명했다.

"저 사람은 첫째군."

대일이 손을 들어 북쪽 길에 나타난 자들의 선두에 선 사내를 가리켰다. 마흔 고부의 얼굴이야 다섯 모두가 아는 것이었다.

"그럼 저쪽은 넷쨀가?"

원무극이 남쪽에서 접근하는 자들을 보며 물었다.

"가장 뒤에 있는 자야."

송추월은 항주에서 요동으로 돌아갈 때 보았던 환약중의 얼굴을 기억하고 있었다.

"자, 이제야 우리 사형들의 얼굴을 모두 보게 되었군. 이제 가서 둘째 사형만 만나면 되는 건가?"

곽풍산은 사방에서 사람들이 모여들고 눈앞에 묘인곡이 펼쳐지자 조금 흥분이 되는 모양이었다.

"가자. 둘째를 만나봐야지."

대일이 성큼 걸음을 옮겼다.

그런데 세 친구가 앞으로 걸음을 옮기는 순간에도 송추월은 움직이지 않았다. 그의 시선은 굳은 듯 그 자리에 서서 오원지를 응시하고 있었다.

'그였던가? 그가 바로 오원지였던가? 그렇지. 이래야 그의 강함이 설명되지.'

송추월은 오원지를 기억해 냈다. 수년 전 춘봉산에서 보았던 자, 태산오룡을 보내 설죽암의 빙정을 요구했던 자, 그리고 자신의 방해로 물러선 자, 그가 바로 오원지였다.

"뭐 해?"

앞서 가던 대일이 돌아서서 송추월을 불렀다. 그제야 송추월이 오원지에게서 시선을 돌렸다.

"간다."

송추월이 신형을 날렸다.

한 걸음 내디딜 때마다 땅의 색이 변했다. 처음 생기없는 밝은 갈색이었던 흙은 묘인곡으로 다가갈수록 검게 변했다. 마치 수백 년 동안 낙엽이 썩은 채 버려진 듯한 땅의 색깔. 그렇다고 농사가 잘된다는 부엽토와는 또 다른 것이 분명 농사를 지을 수는 없을 것 같았다.

나뭇잎이 썩어 거름으로 변하며 그 독기는 허공으로 날아가고 땅에는 영양분만 남아야 하는데 묘인곡의 땅은 나뭇잎이 썩으며 나온 독기가 그대로 땅에 머물러 있는 것 같았다.

땅이 검으니 숲도 검게 보였고, 하늘에서 내려오는 햇빛도 땅의 검은 빛에 물들어 버리는 듯했다.

"정말 기분 나쁜 곳이군."

대일이 인상을 쓰며 말했다.

"이런 곳에선 며칠도 못 살 것 같다. 백두가 얼마나 좋은 곳인 줄 이제야 알겠다. 반드시 돌아가야지."

곽풍산이 때아닌 다짐을 늘어놨다.

"후후, 내가 살기엔 좋은 것 같다."

일행의 가장 뒤에서 원무극의 목소리가 들려왔다. 그런데 원무극은 묘인곡의 검은 땅으로 들어섰을 때부터 그 모습이 쉽게 보이지 않았다. 검은 땅과 검은 숲은 살수인 원무극에게 더할 수 없는 은신처를 제공하고 있었다.

"제길, 그럼 넌 평생 여기서 살아라."

대일이 퉁명스레 말했다.

"후후, 그래도 고향이 좋지."

다시 원무극의 목소리가 들려왔다. 그렇게 수시로 변하는 주변 모습에 저마다의 생각을 드러내며 걷기를 다시 이각 정도, 일행 앞에 역시 검은 목재로 만든 장원의 거대한 문 두 개가 나타났다.

문은 두 개의 길을 막고 있었다. 한쪽은 괴노 마효의 둘째 제자 금악이 기거한다는 장원으로 들어가는 길이었고, 다른 한쪽은 장원의 왼쪽을 따라 신마봉의 정상으로 이어진 묘인곡으로 이어진 길이었다.

"그런데 왜 지키는 사람이 없지?"

곽풍산이 의혹 어린 눈초리로 검은 문을 보며 중얼댔다. 과연 문을 지키는 사람은 눈을 씻고 찾아봐도 보이지 않았다.

"자신감인지… 혹은 함정인지 모르겠군."

부루도 개미 한 마리 보이지 않는 장원의 정문을 노려보며 의혹을 드러냈다.

"누가 있든 없든 가야 할 길이니 가야지. 설마 장원에 들러볼 사람은 없겠지?"

선두에 서 있던 송추월이 뒤를 돌아보며 물었다.

"당연하지. 가능한 피하고 싶은 사람을 뭐 하러 만나러 가냐? 계곡으로 바로 가자."

곽풍산이 퉁명스럽게 대답했다.

"좋아, 가자."

송추월이 성큼성큼 검은 문을 향해 다가갔다.

문은 가까이에서 보자 그 크기가 더욱 웅장했다. 장정 서넛의 높이에 좌우로 이어진 담장까지의 넓이가 족히 십여 장은 됐다. 문 앞에 당도한 송추월이 거침없이 손을 문에 대고 안쪽으로 밀었다.

그그긍!

문 아래쪽에 달린 나무 도르래가 땅 위를 구르며 지진이 일어난 듯한 소리를 만들어냈다. 그리고 잠시 후 문이 안쪽으로 활짝 열렸다.

"안에도 아무도 없네."

장원 쪽으로도, 계곡 쪽으로도 여전히 사람은 보이지 않았다. 송추월은 문 안쪽으로 걸음을 옮겨 잠시 주위를 살핀 후 성큼성큼 계곡 쪽으로 이동하기 시작했다. 그 뒤를 네 친구가 사방을 경계하며 따라붙었다.

그런데 다섯 사람이 계곡의 입구에 도착하기도 전에 갑자기 신마봉 중턱에서 강렬한 폭음이 일어났다.

펑!

천둥 같은 소리가 신마봉을 뒤흔들었다. 폭음이 울린 곳에서 검은 연기를 일으키며 거대한 불길이 솟아올랐다. 그리고 잠시 후 계곡의 양쪽으로 펼쳐진 너른 숲 곳곳에서도 기다렸다는 듯 여러 개의 불길이 솟구쳤다.

"설마 불이 난 건 아니겠지?"

대일이 검을 숲을 물들이며 피어오르는 불꽃을 보며 소리쳤다.

"그건 아니야. 저건 시작을 알리는 신호야."

부루가 긴장한 목소리로 말했다.

"신호?"

"그래. 적해라는 자가 그랬지. 우리가 묘인곡의 입구에 들어서는 순간 인수로의 혈쟁이 시작될 거라고. 우린 드디어 피의 계곡에 들어온 거다."

한순간 하늘이 잿빛으로 물들었다.

第八章
묘인곡주

화마경

중마 금악은 묘인곡주로도 불린다. 이유는 그가 묘인곡을 점하고 있을 뿐 아니라 묘인곡의 출입부인 신마봉 서쪽 하단에 큰 장원을 가지고 있기 때문이기도 하다. 중마 금악은 그의 사형제들과 치열한 경쟁 끝에 묘인곡을 차지했다. 묘인곡이 인수로의 입구이므로 그의 사형제들은 금악이 묘인곡을 차지한 후에도 수시로 그곳을 탐냈다. 그러나 금악은 뛰어난 수하들과 천험의 지형에 기대 극악한 사형제들로부터 굳건하게 묘인곡을 지켜내고 있었다.

가운데 차가운 물이 흘러내리고 좌우로 넓은 바위들이 들어찬 계곡. 흙과 바위 모두가 검어 물빛까지 검게 보이는 묘인곡으로 송추월과 친구들이 진입해 들어갔다.

콰아아!

묘인곡에 들어서자마자 장대한 계곡 물소리가 귀를 어지럽혔다. 송추월과 친구들은 망설이지 않고 계곡을 타고 오르기 시작했다. 그들은 거칠게 흘러내리는 찬물과 이삼 장 거리를 두고 계곡을 올랐는데, 묘인곡 내부의 사정을 전혀 모르는 상황에서는 물을 따라 오르는 것이 선택할 수 있는 가장 현명한 방법이기 때문이었다.

다섯 친구가 한순간 절벽처럼 서 있는 가파른 돌무더기를 타고 올랐다. 그러자 계곡에 인접해 솟은 장원의 왼쪽 높다란 담벼락이 눈에 들어왔다. 더불어 담벼락에서 계곡으로 이어진 수십 개의 계단도 나타났다.

"이제부턴가 보다. 계단에서 언제 사람이 뛰어나올지 모르니 모두 조심해."

앞에 선 송추월이 뒤따르는 친구들에게 주의를 줬다. 그런데 송추월의 말이 끝나자마자 일단의 무리가 장원과 묘인곡을 이어주는 다섯 번째 계단을 타고 내려오더니 순식간에 계곡 중앙의 공터를 점령하며 송추월 등의 앞을 막았다.

슈우욱!

"조심해. 화살이다!"

다시 송추월의 경고가 이어졌다. 그리고 다섯 친구가 분분히 허공으로 신형을 날렸다.

퍼퍼퍽!

계단을 통해 나타난 자들이 쏘아낸 화살이 다섯 친구의 삼

장여 앞에 일렬로 꽂혔다. 애초부터 사람을 노리고 쏜 화살은
아닌 모양이었다.

"뭘 하자는 거지?"

가볍게 땅 위에 내려서며 대일이 의아한 표정으로 중얼거렸
다. 화살 공격에 잔뜩 긴장했던 정신이 호기심으로 변했다. 그
때 길을 막은 무리 중에서 한 명의 장대한 체구를 지닌 사내가
도를 들고 앞으로 나섰다.

"어서 오게, 사제들!"

사내가 무거운 음성으로 입을 열었다. 사내의 목소리는 낮
았지만 진중한 공력이 실려 있어 송추월 등은 물론 수십 장 거
리의 사람들도 들을 수 있을 정도였다.

"사제라……. 그럼 저자가 중마 금악이군."

곽풍산이 조금 경직된 표정으로 말했다. 중마 금악은 그 장
대한 체구만으로도 태산을 업은 듯 무거운 기세를 드러내고
있었다.

송추월 등의 대답이 없자 사내가 다시 입을 열었다.

"알고 있겠지만 이 묘인곡은 나 중마 금악의 땅이네. 해서
이 묘인곡을 지나려면 반드시 나의 허락이 필요하지. 비록 사
제들이라 해도 나의 허락 없인 묘인곡을 지날 수 없네."

"길을 막겠다는 말이오?"

송추월이 무거운 목소리로 물었다.

"사제는 사형에 대한 예의를 모르는군."

"우린 아직 그대들을 사형으로 인정하지 않았소."

"후후, 역시 듣던 대로 가시가 돋았군. 뭐, 그야 어쨌든. 인수로가 열렸네. 인수로가 열리지 않았다 해도 길을 막았을 텐데 하물며 인수로가 열린 마당에 막지 않을 수 없지."

"그래서 의외요. 인수로가 열렸는데 그대가 아직 이곳에 머물고 있다니 말이오. 서둘러 묘인곡을 올라 인수로를 통과해 신전의 문을 열어야 하는 것 아니오? 다른 사람들도 몰려오고 있는 마당에."

"알고 있네. 하지만 일이란 것이 서두른다고 되는 것은 아니지. 이곳에서 사형과 사제들의 발을 묶는다면 천천히 올라도 상관없지 않겠나? 신전의 문은 여는 데는 어차피 많은 시간이 필요하니까."

중마 금악이 태산 같은 위엄을 드러내며 말했다.

"대단한 자신감이구려. 과연 그대 홀로 우리와 저 밑의 사람들을 모두 상대할 수 있겠소?"

어느새 계곡의 출입구 부근에는 인수로에 도전하는 세 패의 무리가 일정한 거리를 둔 채 송추월 등과 중마 금악의 대치를 지켜보고 있었다.

"내가 묘인곡을 얻은 지 어언 이십 년일세. 그사이 이 묘인곡은 나만의 왕국으로 변했네. 천군만마가 밀려온다 해도 내 허락 없인 묘인곡을 통과할 수 없네."

중마 금악의 말투가 워낙 진지해서 송추월도 쉽게 그의 말을 반박하지 못했다. 대신 고개를 돌려 부루를 바라봤다.

"어때? 좋은 방법 없겠어?"

그러자 부루가 고개를 저었다.

"지형이 좋지 않아. 저들을 뚫고 가는 건 거의 불가능해. 만약 무리를 한다면 우리 중 죽는 사람이 나올 수도 있어. 저들이 지키고 선 곳은 천험의 요새야."

부루의 말처럼 중마 금악이 이끄는 묘인곡 고수들이 막아선 곳은 넓은 공터에서 계곡 안쪽으로 급격히 좁아지는 호리병 모양의 지형으로, 그 가운데서 길을 지키면 좀체 뚫기 어려운 난공불락의 험지였다.

"다른 곳으로 돌아가는 것은?"

송추월이 계곡 좌우에 펼쳐진 검은 숲을 바라보며 말했다.

"어떤 위험이 기다리고 있을지 모른다. 또한 저 숲에선 길을 찾기도 어려울 거야. 신전에 도달하려는 자들이 결국 이 묘인곡을 길로 선택해야 하는 것은 다 그 이유가 있는 법이지. 그리고 신전으로 이어지는 관문 역시 계곡 위쪽에 있을 것이고."

"하지만 뚫을 방법이 없다며?"

송추월이 추궁하듯 물었다. 마치 이런 경우에는 반드시 부루가 그 해결책을 내놓아야 한다는 듯. 그러자 부루가 잠시 생각에 잠겼다가 대답했다.

"방법은 하나야."

"뭐지?"

"저들을 싸움에 끌어들이는 것."

부루가 고개를 돌려 묘인곡 입구에 멈춰 선 세 무리의 고수들을 바라봤다.

"저들이 쉽게 싸움에 뛰어들겠어? 어부지리를 노릴 텐데."

"그러게. 그게 문제네."

부루도 더 이상 방법이 없는지 난감한 표정을 지었다. 그런데 그때 문득 중마 금악이 입을 열었다.

"내가 제안을 하나 하지."

"제안이라……. 무엇이오?"

갑작스런 중마의 말에 송추월이 의아한 표정으로 물었다.

"나와 손을 잡는 것은 어떤가? 내가 알기로 대사형께서도 자네들에게 같은 제안을 한 것 같은데……."

"그와 우리가 나누었던 이야기를 알고 있다면 이미 우리 대답도 짐작하고 있겠구려."

"후후, 하지만 그때와 지금은 상황이 다르지 않은가? 자네들은 진퇴양난이야. 앞은 내가 있고 뒤는 다른 사형들이 막고 있으니 이제 어쩔 것인가?"

"어떨 것 같소?"

송추월이 차가운 눈빛을 드러내며 물었다.

"설마 다섯이 나와 내 수하들을 뚫고 갈 수 있다고 생각하는 건 아니겠지?"

"뭐, 한번 시도는 해봐야 않겠소?"

송추월이 천천히 검을 뽑아 들었다. 그러자 놀란 것은 중마 금악이 아니라 부루 등 다른 네 명의 친구였다.

"이대로 저 길을 뚫으려고?"

놀란 부루가 송추월을 보며 물었다.

"시도는 해봐야지."

"너무 위험해. 저들은 유리한 위치를 점하고 있고, 상대는 중마 금악이다."

"이 길이 위험한 길이라는 걸 몰랐냐? 뒤로 물러날 것도 아니고 옆으로 돌아갈 것도 아니면… 결국 부딪쳐 보는 수밖에. 더군다나 두려운 자는 오직 하나. 저 중마 금악이야. 그를 제외하면 다른 자들은 충분히 우리가 상대할 수 있다. 두 사람이 중마를 맡고 나머지는 길을 뚫는 것으로 하자. 모두들 이대로 물러날 생각은 아니지?"

송추월이 친구들을 독려했다. 그러자 곽풍산과 대일이 호기를 드러냈다.

"좋아, 까짓것 어차피 이판사판이다. 뚫지 않으면 죽을 길밖에 없는데 망설일 이유가 없지. 가자."

곽풍산이 송추월을 스쳐 지나며 앞으로 나갔다. 대일 역시 청룡도를 들어 올리며 곽풍산의 뒤를 따랐다.

"옳은 결정인지 모르겠다."

부루가 걱정스런 표정으로 말했다.

"달리 방법이 없잖아?"

"그렇긴 하지만……."

"가자. 지금은 싸울 때다!"

송추월이 단호한 목소리로 말하고는 훌쩍 신형을 날렸다. 그런 송추월을 보며 부루가 나직하게 중얼거렸다.

"항상 너의 그 위태로운 무모함이 두려웠지. 하지만… 그래,

네 말이 맞다. 지금은 싸울 때다."

부루도 번개처럼 신형을 날렸다.

중마 금악의 표정이 딱딱하게 굳어졌다. 설마하니 단 다섯
이 자신과 수하들이 지키고 있는 천혜의 관문을 뚫으려 할 줄
은 예상하지 못했던 모양이다.

"싸우자는 건가?"

"그 길밖에 없지 않수, 사형!"

가장 앞에 서 있던 곽풍산이 능구렁이 같은 미소를 지으며
대답했다.

"내 손을 잡으면 천하를 함께 경영할 수 있을 것을!"

"젠장, 남의 발을 핥으며 천하에 군림하면 뭘 하오. 주인 기
분 나쁘면 언제든 죽을 목숨일 텐데. 그럴 바에야 천하의 주인
자리를 한번 노려봐야지 않겠소?"

"오만하구나. 감히 너희 주제에 신경의 경주가 되려 하다
니……."

"흐흐흐, 같은 사형제끼리 너무 그러지 마쇼. 우리도 무공이
라면 수련할 만큼 했소. 보시겠소?"

콰아앙!

말이 채 끝나기도 전에 곽풍산의 도끼가 허공을 갈랐다. 찢
어지는 듯한 파공음이 일어나며 중마 금악 앞의 공기가 파도
갈리듯 갈라졌다. 곽풍산은 첫 수부터 최선을 다하고 있었다.
말은 유들거리며 했지만 상대는 중마 금악이다. 마효로부터

자신들보다 수십 년 앞서 무공을 전수받은 사내. 어쩌면 천하에서 그 적수를 찾을 수 없는 강자일지도 모르는 사내다. 젖먹던 힘까지 끌어내야 할 승부였다.

"놈!"

갑작스런 곽풍산의 공격에 금악의 입에서 노성이 터져 나왔다. 동시에 그의 도가 번개처럼 사선으로 그어졌다.

캉!

금악의 도가 산악처럼 내리꽂히는 곽풍산의 도끼를 막았다. 천둥 같은 격돌음이 두 사람 사이에서 터져 나왔다.터턱!

기습 때문이었을까. 중마 금악이 격돌의 충격에 다섯 걸음 정도 뒤로 물러났다.

"응?"

그런데 금악을 물러나게 만든 곽풍산이 상대를 쫓는 대신 의혹 어린 표정을 지었다.

"뭐야? 왜 그래?"

대일과 친구들이 곽풍산의 뒤에 내려서며 물었다.

"이상해."

곽풍산이 고개를 갸웃했다.

"이상하다니, 뭐가? 어디 다친 거냐?"

부루가 걱정스럽게 물었다. 그러자 곽풍산이 세차게 고개를 저었다.

"아니, 아니, 그런 게 아니라……."

"젠장, 그럼 뭐가 이상하다는 거야?"

대일이 답답한지 호통을 쳤다.

"생각보다… 약해."

곽풍산이 도끼를 들어 올려 중마 금악의 도와 마주친 부위를 살피며 말했다.

"약하다고?"

대일이 곽풍산의 말에 놀란 얼굴로 되물었다.

"그래. 생각보다 약해. 나 혼자서도 충분히 상대하겠어. 이게 어떻게 된 일이지?"

수수께끼 같은 일은 언제나 부루의 몫이다. 곽풍산의 질문에 부루가 눈살을 찌푸렸다. 그리곤 잠시 후 고개를 저으며 말했다.

"풍산의 말이 사실이라면 우린… 속았어."

"속다니? 누구에게?"

대일이 급히 물었다.

"저자는 중마 금악이 아니야."

부루가 단정적으로 말했다.

"금악이 아니라니? 그럼 누구야?"

"일단 물러나자!"

부루가 말을 던지고는 친구들의 대답도 듣지 않고 본래 싸움이 시작되기 전 서 있던 곳으로 되돌아왔다. 그러자 송추월과 친구들도 서둘러 부루의 뒤를 따랐다.

송추월 등이 뒤로 물러나자 당혹한 것은 묘인곡의 고수들이었다. 특히 곽풍산의 공격에 뒤로 물러났던 중마 금악, 부루가

중마 금악이 아니라고 확신한 사내는 더욱 당혹스운 표정을
드러냈다.

"한 번 공격으로 물러나는 건가? 생각보다 배포가 작군!"

중마 금악을 자처한 사내가 물러나는 송추월 등을 보며 소
리쳤다. 그러자 곽풍산이 물러나는 와중에도 뒤를 돌아보며
대꾸했다.

"조용히 하쇼. 당신 정도의 실력으론 내 상대가 될 수 없어.
사람 모양을 했다고 돼지가 사람 되는 건 아니오. 그대의 주인
은 어딜 갔소?"

곽풍산의 질문에 중마 금악을 자처하던 자는 일순 말문이
막혔다. 그 모습을 본 부루가 고개를 끄덕였다.

"역시 중마 금악이 아니야."

"그럼 그는 어디 있지?"

검은 땅에 스며들 듯 모습을 감추고 있던 원무극이 모습을
드러내며 물었다.

"앞서 출발했겠지, 인수로의 문을 열기 위해."

"그럼 서둘러야 하잖아?"

대일이 급한 얼굴로 물었다.

"비록 그가 없다고는 해도 그의 수하들이 지키는 저곳은 뚫
기가 쉽지 않아."

"그럼 어떡하자고? 어차피 나섰던 길, 그가 없다면 더 좋은
것 아니냐?"

대일이 다시 물었다. 그러자 부루가 미소를 지으며 말했다.

"그가 없다면 우리 대신 싸워줄 사람들이 있다."

"뭐? 우리 대신 싸워준다고?"

"그래."

"도대체 누가?"

"누구긴 중마 금악과 신경의 후계자 자리를 놓고 싸우는 자들이지. 그런 사람이 세 명이나 있잖아. 그들은 중마 금악이 수하들에게 묘인곡을 맡기고 인수로를 열기 위해 움직였다면 눈에 불을 켜고 길을 뚫을 거야. 우린 그 뒤만 따라가면 돼."

부루의 말에 송추월이 입을 열었다.

"그건 부루 말이 옳다. 사실 저들 사 인의 사형제는 우릴 경쟁자로 생각하지 않고 있다. 단지 서로를 견제하기 위해 우릴 자신들의 편으로 끌어들이려 했던 거지. 경쟁자는 자기들 넷뿐이라고 생각하고 있을 거야. 그중 하나가 움직였으니 다른 셋이 다급해지겠지. 말만 전하면 되는 건가?"

송추월의 물음에 부루가 고개를 끄덕이자 송추월이 마혼 고부의 무리가 있는 쪽을 보며 말했다.

"저쪽은 내가 가지."

그러자 부루가 얼른 오원지가 이끄는 고수들이 있는 곳을 가리키며 말했다.

"난 저쪽으로 가겠다."

"그럼… 우린 넷째를 만나러 가지, 뭐."

대일의 말에 곽풍산이 고개를 끄덕이더니 고개를 돌려 중마 금악을 자처한 자를 보며 말했다.

"잠시 기다리쇼. 싸움은 다른 자들이 할 거요. 하지만 나라면 얼른 도망가겠소. 곧이어 당신 주인의 세 사형제가 들이닥칠 테니 말이오. 부귀공명도 살아 있어야 누리는 것 아니겠소?"

능글거리며 소리친 곽풍산이 훌쩍 신형을 날려 올라왔던 계곡을 되짚어 내려가기 시작했다.

그는 의혹 어린 눈으로 송추월을 바라봤다.

"도대체 위에서 무슨 일이 있었던 건가?"

마효의 첫째 제자 마혼 고부가 물었다.

"해줄 말이 있소."

송추월이 선심 쓰듯 말했다.

"할 말이 있으니 왔겠지. 말해보게. 혹 지금이라도 내 제안을 받아들이겠다는 건가?"

"그랬다면 우리 다섯이 모두 당신에게로 왔을 거요."

송추월의 말에 고부가 다른 두 명의 사제를 만나고 있는 송추월의 친구들을 바라보고는 고개를 끄덕였다.

"그렇군그래, 할 말이라는 게 뭔가?"

"지금쯤 그대의 사제 중마 금악은 묘인곡을 올라 인수로의 문을 열고 있을 거요."

순간 고부의 표정이 일변했다.

"그게 무슨 말인가? 사제는 지금 저 위에 있지 않나?"

고부가 시선을 몇십 장 위의 묘인곡 고수들에게 돌리며 말했다.

"그는 그대의 사제가 아니오. 그는 내 친구 놈의 일수에 다섯 걸음이나 물러났소. 그런 자가 과연 그대의 사제이겠소? 그는 당신의 사제가 그대들의 눈을 속이기 위해 내세운 자일 뿐이오."

송추월의 말에 고부의 안광이 붉게 변했다. 그러나 그는 이내 안색을 가라앉히며 중얼거렸다.

"어쩐지 이상하다 했지. 사제가 이렇게 무모하게 홀로 우리 모두를 막아설 거라고는 생각지 않았으니까. 후후, 금선탈각인가?"

"어려운 말은 모르겠고, 어쨌든 그대의 사제를 따라잡으려면 서둘러야 할 거요."

송추월의 말에 고부가 고개를 끄덕이다가 문득 송추월을 바라보며 물었다.

"그런데… 왜 우리에게 그 사실을 말해주는 건가? 자네들역시 우리의 경쟁자인데."

"후후, 우릴 경쟁자로 보긴 하는 거요?"

"물론… 난 자네들을 무시하지 않네."

"고맙소. 우리가 이 사실을 말해주는 이유는 간단하오. 우리의 힘만으로 뚫기에는 저 방어막이 너무 견고하기 때문이오. 뭐, 뚫으라면 못 뚫을 것도 없지만 그리되면 아마도 그대의 사제는 이미 인수로의 관문을 열고 있을 거요. 그래서야 계산이 서지 않으니까."

"후후, 우릴 앞세우겠다?"

"급한 것은 우리보다 그대들 아니오?"

송추월이 여유를 보이며 물었다. 그러자 고부가 고개를 끄덕였다.

"틀리지 않네. 급한 것은 우리지. 수십 년 적공을 하루아침에 무너뜨릴 수는 없으니까. 그런데 그리되면 자네들은 어부지리를 얻겠군."

"뭐, 그래 봐야 우린 애송이들 아니겠소?"

"후후후, 애송이치고는 위험한 애송이지."

"그래도… 길을 열 것 아니오?"

"물론 그렇다네. 그럼 나중에 보세. 모두 올라간다!"

고부의 명이 떨어지자 고부를 따르는 자하산장의 고수들이 일제히 검은 계곡을 타고 오르기 시작했다. 그와 동시에 오원지와 환약중을 따르는 고수들 역시 뒤질세라 계곡을 타기 시작했다.

"사제, 이젠 내 뒤에 서겠군."

묘인곡을 달려 올라가는 수하들을 보며 걸음을 옮기려던 오원지가 문득 부루를 돌아보며 말했다.

"아마도 그리되겠지요."

"후후, 두렵군. 사제가 뒤에서 무슨 수를 쓸지."

"하지만 사형께서는 충분한 대비를 하셨겠지요."

"하하, 역시 사제야. 맞아. 난 자네에 대해 제법 준비를 하고 이곳에 왔다네. 그러니 쓸데없는 짓은 하지 말게."

"그러지요. 그런데 몸은 괜찮으신 겁니까?"

부루가 탐색하듯 오원지를 훑어보며 물었다.

"하하하, 걱정 마시게. 적어도 인수로의 싸움이 끝날 때까진
괜찮을 걸세."

"역시 이곳엔 사형을 위한 영약이 존재했나 보군요."

"영약이랄 것까진 없지. 하지만 적어도 자네가 적선하던 그
환약보다는 좋은 약이 있지. 이곳은 신마계가 아니던가?"

"그렇군요. 그런데……."

부루가 말꼬리를 흐렸다.

"더 하고 싶은 말이 있나?"

"우리 둘의 관계를 비밀로 해야겠지요?"

부루의 질문에 오원지가 묘한 미소를 지었다.

"후후, 확실히 내가 유리해진 건가? 자네가 친구들을 속였
다는 사실이 알려지면 자넨 무척 곤란한 지경에 처하겠지?"

오원지의 협박 아닌 협박에 부루도 한줄기 미소로 응대했
다.

"물론 전 조금 곤란해지겠지요. 하지만 그리되면 사형도 만
만찮은 손해를 봐야 할 겁니다."

"내가 무슨 손해를 본단 말인가?"

"사형의 몸이 정상이 아니라는 사실을 다른 사형들이 알게
될 테니까요."

순간 오원지의 눈에서 한기가 흘러나왔다.

"자넨… 정말 위험한 말을 하는군. 난 지금 과거의 내가 아니야. 비록 시간은 한정되어 있지만 내 본래의 힘을 거의 되찾은 상태란 말이네. 더군다나 이곳은 인수로야!"

오원지에게서 살기가 느껴졌다. 그러나 부루는 크게 개의치 않는 모습이었다.

"생사결을 벌이시겠다면 마다치 않지요. 하지만 그것보단 서둘러 신경 쟁탈전에 뛰어드셔야 하는 것 아닙니까? 저와 승부를 내시는 건 그리 쉬운 일이 아닐 겁니다. 지난 수년간 사형의 무공이 제게 전해진 것을 잊었습니까?"

"그게 내 무공의 전부는 아니네."

"뭐, ㄱ 끝을 보여주시겠다면 사양치 않겠습니다만……."

부루가 한 치도 뒤로 물러나지 않자 오원지가 부루를 노려보다 한숨을 쉬었다.

"휴, 좋네, 좋아. 어차피 요동을 떠날 때부터 했던 약조이니 내 비밀은 지키지. 하지만 자네도 나의 몸에 대해선 입을 다물어야 하네. 만약 자네가 내 몸에 대해 발설을 한다면 난 신경보다 자넬 먼저 상대할 걸세."

"약속에 대한 문제는 걱정 마십시오. 문제는 사형이지요. 사형께선 이미 약속을 어기지 않으셨습니까?"

"하하하, 자네의 수하 몇 벤 걸 두고 하는 말인가?"

"그건 간단한 문제가 아니지요, 이 부루에게."

"그런가? 하지만 지금 그 빚을 받진 않을 거지?"

"물론. 하지만 언젠가는 대가를 치르시게 될 겁니다."

"하하, 좋아, 좋아. 어쨌든 서로에게 지켜야 할 비밀이 있으니 비밀이 지켜지기만 하면 되는 것이지. 우리 둘 사이의 문제는 나중으로 미루세."

"그러시지요. 얼른 가보십시오. 다른 사형들의 뒤만 쫓으시면 안 되지요."

"후후후, 걱정해 줘서 고맙네. 내 신경의 경주가 된다면 자넬 특별히 생각해 주지. 자네와 같은 수족을 구하기는 몹시 힘드니까. 하하하!"

오원지가 호탕한 웃음을 터뜨리며 묘인곡을 타고 오르기 시작했다. 그러자 부루가 고개를 갸웃하며 중얼거렸다.

"이상하군. 난 신경의 경주가 되면 당신을 죽일 건데. 난 한 번 배신한 자는 절대 믿지 않거든."

쿠쿠쿵!

밀물과 썰물이 동시에 일어 충돌한 듯 묘인곡의 상류로 올라가는 작은 길목 앞 공지에서 강력한 충돌음이 일어났다. 수십 명의 고수가 거침없이 서로를 향해 달려들었다.

"엄청나군."

대일이 혀를 내둘렀다. 마효의 네 제자를 따르는 신마계의 고수들이 충돌하자 경천동지의 광경이 펼쳐졌다. 땅이 갈리고 하늘이 무너져 내리는 광경. 검은 땅과 검은 수목, 그리고 검은 바위들이 갈라져 사방으로 흩어졌다.

"이게… 신마계군!"

좀체 감정을 드러내지 않는 원무극조차도 감탄을 흘러냈다. 마효의 세 제자는 아직 싸움에 관여치 않고 있었다. 그들은 호리병 목 모양으로 좁아지는 계곡의 길목을 응시하며 서로 십여 장 거리를 두고 싸움을 지켜보고 있었다.

싸움은 처음에는 팽팽한 듯했으나 이내 묘인곡의 고수들이 뒤로 밀리기 시작했다. 자하산장과 잠혈동, 그리고 혼원의 고수들은 그 숫자가 오십을 넘었고, 반면 길목을 지키고 있는 묘인곡의 고수들은 채 이십이 되지 않는 숫자였다. 그러니 승패의 추는 이미 싸움을 시작하기 전에 기울어져 있다고 할 수 있었다.

그러나 문제는 공터에서의 싸움이 아니었다. 뒤로 밀리던 묘인곡의 고수들이 계곡 안쪽 호리병 입구처럼 좁아지는 지역까지 밀려나자 더 이상 세 곳의 고수들은 묘인곡 고수들을 물러나게 할 수 없었다.

묘인곡 고수들이 막고 있는 계곡의 길목이 워낙 험하고 좁아 단 한 명이 지켜도 공격하는 자들이 길을 뚫기가 거의 불가능했기 때문이다. 검은 물이 떨어져 내리는 길목 옆의 계곡 역시 가파르고 수량이 엄청나 사람이 타고 오르기에는 불가능했다.

싸움은 자연히 교착상태에 빠져들었다. 그리고 급한 것은 지키는 자들이 아니라 공격하는 자들이었다.

"누가 나설까?"

문득 원무극이 호기심이 동한 음성으로 물었다. 길이 막히고 시간이 지체되면 자연히 마효의 세 제자 중 한 명이 길을 뚫기 위해 나설 것이기 때문이었다.

"글쎄, 가장 급한 사람은 그래도 첫째가 아닐까?"

대일 역시 관심을 드러냈다.

"그래도 체면이 있지 맏이가 나서겠어? 저럴 때는 가장 어린 자가 나서는 법이라구."

곽풍산은 환약중이 나설 것이라고 예상했다. 그리고 잠시 후 곽풍산의 예상대로 환약중이 앞으로 나섰다.

"흐흐, 봐. 내 말이 맞지?"

"네놈이 그런 머리를 가지고 있을 줄은 몰랐네."

대일이 실소를 흘렸다.

"내가 생긴 건 이래도 머리가 나쁜 사람은 아니야. 장백심삼채의 총채주를 한 사람이라고."

"알았다, 알았어. 그만 자랑하고 싸움 구경이나 하자. 도대체 그 대단하다는 자들의 무공을 한번 보자고!"

대일의 말에 곽풍산도 정색을 하며 고개를 돌렸다.

"그러게. 그 늙은이가 다른 제자들에겐 어떤 무공을 가르쳤을까?"

송추월과 네 친구의 시선이 환약중에게 쏠렸다. 기실 그들에게 마효의 네 제자의 무공을 확인하는 것은 무척 중요했다. 그들이야말로 최후엔 자신들이 목숨을 걸고 겨뤄야 하는 자들이기 때문이었다.

환약중은 맨손으로 싸움이 벌어지는 공터 안쪽으로 걸어 들어갔다. 그러자 마치 파도가 갈리듯 싸움을 벌이던 고수들이 길을 만들었다.

"그만 길을 열어라!"

묘인곡 고수들이 지키고 있는 길목 앞에 선 환약중이 차가운 목소리로 소리쳤다. 그러자 중마 금악의 행세를 하던 자가 정중한 목소리로 입을 열었다.

"죄송합니다, 대인. 저희는 주인으로부터 목숨을 걸고 이곳을 지키라는 명을 받았습니다. 해서 길을 열어드릴 수가 없습니다."

"이름이 뭐냐?"

"융천이라 합니다."

"융천, 알겠군. 둘째 사형에게 세 마리의 맹견이 있다고 했지. 함통, 회제, 융천. 함통과 회제는 얼굴을 알고 있고 그대의 얼굴이 궁금했는데 결국 이렇게 보게 되는군."

"넷째 대인을 뵙게 되어 영광입니다."

융천이 정중하게 고개를 숙여 보였다.

"뭐, 영광까지야. 곧 자네의 목숨을 빼앗을 사람인데."

"넷째 대인의 손에 죽는다면 그 또한 영광이지요."

"하하하, 역시 듣던 대로 배포가 넉넉하군. 그대 같은 사람이 죽는다는 건 아쉬운 일이야. 그만 길을 열게. 살길이 있는데 죽을 길을 찾아서야 쓰나?"

"저로서는 죽더라도 주인의 명을 거부할 수가 없습니다."

"음, 둘째 사형에 대한 자네의 충정은 잘 알겠네. 하지만 자넨 이미 할 만큼 했어. 둘째 사형도 이 정도로 만족할 걸세. 둘째 사형이 얻은 시간이 근 한 시진은 될 거야. 그러니 그만 물러나 생을 구하게. 신마계가 사람 목숨을 파리 목숨만큼도 생각지 않은 곳이라고는 하나 그래도 그대를 죽이고 싶지는 않군."

환약중의 말에 융천의 얼굴에 잠시 갈등의 빛이 스치고 지나갔다. 그러나 융천은 이내 고개를 저었다.

"죄송합니다. 대인의 명을 받들지 못하겠습니다."

"그래? 아쉽군. 좋아. 뭐, 이 비정한 신마계에 자네 같은 충신이 존재하는 것도 나쁜 일은 아니지. 하지만 충신의 말로는 언제나 비참했다네. 그게 사람의 역사야. 충신이 하늘이 준 천수를 누리고 죽는 경우가 얼마나 되던가."

"오늘을 제 제삿날로 알고 있습니다."

융천이 다부지게 말했다.

"알겠네. 더 이상 권하지 않겠네. 나도 시간이 없는 사람이라서 말이야."

말을 끝내며 환약중이 두 손을 들어 올렸다. 동시에 그의 발이 한 걸음 앞으로 내밀어졌다.

팟!

한순간 환약중의 몸이 사라졌다. 융천이 황급히 놀라며 재빨리 뒤로 물러났다. 그의 곁에 있던 다섯 명의 고수 역시 융천을 따라 뒤로 물러나며 좁은 길목을 빼곡하게 메워 섰다.

슈우욱!

융천 등이 뒤로 물러서는 순간, 갑자기 길목의 왼쪽으로 서 있는 수직의 절벽 위에서 뱀 기어가는 소리가 일어났다. 묘인 곡 고수들의 시선이 일제히 소리가 들린 쪽으로 향했다. 그 순 간!

퍼퍽!

"악!"

"컥!"

날카로운 파열음과 함께 두 마디의 신음성이 터져 나왔다. 어느새 왼쪽 절벽에 모습을 드러낸 환약중이 묘인곡 고수들을 향해 날아내리고 있었다. 그의 오른손은 앞으로 향해 있었는 데, 그의 손가락에서 아지랑이 같은 지력이 꿈틀거리고 있었 다.

신음성을 흘려낸 자들은 이내 땅을 뒹굴며 숨이 끊어졌는 데, 그들은 모두 융천의 곁에서 호위하던 묘인곡의 고수들이 었다.

"무례를 범하겠습니다!"

융천의 입에서 서릿발 같은 음성이 흘러나왔다. 동시에 그 가 절벽 하단까지 내려온 환약중을 향해 도를 휘둘렀다.

쿠아앙!

융천의 도가 거친 파공음을 일으키며 환약중을 향해 솟구쳤 다. 순간 거무스름한 도기가 환약중의 몸을 반으로 갈라갔다.

"제법이군."

어둠 속에서 환약중의 목소리가 흘러나왔다. 연이어 강력한 파열음이 일어났다.

콰쾅!

융천의 도기는 애꿎은 절벽만 때려댔다. 융천의 도기가 절벽을 때리는 사이 환약중의 신형은 다시금 사람들의 시야에서 사라졌다. 융천이 급히 환약중을 찾아 도를 회수하며 주위를 살폈다. 그러나 그 어디에서도 환약중의 모습은 발견되지 않았다. 가히 귀신같은 신법.

당혹한 융천이 다시 다섯 걸음 뒤로 물러났다. 그런데 그 순간 문득 그의 곁에서 환약중의 목소리가 들려왔다.

"뒤로 물러서기만 해서야 어찌 길을 지킬 수 있겠는가?"

갑작스런 환약중의 목소리에 융천이 화들짝 놀라며 목소리가 들린 등 뒤를 향해 거칠게 도를 휘둘렀다.

"악!"

단말마의 비명 소리가 터져 나왔다. 순간 융천의 표정이 묘하게 변했다. 비명은 분명 그의 도에 베인 자가 질러댄 것이었다. 그리고 그의 도가 노린 자는 환약중. 그렇다면 그가 환약중을 베었다는 말이 된다. 융천은 그 사실을 믿을 수 없었다. 도대체 자신이 어떻게 환약중을 벨 수 있단 말인가?

융천은 그들이 마존이라 부르는 사람의 제자인 네 사람의 능력을 알고 있다. 그들은 신의 후계자들이었다. 비록 그가 그들의 길을 막고 있지만 그건 그저 잠시 그들의 걸음을 멈추게 하는 정도일 터였다. 그리고 그 대가는 자신의 목숨. 그런데 그런 자를 자신이 베었단 말인가? 이 믿기지 않는 사실을 확인하기 위해 융천이 고개를 돌렸다.

"이런!"

순간 융천의 표정이 일그러졌다. 자신의 도에 베어져 쓰러진 자는 환약중이 아니라 그의 동료였다. 그리고 그 순간 다시금 그의 귀에 환약중의 목소리가 들렸다.

"이젠 길을 열어야 할 때인 것 같군. 잘 가게."

퍽!

둔탁한 소음이 일었다. 그 순간 융천은 자신의 등을 뚫고 들어오는 뜨거운 열기를 느꼈다. 그리고 다음 순간 융천의 신형이 맥없이 앞으로 쓰러졌다.

"길을 열라! 목숨은 살려주겠다."

융천이 쓰러지자 온전히 자신의 신형을 드러낸 환약중이 차가운 목소리로 일갈했다. 그러자 묘인곡의 고수들이 감히 환약중을 바라보지도 못하고 고개를 숙인 채 얼어붙었다. 묘인곡의 고수들이 움직이지 않자 환약중의 두 손이 묘인곡의 고수 셋을 가리켰다. 그러자 그의 손에서 뻗어나간 아지랑이 같은 지력이 묘인곡 고수들의 몸을 파고들었다.

퍼퍼퍽!

"커컥!"

둔탁한 소음과 함께 삽시간에 묘인곡의 고수 셋이 반항도 못해보고 허무하게 이승을 떠났다.

"움직이지 않으면 죽는다!"

단숨에 세 명을 쓰러뜨린 환약중이 다시 손을 들어 올렸다. 그러자 얼어붙었던 묘인곡 고수들이 놀란 새 떼처럼 움직이기 시작했다. 그들은 목숨을 걸고 지키던 길을 열고 재빨리 장내를 벗어나 장원으로 이어진 계단을 향해 뛰었다. 그렇게 길이 열렸다.

"소름 끼치는군."

열린 길을 향해 묘인곡을 치달아 오르는 고수들을 보며 대일이 몸을 떨었다.

"그러게 말이야. 강한 줄은 알았지만 저 정도일 줄은 몰랐어. 도검도 아니고 단지 지력으로."

곽풍산도 고개를 저었다.

"난 그의 지공보다 신법이 더 두렵다."

원무극이 어두운 음성으로 말했다. 살수인 원무극은 다섯 친구 중 신법에 관한 한 가장 뛰어난 편이었다. 그런 원무극이 환약중의 신법을 두려워하고 있었다.

"정말 상대하기 까다로운 자들이야."

대일이 고개를 저었다. 왠지 그의 목소리에 자신감이 사라져 있었다.

"하지만 저들은 혼자야."

부루가 침착하게 말했다.

"혼자기는, 그 수하들이 수십인데……."

곽풍산이 퉁명스레 말했다.

"그들은… 결국 서로에게 모두 죽을 거다. 그리고 일이 잘된다면 우린 저들 넷 중 한둘만 상대하면 될 거야."

"과연 저들이 우릴 기다려 줄까?"

송추월이 부루를 보며 물었다. 그러자 부루가 고개를 끄덕였다.

"인수로가 열렸고, 저들이 서로 조우한다면 우리에겐 절대 신경 쓰지 못할 거야. 적어도 아직은 우리가 자신들의 적수가 아니라고 생각하고 있을 테니까. 그러니… 우린 거리를 좀 두고 저들을 따라가야 해."

"그렇군. 괜히 저들의 관심을 끌 필요는 없겠지. 하지만 그래도 지금은 가야 할 것 같은데?"

어느새 마효의 세 제자를 따르는 고수들은 모두 신형을 감추고 없었다.

"그러게. 벌써 사라졌어."

원무극이 앞을 살피며 말했다.

"좋아, 가자. 대신 어떤 경우라도 저들의 신경을 거슬리게 하진 마. 우린 가장 늦게 나서야 해."

부루가 말했다.

"우리가 바보냐. 그건 걱정 마라. 이제 앞은 내가 선다."

곽풍산이 퉁명스레 말하고는 신형을 날렸다.

"결국 우리가 뒤에 서게 됐군. 이런 싸움에선 항상 뒤에 선 자가 유리하지."

송추월이 중얼거렸다.

"그래. 우린 유리한 위치를 차지했다."

부루가 고개를 끄덕였다.

"가자!"

송추월이 훌쩍 신형을 날렸다.

第九章

인수로(人獸路)

화마경

계곡 위로 올라갈수록 지형은 험해졌지만 반대로 점점 사람의 손길이 느껴지기 시작했다. 길은 오히려 계곡의 하단부보다 매끄러웠고, 곳곳에 돌을 깎아 만든 계단도 모습을 드러냈다.

그리고 어느 순간 거대한 석문이 모습을 드러냈다. 그러나 석문 앞에는 지키는 사람도, 들어가는 사람도 보이지 않았다. 대신 무너져 내린 돌들과 나무더미들이 송추월 일행을 맞았다.

"한바탕 싸움이 있었던 건가?"

석문에 올라서며 대일이 중얼거렸다. 그러자 부루가 침착한 목소리로 말했다.

"싸움이 아니야. 문을 열지 않고 부수고 들어간 거야."

"그런가?"

대일이 다시 석문 주변을 살폈다. 그리고는 고개를 끄덕였다.

"그렇구나. 확실히 누군가 문을 부순 잔해네."

석문은 겨우 그 뼈대를 유지하고 있었지만 더 이상 문의 구실을 하지 못하는 상태였다. 휑하니 안으로 뚫린 공간은 장정 서넛이 드나들 정도로 넓었다.

"들어가자."

송추월이 훌쩍 석문을 넘었다.

석문 안쪽으로 들어가자 검은 돌이 깔린 광장이 일행을 맞았다. 송추월이 잠시 걸음을 멈췄다. 검은 광장은 어둠에 휩싸여 있었다. 아니, 어둠은 아니었다. 단지 그 바닥과 벽, 그리고 하늘의 대부분을 가린 천장까지 온통 검은색이었기에 밤처럼 어두운 광장이 일행을 맞이한 것이다.

그러나 그 어둠 속에서도 광장은 곧 눈에 익숙해졌다. 그러자 광장 안쪽의 사정이 서서히 송추월의 눈에 들어왔다.

'깨끗하군. 그렇다면 이곳에서 충돌은 없었다는 말이다.'

광장에선 싸움의 흔적을 찾을 수 없었다. 그렇다면 추격하는 세 명의 사형제가 통과할 때는 이미 둘째 중마 금악은 이곳에 없었다는 말이 된다.

"금악을 따라잡지 못했군."

원무극도 송추월과 같은 생각을 했는지 나직하게 중얼거렸다. 그러자 부루가 입을 열었다.

"따라잡지 못한 건 맞는데 거의 따라잡기는 한 것 같아."

"왜?"

"아마 이 석문은 간단히 열 수 없었던 문인 것 같다. 무슨 기관이 있었던 모양이야. 금악이 이 석문을 부순 것은 그 기관을 정상적으로 해체하지 못했다는 의미야. 그리고 그건 곧 그에게 그만한 시간이 없었다는 뜻이지."

"음, 다시 말해 추격자들이 거의 근접했단 말이구나."

"그렇지. 그래서 석문을 아예 부숴 버린 걸 거야."

"멍청하군."

문득 송추월이 입을 열었다.

"뭐가?"

원무극이 물었다.

"이곳을 뚫고 지나간다고 추격자들을 따돌릴 수는 없어. 그렇다면 굳이 문을 부수면서까지 앞서 갈 이유가 없지. 차라리 힘을 빼지 말고 이곳에서 승부를 보는 것이 좋았을 거야."

"하지만 혼자서 셋을 당할 수는 없잖아?"

"일단 네 명이 모이면 다시 네 명의 싸움이야. 추격자들 셋 역시 경쟁자니까."

송추월의 말에 원무극이 고개를 끄덕였다.

"듣고 보니 그러네."

"아무튼 금악과 추격자들의 간격이 좁아졌으니 우리에게도 여유가 좀 생겼군."

"그래도 걸음을 멈출 수는 없다."

부루가 말했다.

"알아. 대신 좀 여유있게 움직이자는 말이지."

송추월이 말을 내뱉고는 천천히 걸음을 옮기기 시작했다.

검은 광장을 지나자 다시 계단이 모습을 드러냈다. 이제 더 이상 묘인곡을 따라 흐르는 물줄기는 보이지 않았다. 수원(水原)의 위쪽에 도달해서인지, 아니면 신마봉의 상층부에선 인수로와 묘인곡이 길을 달리하기 때문인지는 알 수 없었다.

물소리가 들리지 않자 사위는 적막으로 가득 찼다. 송추월은 적막과 그 적막보다 더 음울한 검은색 계단을 오르기 시작했다. 좌우로 십여 장 내외의 절벽이 펼쳐져 있었고, 그 위쪽으로는 무성한 나무들이 숲을 이루고 있었다. 절벽과 숲이 함께 만든 동굴, 위를 향해 뻗어 있는 그 동굴의 끝은 쉽게 모습을 드러내지 않았다.

송추월과 친구들은 대략 이각여 동안 어둠 속 돌계단을 올랐다. 그러자 다시금 길의 폭이 넓어지면서 이번에는 석문 대신 광장이 먼저 모습을 드러냈다. 그리고 그 광장 위에 수십 명의 사람이 쓰러져 있었다.

"이곳에서 만났군."

송추월의 뒤에서 곽풍산이 중얼거렸다.

"우리가 오기 전에 끝난 것을 보면 아마도 싸움은 일방적이었던 모양이야?"

대일이 광장 앞쪽에 쓰러져 있는 사람들을 보며 말했다. 그러자 부루가 냉정한 목소리로 말했다.

"싸움이 일방적이었던 것이 아니야. 아마도 금악이 막 저 광장 끝에 있는 관문을 통과하려 할 때 추격자들이 도착했던 것일 거야. 그래서 금악을 따르는 묘인곡의 고수들이 시간을 벌기 위해 길목을 막고 싸움을 벌였던 것일 테지. 그사이 금악은 관문을 통과했을 거고. 그러나 묘인곡의 고수들은 금악의 기대만큼 추격자들을 막지 못했겠지. 아마 거의 전멸했을 거야."

"당연한 일이지. 묘인곡의 고수들이 늙은이의 세 제자를 감당할 순 없었을 테니까."

원무극이 고개를 끄덕였다.

"아무튼 이제 거리는 무척 가까워졌어. 아마도 다시 그들의 흔적을 보게 된다면 그 넷이 싸우고 있는 모습을 보게 될 거야."

부루가 말했다.

"가자. 그런 귀한 싸움 구경을 놓칠 수는 없지."

송추월이 말을 내뱉고는 걸음을 옮기기 시작했다.

송추월이 너부러진 시체와 시체 사이를 걸었다. 검은 광장에서의 죽음은 비참하게 느껴지지 않았다. 그들은 마치 죽어야 할 자리에서 죽어 있는 것처럼 보였다. 이 인수로의 음울한 기운은 죽음을 낯설지 않은 친구처럼 느끼게 만들고 있었다.

"제이 관문이라……. 그럼 앞서 부서진 곳이 제일 관문이었겠군."

광장 안쪽에 세워진 또 하나의 관문은 반쯤 부서져 있었는데 성한 곳에 제이 관문이란 오래된 글씨가 새겨져 있었다.

"또 계단이야?"

문 안쪽을 들여다보던 대일이 지겹다는 듯 소리쳤다. 과연 문 안쪽으로는 앞서 그들이 걸어 올라왔던 길과 같은 모양의 돌계단이 이어져 있었다.

"어쩌겠어? 올라가야지. 그래도 앞에서 길을 터주니 한결 수월하군."

송추월이 곽풍산의 옆을 스치며 계단을 오르기 시작했다.

이번에는 근 반 시진 동안 길이 이어졌다. 다른 것이 있다면 어느 순간부터 송추월의 귀에 간간이 쇠와 쇠가 부딪치는 소리가 들려온다는 것이었다.

카카캉!

그리고 어느 순간 벼락 치는 듯한 충돌음이 선명하게 귀에 들렸다. 그리고 그 소리에 송추월이 걸음을 멈췄다.

"만난 모양이군."

송추월이 여전히 어두운 계단 위를 바라보며 말했다. 그러자 계단 위쪽 먼 곳에서 검으면서도 한편으로는 푸르스름한 기운이 넘실거리는 것이 보였다.

"그들이 싸우는 모양이야. 저건… 검기 같은데?"

대일이 긴장한 모습으로 말했다.

"얼른 올라가자. 그들이 싸운다면 이건 놓칠 수 없는 구경거리야."

곽풍산이 계단을 뛰어오를 기세로 말했다. 그러자 부루가 재빨리 곽풍산의 소매를 잡아챘다.

"기다려. 침착해. 저 싸움에 지금 뛰어들 수는 없어."

"그럼 여기서 기다리자고?"

"조심해서 오르자는 말이야. 저들이 눈치채지 못하게."

"저 사람들이 바보냐? 우리가 뒤쫓고 있다는 건 다 알고 있는 사실이야."

"그래도 눈에 보이는 것과 보이지 않는 것은 다르지. 우리가 나타나면 싸움을 그칠 거야. 그럼 일이 복잡해져."

"그건 부루 말이 옳아. 저들의 눈에 띄지 않는 곳을 찾아야해."

송추월이 주변을 둘러보며 말했다. 송추월까지 부루를 거들고 나서자 곽풍산이 기세를 죽였다.

"좋아, 모두 그렇게 말한다면 그래야겠지. 그런데 몸을 숨길 곳이 있을까?"

계단 양쪽은 십여 장에 이르는 절벽, 길은 외길이었다. 어디 몸 숨길 곳을 찾기가 만만치 않았다.

"저기 어때?"

문득 송추월이 손을 들었다. 그러자 곽풍산이 난색을 드러냈다.

"절벽을 올라야 하잖아?"

"그럼 어디 다른 곳 있어?"

송추월이 퉁명스레 물었다.

"제길… 없네."

"나도 저곳이 좋을 것 같다. 싸움이 벌어지는 곳을 한눈에 내려다볼 수 있을 거야."

부루가 송추월의 의견에 동의하자 송추월은 더 이상 다른 사람들의 의견을 묻지 않고 몸을 날렸다.

파파팟!

송추월의 신형이 가볍게 계단 옆으로 서 있는 절벽을 타고 올랐다. 절벽은 유리알처럼 매끄러웠지만 송추월의 손발은 마치 풀칠을 한 듯 절벽에 붙었다. 대략 오륙 장의 높이에 이른 송추월이 이번에는 횡으로 이동하기 시작했다. 거미처럼 절벽에 붙어 앞으로 십여 장을 이동한 송추월이 몸을 날렸다. 그러자 그의 몸이 한순간에 절벽 위쪽에 펼쳐진 검은 숲으로 사라졌다.

"젠장!"

장정 서넛이 팔을 잡고 에워싸도 모자랄 거대한 기둥을 가진 나무 위로 곽풍산이 무거운 체구를 이끌고 올라왔다. 도끼를 등 뒤에 메고 나무를 오른 곽풍산이 투덜거리며 친구들이 모여 앉은 나뭇가지에 엉덩이를 붙였다.

"신법이 너무 약한 것 아냐?"

가장 늦게 도착한 곽풍산을 보며 원무극이 물었다.

"젠장, 몸이 무거워서 그래. 평지에선 나도 누구 못지않게 빠르다고."

"살을 좀 빼든지."

"됐어. 이대로도 좋아. 그런데 싸움은 어떻게 돼가?"

"팽팽해. 이미 수하들은 대부분 죽었어. 남은 자가 채 이십도 안 돼."

원무극의 말에 곽풍산이 고개를 빼 싸움이 벌어지고 있는 광장으로 시선을 돌렸다.

광장은 앞서 두 개의 관문이 있던 곳과 다를 바가 없었다. 검은색 돌이 바닥에 깔려 있었고, 우물처럼 절벽으로 둘러싸여 있었다. 그 가장 안쪽에는 역시 하나의 문이 세워져 있었다.

"저 관문을 통과하면 어디로 이어지는 거지?"

문득 곽풍산이 지형을 살피다 물었다. 그러자 부루가 대답했다.

"위쪽으로는 길이 없어. 그렇다는 건 그 안쪽이 동굴이라는 뜻이지. 아마도 저곳이 마지막 관문일 것 같아. 저 문을 통과하면 동굴이 나올 거야. 그 동굴 끝에 신전이 있을 거야."

"흐흐, 그럼 다 온 건가? 저들 덕분에 일이 한결 수월해졌군."

곽풍산이 득의한 웃음을 흘렸다. 그러자 송추월이 냉정한 목소리로 말했다.

"아직 시작도 하지 않은 싸움이다. 싸움은 이제부터야."

"알아. 하지만 뭐, 이곳까지는 쉽게 왔잖아. 어? 그런데 왜 싸움을 멈춘 거지?"

문득 곽풍산이 의아한 표정을 지었다. 과연 치열하게 벌어지던 싸움이 거짓말처럼 멈춰져 있었고, 대신 사람의 목소리가 송추월 등의 귀에 들려왔다.

"사형들, 이렇게 싸우다간 우리 모두 동패구사하고 말 거요."

처음 입을 연 자는 마효의 네 제자 중 막내 환약중이었다. 그의 얼굴은 벌겋게 달아올라 있었는데, 그의 무공을 생각하자면 이 네 사람의 격돌이 얼마나 격렬했는지를 말해주는 모습이었다.

"후후후, 물론 그걸 모르는 바는 아니네. 하지만… 인수로가 그런 곳 아닌가? 모두가 죽고 오직 하나만 살아남는 곳 말일세."

중마 금악이 음습한 웃음과 함께 대답했다.

"내 말은 우리 넷 중 살아남을 사람이 없을까 걱정이 되어 드린 말씀이외다."

"그런들 어찌하나? 승부를 내야 하는 일인걸. 죽음이 두렵거든 자네는 물러나든지."

금악의 말에 환약중이 차갑게 대답했다.

"둘째 사형께선 결국 피를 봐야겠다는 말이구려."

"후후후, 자네가 사형제들의 목숨을 그렇게 걱정하는 줄 몰랐군. 자네 손에 죽은 사형제들이 몇이더라?"

중마 금악이 여전히 비웃음 섞인 미소를 지으며 말하자 환약중의 표정이 차갑게 변했다.

"흥, 좋소이다. 나도 더 이상 타협의 길을 찾지 않겠소. 최후에 살아남는 자가 누가 될지 두고 봅시다."

"하하하, 그래야지. 그래야 사부의 제자답지! 하하하!"

중마 금악이 호탕한 웃음을 터뜨렸다. 그러자 이번엔 두 사람의 대화를 듣고 있던 오원지가 신중한 목소리로 입을 열었다.

"난 넷째의 의견에 일리가 있다고 생각합니다."

"응? 셋째 자네도 이 상황을 되돌릴 수 있다고 생각하는 건가?"

금악이 의외라는 듯 물었다. 그러자 오원지가 고개를 끄덕였다.

"그렇습니다."

"우리 중 신경을 포기하는 자가 있을 수 있다는 건가?"

"그건 어렵겠지요. 하지만 승부를 다른 식으로 가릴 수는 있겠지요. 그러면 최소한 패한 자들의 목숨이 사라지지는 않을 겁니다."

"훗, 그래서 얻은 목숨, 얼마나 가겠는가? 결국 신경의 후계자가 된 사람의 손에 모두 죽을 터인데."

"서로 생사의 약속을 하면 되지요."

"하하하, 우리 사이에 그 약속이 지켜질까?"

"그건… 역시 훗날의 문제겠지요."

"그래? 좋네. 그럼 셋째 사제는 어떻게 승부를 가렸으면 좋겠는가?"

중마 금악이 물었다. 그러자 오원지가 정색을 한 표정으로 말했다.

"이미 인수로의 삼문 중 두 개의 문이 열렸습니다. 물론 둘째 사형께서 여셨지요."

"후후후, 열었다니 듣기 묘하군. 모두 부수고 왔는데."

"어쨌든 둘째 사형이 두 개의 문을 열었습니다. 그리고 이제 마지막 문이 남아 있지요."

"그래서?"

"이건 어떻습니까? 우리 중 저 세 번째 문을 여는 사람이 이 싸움의 승자가 되는 것이."

"저 문을 여는 사람이 승자가 된다?"

중마 금악의 표정이 변했다. 그의 시선이 광장 안쪽, 부루가 뒤쪽이 동굴과 연결되었을 거라 말했던 문으로 향했다. 연이어 오원지의 목소리가 들려왔다.

"이미 아시겠지만 저 문은 두께를 알 수 없는 강철로 만들어, 사람의 힘으론 깨뜨릴 수 없다는. 문을 여는 방법은 철문에 새겨진 서른여섯 개의 별에게서 개문의 방법을 찾는 것이고 말입니다."

"자넨 인수로에 대해 무척 많은 것을 연구했군."

"이건 사형들도 모두 알고 계신 사실 아닙니까?"

오원지가 묘한 웃음을 지었다.

"젠장, 우린 먼저 도착했어도 저 문을 열지 못했겠군."

숨어서 오원지의 말을 듣고 있던 곽풍산이 투덜거렸다.

"그러게 말이야. 그 노인은 왜 인수로에 이런 관문이 있다는 것을 말해주지 않은 걸까? 설마 우리가 이곳에서 죽기를 바란 걸까?"

대일이 투덜거렸다.

"조용히 하고 듣기나 해."

곽풍산과 대일의 입을 송추월이 막았다. 그러자 이번에는 그동안 말이 없던 마흔 고부의 음성이 들려왔다.

"원지, 계속 말해봐라."

고부가 입을 열자 오원지도 정중한 태도를 보였다.

"그러지요, 대사형. 제 생각은 이렇습니다. 어차피 문을 열기 위해선 또 한 번의 노력이 필요하지요. 그런데 이렇게 서로 싸우다가 문을 열기도 전에 모두 죽거나, 혹은 살아남은 자에게 문을 열 기력이 남아 있지 않게 된다면 만사공염불 아니겠습니까? 그러니 우리의 승부는 이 제삼 관문을 여는 것으로 보자는 것입니다."

"관문을 여는 자가 승자라는 건가?"

"그렇지요."

"후후후, 위험한 승부군. 관문이 열리는 순간 다시 목숨을 건 싸움이 일어나지 않을 거라고 누가 장담하겠는가?"

"그건 서로를 믿는 수밖에 없지요."

"하하하, 서로를 믿는다? 우리 넷이 말인가?"

고부가 공허한 웃음을 터뜨렸다. 이들 사 인의 사형제에게 믿음이란 저자에 굴러다니는 종잇조각만큼의 가치도 없는 것이었다.

"설혹 서로에 대한 믿음이 없더라도 일단 문을 여는 것이 순서일 것 같습니다만… 만약 이대로 싸움을 진행한다면 이득을 보는 사람은 우리의 젊은 사제들밖에 없을 겁니다."

오원지의 말에 환약중이 문득 고개를 돌려 공터로 이어진 계단을 바라봤다.

"그러고 보니 이상하군요. 벌써 왔어야 하는데."

"자신들의 부족함을 알고 돌아갔나 보지."

중마 금악이 심드렁하게 말했다. 그러자 오원지가 고개를 저었다.

"사형은 사제들을 잘 모르시는군요."

"난 그들을 사제로 인정할 생각조차 없다."

금악이 여전히 관심없다는 듯 말했다.

"사형, 사형은 그들을 직접 만나봤습니까?"

"멀리서 보긴 했지. 하지만 만날 이유는 없었다."

"그래서 그런 말씀을 하는 겁니다. 그들은 결코 만만한 친구들이 아닙니다."

"그렇다고 해도 우리의 적수가 되지는 못해!"

금악의 태도는 단호했다.

"물론 한 사람씩 상대한다면 그렇겠지요. 하지만 그들 두 사람이면 우리 한 사람이 당해낼 수 없을 겁니다."

"흥, 사제는 그 애송이들에게 단단히 혼이 난 모양이군."

"단지 그들을 정확하게 알고 있을 뿐이지요."

"그들과 친분이라도 쌓았나?"

그러자 환약중이 대화에 끼어들었다.

"삼사형은 한동안 그들의 뒤를 따랐지요. 혹 그들 중 누구와 인연이 있는 것 아닙니까?"

환약중의 말이 끝나는 순간 멀리서 그들의 대화를 듣고 있던 부루의 안색이 보이지 않게 변했다. 부루의 시선이 오원지의 입을 주시했다.

"그렇지는 않네. 단지 그들이 사부의 제자들일 거란 생각에 뒤를 따른 것뿐이네."

"그런가요? 난 또……."

"어쨌든 그들은 결코 우릴 두려워하지 않을 겁니다. 더불어 신경을 포기할 사람들도 아니고 말이지요. 아마도… 어딘가에서 기회를 노리고 있을 겁니다."

오원지가 말을 끝내며 주변을 돌아봤다. 그러자 다른 세 사람도 눈길을 주위로 돌려 송추월 등을 찾았다. 그러나 그들은 멀리 절벽 위 나무에 올라 있는 송추월 등을 발견하지는 못했다. 잠시 후 다시 마흔 고부의 목소리가 들렸다.

"좋아, 난 셋째의 생각에 찬성이다. 문을 연 후 승부를 논하는 것도 좋겠지."

"사형이 그러시다면 나 또한 반대할 생각은 없습니다."

오원지의 말에는 계속 빈정대던 중마 금악도 고부의 말에는 순순히 동의했다.

"그럼 힘으로든 아니면 철문의 수수께끼를 풀든 문을 먼저 여는 사람이 승자가 되는 것으로 하는 겁니다."

오원지가 말했다.

"좋습니다. 그럼 이제 수수께끼를 풀어볼까요."

환약중이 의욕을 드러내며 철문에 새겨진 서른여섯 개의 별을 주시하기 시작했다. 그런데 네 사람 중 중마 금악은 별 문양에 관심을 두는 대신 성큼성큼 걸음을 옮겨 철문 앞으로 다가갔다.

"난 먼저 이 삼관문이 정말 그렇게 단단한 문인가를 시험해 봐야겠어!"

철문 앞에서 선 금악이 두 손으로 자신의 대도를 잡았다. 그리고는 두 발을 어깨너비로 벌리고 도끝을 땅에 댄 채 가볍게 호흡을 골랐다.

"저런 무식한 작자! 이번에도 문을 깨뜨려 보려는 모양이군."

대일이 혀를 찼다.

"왜, 남자답고 보고 좋구만."

곽풍산은 금악의 태도가 마음에 드는 모양이었다.

"계란으로 바위 치기는 호기가 아니라 만용이야. 한눈에 보아도 저 철문은 절대 힘으로 열 수 있는 게 아니야."

대일이 고개를 저었다.

"모르지. 이곳은 신마계니까. 신마계 사람들이 보통 사람들 인가?"

곽풍산은 여전히 금악의 무공에 일말의 기대를 걸고 있는 모습이었다. 그러는 사이 금악이 땅 끝에 대고 있던 대도를 천천히 들어 올리기 시작했다.

우우웅!

철문에서 흘러나오는 것인지, 아니면 아주 느리게 움직이는 금악의 도에서 만들어지는 것인지 거대한 용 울음소리가 흘러나오기 시작했다. 그러자 장내의 분위기가 일변했다. 정말로 철문 뒤쪽에 용이 살고 있기라도 한 듯 삼문 주변에 신비한 기운이 서렸다. 어찌 보면 검은 기운이 흘러나와 철문 주변을 보호하듯 휘감는 것처럼 보이기도 했다.

그러나 금악은 주변의 변화에도 아랑곳없이 자신의 머리까지 도를 들어 올렸다. 그리고는 그 자세로 한동안 철문을 노려보다가 일순 빛의 속도로 도를 내려쳤다.

콰아앙!

드드등!

금악의 도에 격중당한 철문이 강렬한 충돌음과 함께 몸을 떨기 시작했다. 철문의 진동은 이내 광장으로 이어졌고, 다시 계단을 타고 내렸다. 더불어 절벽을 타고 올라 송추월 등이 올라 있는 거대한 나무까지 뒤흔들었다.

"이크!"

갑작스런 요동에 다섯 친구가 다급히 나뭇가지를 붙들었다.

그러면서도 그들의 시선은 금악의 도에 격중당한 철문으로 향했다.

철문은 떨림을 멈추고 고요를 되찾고 있었다. 그런데 금악은 그사이 다섯 걸음 정도 뒤로 물러나 철문을 노려보고 있었다.

"대단하군."

부루가 감탄사를 흘려냈다.

"저 정도 무공이야 짐작했잖아?"

곽풍산이 별일 아니라 듯 말했다. 그러자 부루가 고개를 저었다.

"사람 말고 문(門)!"

"저 철문 말이야?"

"그래. 금악은 스스로 뒤로 물러난 게 아니야. 그가 철문을 때리는 순간 그 철문에서 흘러나온 반탄력에 뒤로 물러난 거야. 저 철문은… 기관을 내포하고 있다. 아마 힘으로 열려고 했다간 큰 낭패를 당할 거야, 저 금악이란 자처럼."

그때 철문에 칼질을 해댔던 금악이 신형을 돌렸다. 그의 얼굴은 붉게 달아올라 있었는데 애써 평정을 되찾으려 하는 듯 보였지만 쉽게 홍조를 없애지는 못했다.

금악이 천천히 걸음을 옮겨 다른 세 명의 사형제가 있는 곳으로 돌아왔다.

"역시 어렵지요?"

오원지가 짐짓 걱정스런 눈빛으로 금악을 보며 물었다. 그

표정 속에 든 비웃음을 모를 리 없는 금악이 차가운 음성으로
대답했다.

"그래. 어렵군. 결국 저 삼문은 머리 좋은 사람들이 열어야
겠어. 난 좀 쉬어야겠네."

"승부를 포기하시는 건가요?"

"후후, 승부를 포기한다기보단 좀 잠시 여유를 두자는 말이
지."

"혹 다치신 겁니까?"

"아니, 다친 것은 아니네. 좀 피곤할 뿐."

금악이 고개를 젓고는 사형제들로부터 십여 장 떨어진 곳으
로 이동해 도를 바닥에 깔린 흑석 위에 꽂고는 가부좌를 틀고
앉았다.

"뭔가 좀 이상하지?"

금악이 가부좌를 틀고 운기를 하기 시작하자 문득 부루가
고개를 갸웃하며 중얼거렸다.

"뭐가 이상해? 힘을 너무 썼으니 운기를 하는 거야 자연스
러운 일 아닌가?"

대일이 의아한 눈으로 부루를 보며 물었다. 그러자 부루가
송추월에게 물었다.

"네 생각은 어때?"

부루의 물음에 송추월이 단정적으로 대답했다.

"그는 내상을 입었다."

"뭐? 내상?"

송추월의 말에 대일과 곽풍산, 그리고 원무극조차도 놀란 눈으로 송추월을 바라봤다.

"그는 분명 내상을 입었다. 내상이 아니라면 이 엄중한 순간에 운기나 하고 있을 리 없어."

"나도 추월과 같은 생각이야. 그는 내상을 입은 것이 분명해. 결국 저 철문이 보통 철문이 아니라는 거지. 함부로 덤볐다가는 목숨을 잃을 수도 있어. 중마 금악은 이곳에서야 네 명의 경쟁자 중 한 명이지만 강호에 나가면 적수를 찾을 수 없는 고수다. 그런 그가 단지 도(刀) 한 번 휘두르고 내상을 입었으니 저 철문의 무서움이 어떤지 알 수 있는 거지."

부루가 연이어 송추월의 말에 덧붙였다. 그러자 대일 등이 변한 눈빛으로 철문을 응시했다.

"역시 신경의 후계자는 쉽게 얻어지는 것이 아니란 말인가?"

대일이 나직하게 탄성을 흘렸다. 그런데 그때 갑자기 누구도 예상치 못한 일이 벌어졌다.

쿠앙!

광장에서 낙뢰가 떨어지는 듯한 굉음이 일어났다. 워낙 갑작스레 일어난 일이라 송추월 등은 소리가 난 후에야 광장의 사정을 살필 수 있었다.

광장의 모습은 크게 변한 것이 없었다. 단지 두 사람의 위치만이 변해 있었다. 첫째 고부의 신형은 애초에 그가 있던 곳에서 금악 쪽으로 오 장 정도 이동해 있었고, 금악은 운기를 하던 자세를 풀고 뒤쪽으로 다섯 걸음 정도 밀려나 있었다. 그의 손에는 언제 집어 들었는지 도가 들려 있었는데 그는 힘겹게 도를 들어 고부를 겨눈 채 뜨거운 안광을 쏟아내고 있었다.

"사형, 약속을 어길 셈이오?"

"우리의 약속이 언제 한 냥의 무게라도 있었던가?"

고부가 무덤덤한 모습으로 대답했다. 아마도 고부가 운기에 들었던 금악을 공격한 모양이었다.

"사형, 날 죽일 수 있을 것 같소?"

"물론 다른 때라면 몰라도 지금이라면 가능하지. 자넨… 내상을 입었어!"

고부의 말에 금악이 살짝 입술을 깨물었다. 그러나 그는 고부의 말에 반박을 하지 못했다. 일단 한차례 공수를 교환한 후에는 고부와 같은 고수의 눈을 속이는 것은 애초부터 불가능한 일이었다.

"좋소. 사형의 말을 부인하지 않겠소. 난 내상을 입었소. 저 망할 놈의 철문은 마치 살아 있는 괴물 같았소. 내가 도를 들어 철문을 치는 순간 보이지 않는 강한 기운이 도와 날 밀어냈소. 그 기운은 쉽게 피해낼 수 없는 것이었소. 더군다나 난 철문이 반격을 할 거라곤 전혀 예상치 못했으니까."

"그런 면에서 자네에게 고맙다고 해야 할 것 같네. 사실 나도 저 철문의 비밀을 풀지 못한다면 결국 힘으로 열려 했을 테니 말이야. 그런데 자네가 그 위험을 미리 가르쳐 준 거지."

"그런 나에게 이런 대우는 너무하지 않소?"

"후후후, 글쎄. 자네가 내상을 입었다면 어차피 이번 싸움에서 이길 가능성은 없네. 기다리는 것은 오직 죽음뿐이야."

"사형, 그래도 난 사형이 날 공격할 줄은 몰랐소. 상대의 약점을 잡아 기습을 하는 것은 사형에겐 어울리지 않는 일이지 않소? 저기 두 사제라면 모를까."

"사제, 난 결코 정인군자가 아니야. 어떻게 신마계에서 정인군자가 나오길 바라는가? 나 또한 사부의 제자가 아니던가?"

고부의 말에 금악이 뜨거운 살기를 드러낸 눈으로 고부를 노려보며 경고했다.

"알고 있소. 우리 모두가 결코 정인군자가 될 수 없음을. 그렇다고 해도 사형이 이런 식으로 나에게 살수를 쓸 줄은 몰랐구려. 하지만 사형, 사형의 선택이 썩 좋은 것은 아닐 거요. 이 금악이 비록 내상을 입었다고는 하지만 적어도 내 목숨을 아무렇지도 않게 상대에게 내줄 사람은 아니오. 사형도… 그만한 대가를 치러야 할 거요."

"물론 나도 세상의 이치를 모르지 않네. 궁지에 몰린 쥐는 고양이를 물지. 그래서 나도 위험을 감수하며 자네의 목숨을 내 손으로 끊을 생각은 없어."

"그럼 도대체 사형이 하고자 하는 일이 뭐요?"

의뭉스런 고부의 태도에 금악이 노기를 드러냈다.

"뭐, 여기까지가 내가 할 일이네. 자네가 철문에서 입은 내상에 이번에 내 공격으로 받은 충격을 더하면 사제는 아마 하루 이틀 정양해서는 회복되기 어려운 부상을 입었을 거네. 난 이 정도로 만족이야. 자네의 목숨까지 끊지는 않겠다는 말이네. 다른 사제들은 모르겠지만 말이야."

고부가 훌쩍 뒤로 물러났다. 오원지와 환약중은 철문에 대한 참구를 중지하고 고부와 금악을 주시하고 있다가 고부가 물러나자 곤혹스런 표정을 지었다.

"사제들, 둘째 사제에 대해 사제들은 어떤 결정을 할 것인가?"

고부가 오원지와 환약중을 보며 물었다. 두 사람은 선뜻 입을 열지 못했다. 그러다 오원지가 씁쓸한 미소를 지으며 입을 열었다.

"대사형께서는 참으로 어려운 문제를 저희에게 내시는군요."

"그러게 말입니다. 이 문제는 확실히 쉽지 않군요."

환약중이 고개를 끄덕였다.

"그를 살려두어도 난 상관없네."

고부가 말했다.

"후후후, 하지만 저희가 손을 쓰길 원하시겠지요?"

오원지가 낮은 웃음을 흘리며 물었다.

"내가 왜 그러겠는가? 이미 이빨 빠진 호랑인데."

"이빨은 빠졌지만 날카로운 발톱은 남아 있지요. 그 발톱만으로도 사형의 몸에 상처 하나쯤은 낼 수 있을 겁니다. 물론 사형의 손에 죽겠지만. 그리되면 그 상처가 사형의 발목을 잡겠지요."

오원지의 말에 고부의 얼굴이 굳어졌다.

"역시 삼사제는 현명하군. 그래서 자네의 결론은 뭔가? 그에게 손을 쓰지 않겠다는 건가? 그가 나에게 상처를 입히길 기다리며?"

차가운 고부의 음성에 오원지와 환약중의 얼굴에 두려운 빛이 감돌았다. 비록 이들 네 명의 사형제가 신경의 후계자가 되기 위해 서로 다투고 있다지만 대사형 마혼 고부의 존재감은 다른 셋보다 한 수 위에 있었다.

셋은 언제나 고부를 두려워했다. 만약 그들이 셋이 아니라 하나였다면 아마 이미 신경의 후계자는 고부로 정해졌을 터였다. 그런 의미에서 보자면 중마 금악을 죽이는 일은 어쩌면 고부를 유리하게 하는 일일지도 몰랐다. 그러나 또한 지금처럼 경쟁자 하나를 제거하기 좋은 기회도 없었다.

"감히 사형을 베려니까 마음이 아파서 그러지요."

고부의 기세에 두려움을 느끼면서도 오원지가 실없는 농을 흘렸다.

"사내가 큰일을 할 때는 사사로운 정은 접어두는 법일세."

고부가 짐짓 가르침을 주듯 말했다.

"대사형의 말씀은 언제나 옳지요."

"둘째 사제에 대해 난 분명 내 몫을 다 했네. 나머지는 자네들 몫일세."

고부가 다시 차갑게 말했다. 그건 곧 금악의 목을 베라는 의미나 마찬가지였다.

"대사형의 생각이 그러하시다면 어쩔 수 없지요."

오원지가 슬쩍 환약중을 바라봤다. 환약중은 이미 눈가에 차가운 살기를 드러내고 있었다. 어쨌든 기회가 있을 때 경쟁자 한 명을 제거하는 편이 좋다고 판단한 모양이었다.

"함께하지."

오원지가 말했다. 그러자 환약중이 고개를 끄덕였다.

"그러지요. 둘이라면 누구도 손해를 보지 않겠지요."

"가세!"

오원지의 신형이 움직였다. 그러자 환약중의 몸도 그 자리에서 사라졌다.

"감히… 너희가 나 금악의 목을 치겠다는 거냐!"

광장을 대호의 포효가 뒤흔들었다. 상처 입은 호랑이의 분노는 무서웠다. 그가 휘두른 도가 검은 도기를 오 장 가까이 만들어냈다. 그러나 그런 그의 주위를 돌며 기회를 노리는 두 명, 오원지와 환약중의 표정은 담담했다. 그들은 오히려 금악을 향해 동정 어린 충고까지 흘려냈다.

"사형, 정말 몸이 좋지 않으시구려. 예전의 사형은 이렇게 힘으로 모든 걸 해결하려 하지 않았지요. 또한 일단 전력을 다하면 십여 장에 이르는 도기를 만드실 수 있는 사형입니다. 그런데 오 장이라……. 아쉽군요. 과거의 사형 모습을 다신 보지 못할 테니."

팟!

금악을 향해 동정 어린 말을 내뱉은 환약중의 손이 가볍게 움직였다. 그러자 그의 손에서 뻗어나간 검은색 지력이 광풍처럼 회전하는 금악의 도기를 뚫고 들어가 금악의 가슴에 정확히 박혀들었다.

"으음!"

환약중의 지력에 당한 금악이 신음성을 흘렸다. 동시에 그가 만들어내던 도기 역시 일 장 안으로 줄어들었다.

"사형, 잘 가시오!"

급격하게 줄어든 도기를 따라 오원지가 신형을 날렸다. 그리고는 번개처럼 금악의 도기 아래로 파고들더니 일검을 뻗어 금악의 목을 가볍게 베어냈다.

"큭!"

금악의 입에서 한마디 비명성이 흘러나오더니 태산 같은 그의 몸이 무너져 내렸다. 그의 목엔 오원지가 만든 가느다란 혈선이 그어져 있었다.

쿵!

금악의 신형이 완전히 땅에 쓰러졌다. 그는 더 이상 숨을 쉬지 않았다. 도는 여전히 그의 손에 있었으나 더 이상 어떤 위력도 발휘할 수 없었다.

"역시 부상이 깊었나 보군."

쓰러진 금악을 보며 오원지가 중얼거렸다. 그러자 환약중이 오원지의 곁으로 다가오더니 의아한 표정으로 물었다.

"사형, 왜 그러셨습니까?"

"무슨 말인가?"

오원지가 되물었다.

"굳이 검날을 직접 둘째 사형의 몸에 댈 필요는 없지 않았습니까? 검기를 쓰면 검에 피를 묻힐 필요가 없었을 텐데……."

그러자 오원지가 자신의 검을 들어 올렸다.

"직접 검날을 댄다 해서 꼭 피가 묻어나는 것은 아니네. 그리고 설혹 피가 묻어난다 해도 사형을 보내 드리는 데는 그만한 예의가 필요하다고 생각했네."

"그런가요? 직접 검을 대는 것이 예의인가요?"

"그렇지 않은가? 그는 우리의 사형이자 사부의 제자네. 다른 사람 대하듯 할 순 없지. 직접 내 손으로, 내 검으로 보내 드리고 싶었네."

"뭐, 그럴 수도 있겠군요. 그게 사형이 생각하는 무인의 정이라면."

환약중이 고개를 갸웃하고는 이내 신형을 돌려 철문 앞으로 다가갔다. 그 모습을 보고 있던 오원지가 어두운 안색으로 잠시 하늘을 바라보다가 이내 걸음을 옮겼다.

"생각보다 싱겁군."

곽풍산이 기대 이하라는 듯 고개를 저었다.

"난 오히려 대단해 보이던데?"

원무극이 말했다.

"뭐가 대단해. 단 두 번의 공격에 끝이 났는데."

"하지만 그가 일으켰던 도기를 생각해 봐. 오 장이나 뻗어나갔다고. 더군다나 몸이 성하면 십 장을 뒤덮을 수 있다고 했잖아?"

"도기나 검기 따위, 무슨 소용이냐. 변변한 대응도 하지 못하고 죽고 말았는데."

"뭐, 그렇긴 하지만."

그런데 그때 문득 송추월이 입을 열었다.

"이상하군."

"뭐가?"

대일이 되묻자 송추월이 차가운 음성으로 말했다.

"셋째라는 자."

"오원지 말이야?"

"그래."

"그가 왜?"

"몸에 문제가 있는 것 같아. 검기를 드러내지 않았어."

"그건 그가 말했잖아? 사형에 대한 예의를 지키고 싶었다고."

대일의 말에 송추월이 피식 실소를 흘렸다.

"장난하냐? 저들이 예의를 차리는 자들일 성싶어? 난 그를 예전에 한번 보았어. 그는 결코 인정을 가진 자가 아니야. 가장 편하고 쉬운 방법으로 상대를 벨 자다. 그의 말은… 핑계에 지나지 않아. 내 짐작에 그는 아마도 몸에 이상이 있는 것 같

다. 검기를 일으켰을 때 자신의 몸 상태가 다른 자들에게 드러
날 것을 걱정해 생검으로 사형을 벤 것 같아. 그렇지 않아?"

송추월이 부루를 바라봤다. 그러자 부루가 어떨결에 고개를
끄덕였다.

"그, 그런 모양이야."

"뭘 생각하고 있었어?"

"아니, 뭐, 어떻게 철문을 열까 그 생각 중이었어."

부루가 조금 당황스런 표정으로 대답했다.

"철문 열 걱정은 하지 마. 저들이 대신 열어줄 테니까. 우린
그 이후를 준비하면 되는 거고."

송추월이 부루를 유심히 보며 말했다.

第十章

마동(魔洞)

화마경

중마 금악의 시신이 을씨년스럽게 광장에 그대로 널브러져 있었다. 그를 죽음으로 몬 그의 세 사형제는 박정하게도 사형제의 시신을 그대로 방치했다. 대신 그들은 철문 앞에 모여앉아 철문에 새겨진 서른여섯 개의 별에 모든 신경을 집중하고 있었다.

반 시진… 한 시진… 그리고 다시 반 시진… 시간은 거침없이 흘러갔다. 곧 각자의 삶에 종말이 올 것처럼.

시간이 흐르니 밤이 찾아들었다. 가뜩이나 검은 광장이 밤의 어둠까지 더해지자 칠흑 같은 어둠에 휩싸였다. 그러나 시간이 흐르면 사람의 죽음조차도 익숙해지듯 송추월 등의 눈은 금세 어둠에 적응했다. 무공 수련으로 높아진 안력은 익숙하게 어둠 속에서 세 사람의 모습을 다시 찾아냈다.

침묵은 여전히 광장을 압도하고 있었다. 어느 순간부터는 송추월 등도 입을 닫고 그 침묵의 물결에 합류했다.

그렇게 얼마의 시간이 흘렀을까. 검은 밤이었기에 더욱 눈부신 별빛이 반짝이는 하늘로 오원지가 시선을 돌렸다. 그런데 한번 하늘로 향한 그의 시선은 좀체 그곳에서 벗어나질 못했다. 어찌 보면 그는 하늘을 보는 자세 그대로 죽어버린 듯도 했다. 그러나 멀쩡한 그가 죽었을 리는 만무하다.

"그는… 찾아낸 것 같군."

아주 오랜만에 송추월이 입을 열었다.

"그런 것 같아."

부루도 동의했다.

"누구? 누가?"

대일이 놀란 눈으로 물었다.

"오원지… 그가 찾아낸 것 같아. 아마도 별자리에 그 해법이 숨어 있었던 모양이야."

부루가 대일의 궁금증을 풀어줬다. 그러자 대일과 곽풍산, 그리고 원무극이 급히 오원지에게 시선을 돌렸다. 오원지는 여전히 하늘을 향해 시선을 둔 채 그대로 굳어 있었다.

"그런데 왜 문을 열지 않고 있지?"

원무극이 의아한 얼굴로 물었다.

"둘 중 하나겠지. 하나는 실마리는 찾았는데 아직 완전히 철문의 결계를 풀어내지 못했거나 혹은… 때를 기다리고 있거나."

"때라니?"

"지금 문을 열면 다른 사형제들이 그를 공격할 수도 있으니까."

"하지만 그들은 약속을 했잖아? 문을 여는 사람이 승자가 되기로."

"후후, 무극, 설마 넌 저들의 약속이 지켜지리라 생각하는 건 아니겠지?"

부루가 차가운 미소와 함께 말했다.

"하긴, 애초에 지켜질 약속은 아니었지. 하지만 지금 무슨 수를 낼 수 있을까? 문은 하나고, 그 문 앞에 셋이 모여 있는데… 두 사람을 따돌릴 방법이 없을 것 같은데?"

원무극의 말에 부루가 침착하게 말했다.

"모르지. 그는 무척 심기가 깊은 사람이니까."

"그걸 네가 어떻게 알아?"

원무극의 갑작스런 반문에 부루가 흠칫한 표정을 짓다가 이내 안색을 회복하며 말했다.

"그야 지금까지 보여준 그의 행동을 보면 알 수 있지. 그의 움직임이 예사롭지 않았거든."

"그래? 네가 그렇다면 그런 모양이지. 그런데 과연 그가 어떤 수를 낼까?"

원무극이 고개를 갸웃하며 중얼거리는 순간 갑자기 오원지가 하늘에서 시선을 떼더니 자리에서 일어났다.

"사제… 방법을 찾았는가?"

오원지가 움직이자 마혼 고부가 호목을 번쩍이며 물었다. 환약중의 시선도 자연스럽게 오원지에게로 향했다.

"글쎄요. 아직 확실치는 않은데……."

"저런, 정말 실마리를 찾은 모양이군. 하하하, 역시 오 사제 자네의 머리는 대단하군. 그래, 삼관문에 깃든 비밀은 뭔가?"

고부가 당연한 것을 요구하듯 물었다, 마치 대답을 하지 않으면 단칼에 오원지를 베어버릴 것처럼. 그러자 오원지가 두어 걸음 뒤로 물러나며 말했다.

"승부는 승부지요. 그리고 아직 확실치 않은 것이니 사형께 말씀드리기 어렵습니다."

"사제 말이 맞네. 승부는 승부지. 알겠네. 그럼 자네가 관문을 열게."

"승부를 포기하신다는 말인가요?"

"아닐세. 자네 말대로 자네가 알아낸 것이 확실한 것은 아니니까 그 결과를 보자는 걸세."

"그렇군요. 그런데 사형, 우리가 저 관문을 열기 전 해야 할 일이 있다고 생각지 않으십니까?"

"해야 할 일? 뭘 해야 한단 말인가?"

"우리의 사제들을 이대로 두고 갈 수는 없지 않겠습니까?"

오원지의 말에 고부가 고개를 끄덕였다.

"그렇군. 잠시 잊고 있었군. 시간이 오래 지났으니 충분히 도착했겠지. 그런데도 모습을 보이지 않는 것을 보니 어딘가 숨어서 우릴 지켜보고 있겠군."

"그렇겠지요. 만약 운이 좋아 제가 문을 열게 된다면, 그 순간 어떤 변수가 생길지 모르지요. 그러니… 만약을 대비해 변수가 될 만한 것들을 정리하는 게 좋지 않겠습니까?"

"옳은 말일세. 역시 삼사제는 일의 선후를 정확히 아는 사람이야. 사제들, 이제 그만 나오게. 이 사형이 사제들을 찾아 나설 수는 없지 않은가?"

고부가 어두운 숲을 보며 소리쳤다.

"젠장, 우릴 부르는 거잖아?"

곽풍산이 고부의 목소리를 듣고 낭패한 표정으로 말했다.

"어쩌지?"

대일이 송추월과 부루를 보며 물었다. 그러자 송추월이 대답했다.

"이대로 있긴 어렵겠군."

"그래. 아무래도 나가야 할 것 같아. 숨어서 기회를 엿보는 것이 좋은데… 어쩔 수 없지."

부루도 송추월의 말에 동의했다.

"그럼 저들을 상대하자고?"

원무극이 어두운 안색으로 물었다.

"어쩌면……."

송추월이 고개를 끄덕였다.

"과연 우리가 상대할 수 있을까?"

원무극이 재차 걱정스런 표정으로 물었다.

"한 사람이 죽었으니 남은 사람은 셋, 그중 한 명은 몸이 성치 않다. 그러니 성치 않는 자는 우리 중 누구라도 혼자 상대할 수 있을 것이고, 나머지 둘은 한 명에 둘씩 붙어 상대하면 못할 것도 없다."

송추월이 침착하게 말했다.

"추월이 말이 맞아. 둘에 하나라면 상대할 수 있을 거야. 물론 그래도 목숨을 걸어야겠지만."

부루가 말했다.

"흐흐흐, 어차피 목숨을 걸려고 온 길, 나쁠 건 없지."

곽풍산이 느물거리는 웃음을 흘렸다.

"사제들! 정말 우리가 찾아 나서야겠나?"

다시금 고부의 목소리가 들렸다. 그러자 송추월이 나뭇가지에서 몸을 일으켰다.

"가자!"

송추월의 신형이 새처럼 허공을 갈랐다. 그러자 나머지 넷도 송추월을 따라 어미 품 같던 거대한 나무를 떠났다.

우웅!

'놈!'

송추월이 내심 욕설을 흘려냈다. 무성한 나뭇가지를 떠난 그의 신형이 막 광장의 입구에 깔린 흑석에 내리려는 순간, 고부가 갑자기 들고 있던 검을 매섭게 휘둘렀기 때문이다.

쿠쿠쿵!

휘둘러진 검의 길을 따라 한줄기 흑색의 검기가 일어나더니 지진이 일어난 듯한 소리를 만들어내며 송추월을 향해 폭사해 왔다. 고부의 검기가 뻗어오는 기세에 바닥에 깔린 흑석들이 일직선으로 갈라지며 땅 위로 솟구쳐 올랐다.

송추월이 재빨리 신형을 왼쪽으로 틀며 검을 후려쳤다.

쾅!

고부가 뿌린 검기가 송추월의 검에 막혀 천둥치는 소리와 함께 방향을 틀었다. 송추월이 서너 걸음 뒤로 물러난 후 신형을 바로 세웠다.

"역시, 제법이구나!"

멀리서 고부의 목소리가 들렸다. 고부는 더 이상 공격할 의사가 없는지 이미 검을 거둔 후였다.

"뭐 하자는 거요?"

송추월이 차갑게 물었다.

"그냥, 사제의 무공을 시험해 본 걸세. 나야 소식이야 많이 들었지만 직접 눈으로 보진 못했으니."

고부가 별일 아니라는 듯 어깨를 으쓱였다. 그러자 송추월도 다시 싸울 의사가 없는 듯 검을 검집에 꽂으려는 시늉을 했다. 그런데 막 검을 거둬들이던 송추월이 갑자기 번개처럼 신형을 날리며 검을 휘둘렀다.

팟!

미세하면서도 날카로운 파공음이 일었다. 순간 가는 실처럼 매서운 검기가 번개처럼 고부를 향해 뻗어나갔다.

"음!"

고부의 입에서 나직한 신음성이 흘러나왔다. 그는 송추월의 이 급작스런 공격을 미처 예상치 못한 모양이었다. 그러나 기습을 당했지만 고부는 고부였다.

툭!

송추월의 날카로운 검기가 고부의 심장을 찌르려는 찰나, 고부의 발이 가볍게 돌바닥을 찼다. 그러자 그의 신형이 둥실 허공으로 떠올랐다.

퍼펏!

허공으로 떠오른 고부의 발밑을 지난 송추월의 검기가 흑석을 파고들며 둔탁한 파열음을 일으켰다.

순간 고부를 향해 달려들던 송추월이 급히 걸음을 멈추더니 이내 신형을 날려 본래 그가 있던 곳으로 되돌아왔다. 더불어 허공으로 떠올랐던 고부 역시 그가 애초에 서 있던 자리에 내려섰다.

"대담하군."

바닥에 내려선 고부가 송추월을 쏘아보며 말했다.

"빚지고는 못사는 성미라서."

"하하하, 역시 대단한 배포야. 그래서 난 사제가 마음에 들었지, 처음부터. 그래서 자하산장에 초대한 것이었고. 지금도 그 초대의 제안은 유효하네."

"미안하구려."

송추월이 정중히 거절했다. 그러자 고부가 심각한 표정을 지으며 말했다.

"이보게, 우리가 자네들을 불러낸 것은 이곳에서 자네들 문제를 정리하기 위함이야. 사부가 어떤 생각으로 거둬들였는지는 모르지만 사실 자네들은 우리 세 사람을 상대할 수 없네. 자네들도 우리의 무공을 보았으니 잘 알 것 아닌가? 그러니… 이쯤에서 고집을 꺾는 게 좋을 걸세."

"승부는 끝나봐야 아는 것 아니겠소?"

송추월이 담담하게 말했다.

"정말 승부를 보겠다는 말인가?"

"우리도 반드시 그를 만나야 하기 때문에 어쩔 수 없소."

"좋아, 승부를 보겠다면 더 이상 설득할 필요가 없지. 하지만 이 승부엔 반드시 자네들의 목숨을 걸어야 한다는 걸 알고 있겠지?"

"물론 알고 있소. 그래서 인수로 아니오? 사형제들이란 사람들이 짐승처럼 물어뜯어야 하는 곳 말이오."

"후후후, 너무 잘 알고 있군. 사제들, 준비하세. 난 빨리 사부를 보고 싶네."

고부의 말에 오원지와 환약중이 고부를 사이에 두고 오 장 간격으로 늘어섰다.

"어쩌지?"

원무극이 긴장한 표정으로 물었다.

"어쩌긴, 싸우러 나왔으니 싸워야지."

곽풍산이 도끼를 어깨에 올리며 말했다. 그러자 부루가 재빨리 입을 열었다.

"저쪽은 나 혼자 맡겠다."

부루가 지목한 사람은 오원지였다. 그러자 송추월이 걱정스런 표정으로 물었다.

"혼자 괜찮겠어?"

"네가 말했잖아. 그는 몸이 상했다고."

"그렇긴 하지만……."

"걱정 마."

부루가 자신있는 표정으로 말했다. 그러자 송추월이 고개를 끄덕이고는 다른 세 명의 친구를 돌아보며 말했다.

"나와 무극이 고가를 맡는다. 풍산과 대일 너희 둘이 환가를 상대해."

"뭐, 그러지. 막내니까 좀 약하겠지?"

대일이 곽풍산을 보며 물었다.

"저들 중 약한 자가 어딨냐? 가자!"

곽풍산은 오히려 천외천의 고수와 싸움을 할 수 있다는 것에 흥분이 되는 모양이었다. 그가 성큼성큼 환약중을 향해 걸어갔다.

"우리도 준비할까?"

송추월이 원무극을 바라봤다.

"그러지, 뭐. 그럼."

한순간 원무극의 신형이 장내에서 사라졌다. 그러자 송추월이 천천히 걸음을 옮겨 마혼 고부를 향해 다가갔다.

"역시 넌가?"

고부가 짐작하고 있었다는 듯 송추월에게 말했다. 한줄기 미소가 고부의 얼굴에 드리워져 있었다.

"제대로 한번 싸워봅시다."

송추월이 담담한 목소리로 대답했다.

"하하하, 오만하구나. 감히 나와 맞상대를 하려 하다니……."

"조심해야 할 거요."

"경고까지. 이곳까지 온 너희가 대견하지 않은 것은 아니다. 그러나 너희는 감히 신경의 주인을 논할 위치에 있지 않다. 오늘 그 사실을 분명히 알려주마!"

스르릉!

고부의 검집에서 검이 뽑혀 나왔다. 검과 검집의 마찰음이 신령스럽기까지 했다. 송추월은 고부의 발검(拔劍) 한 동작만으로도 그에 대한 경계심이 느껴졌다. 그는 지금껏 그가 보아왔던 그 어떤 자보다도 강했다. 춘봉산에서 오원지의 무공을 보았지만, 오원지조차도 지금 고부가 보이는 기세에 비하면 부족한 면이 있었다.

창!

송추월은 간결하게 검을 빼 들었다. 그리고는 천천히 검을 들어 고부를 가리켰다. 그러자 고부가 기다렸다는 듯이 송추월을 향해 다가서기 시작했다.

터벅터벅!

고부의 걸음은 거침이 없었다. 마치 송추월 정도는 안중에
도 없다는 듯 고부는 송추월을 향해 다가왔다. 송추월은 다가
오는 고부를 향해 먼저 검을 휘두르지 않았다. 적의 기세에 밀
리는 순간, 그 기세에 밀려 뒤로 물러나는 순간 승부는 끝난다.
특히 고부와 같이 상대를 압도하는 기세로 싸움을 시작하는
자에게는 더더욱.

웅!

다가오는 자세 그대로 고부가 허공에 한차례 검을 그었다.
그러자 그의 검에서 검은 검기가 만들어지더니 송추월을 향해
번개처럼 떨어져 내렸다.

송추월이 가만히 검을 들어 머리 위로 올렸다. 그리고는 걸
음을 반 자 정도 옆으로 옮겼다.

깡!

콰콰콰!

고부의 검기가 송추월의 검에 비끼며 돌로 된 바닥에 깊은
웅덩이를 만들었다.

팟!

순간 송추월의 신형이 그림자만 남기고 고부의 좌측으로 휘
감아 돌았다.

삭!

고부의 좌측을 비껴나며 송추월의 검이 가볍게 움직였다.

그러자 그의 검에서 앞서와 마찬가지로 가느다란 검기가 뻗어
나와 송곳처럼 고부의 옆구리를 찔렀다.

"두 번은 안 되지!"

고부의 입에서 담담한 목소리가 흘러나왔다. 동시에 그가
검을 빙글 돌렸다.

웅!

창!

고부의 검기가 허공에 원형의 방패를 형성하자 송추월의
검기가 고부가 만든 검기의 방패에 막혀 허공으로 튕겨 올라
갔다. 순간 송추월이 재빨리 고부에게서 멀어졌다. 그러나
고부는 한번 품 안에 들어온 송추월을 순순히 보내지 않았
다.

고부가 등을 보인 송추월을 향해 왼손으로 강력한 일장을
때려냈다.

꾸릉!

고부의 장력에 깃든 힘이 워낙 강해 천둥치는 소리가 일어
났다. 순간 송추월은 자신의 등 뒤로 태산이 무너져 내리는 것
같은 압력을 받았다. 그 폭도 넓어서 쉽사리 벗어날 수 없는
장력의 공세. 송추월이 갑자기 방향을 틀어 오른쪽으로 몸을
날렸다.

투툭!

순간 그의 등 쪽 옷자락이 아슬아슬하게 고부의 장력에 스
치며 뜯겨져 나갔다. 등 뒤에서 파고드는 시원한 바람이 송추

월의 머리까지 치고 올라왔다.

송추월이 재빨리 신형을 돌렸다.

"그만 가게."

어느새 다가온 고부가 송추월의 머리 위로 날아올라 검을 내려치고 있었다.

우웅!

다시금 고부의 검에 어린 검기가 송추월의 머리를 갈랐다. 송추월이 급히 한쪽 무릎을 꿇어 고부의 검기와 자신 사이에 공간을 만들며 그 공간 속으로 검을 비집어 넣었다.

쾅!

다시금 천둥치는 격돌음이 일어났다. 송추월은 바닥에 닿은 무릎이 부서지는 듯한 통증을 느꼈다. 그러나 송추월은 무릎의 고통을 달래줄 여유가 없었다. 송추월이 재빨리 바닥을 굴렀다.

콰앙!

송추월의 신형이 굴러 지나간 곳에 연이어 고부의 검기와 장력이 떨어져 내렸다. 고부의 공격들은 조금씩 송추월과 거리를 좁혀들었다. 그리고 드디어 송추월의 허벅지를 고부의 검기가 스쳤다. 붉은 피가 송추월의 바지를 적셨다.

"마지막일세. 잘 가게."

송추월의 다리에 부상을 입힌 고부가 싸움을 끝내려는 듯 작별 인사를 던지며 송추월을 향해 검을 뻗어냈다.

쩌저적!

순간 고부의 검에서 만들어진 검기가 공기를 찢어놓으며 미처 몸을 일으키지 못한 송추월을 향해 날아들었다.

송추월은 무릎을 땅에 대고 있는 와중에도 자신을 향해 날아드는 고부의 검기를 뚫어지게 응시하고 있었다. 예상과 달리 송추월의 눈에서는 상대의 공격에 대한, 그리고 자신의 죽음에 대한 어떤 두려움도 느껴지지 않았다. 무방비 상태에서 적의 공격을 받는 자라고는 생각할 수 없는 침착함, 그리고 그 이유가 이내 밝혀졌다.

스르르!

한순간 고부의 등 뒤에서 흑석 바닥을 뚫고 검은 그림자가 솟구쳤다. 그리고 그림자는 이내 사람의 형상을 만들더니 사람의 모습을 채 갖추기도 전에 그림자 속에서 한 자루 검이 불쑥 튀어나와 고부의 등 정중앙을 찔렀다.

"엇!"

거대한 기운으로 장내를 지배하던 고부의 입에서 다급성이 흘러나왔다. 동시에 고부가 급히 송추월을 향한 공격을 거둬들이며 번개처럼 신형을 틀었다.

삭!

미세하지만 날카로운 소음이 터져 나왔다.

"놈!"

고부의 입에서 노성이 흘러나왔다. 그런 그의 등이 길게 찢어져 있었다. 고부가 찢어진 옷자락을 휘날리며 호랑이처럼 검은 그림자에서 사람으로 완전히 변한 원무극을 덮쳐

갔다.

쾅!

급하게 때려낸 고부의 장력이 아슬아슬하게 원무극을 스치고 지나가 바닥과 충돌했다. 원무극이 장력의 강력한 기세에 휘말려 대여섯 걸음 뒤로 물러났다.

"죽어랏!"

고부의 노기가 섞인 음성이 터져 나왔다. 동시에 그의 검이 뿌연 흑무를 일으키며 원무극이 심장을 찔렀다.

팟!

그런데 번개처럼 원무극을 찌른 고부의 검은 허망하게 허공을 갈랐다. 그의 검이 향한 곳, 원무극의 있어야 할 자리가 텅 빈 공간으로 변해 있었다.

"놈, 환법을 익혔구나! 살수로다."

고부는 단번에 원무극이 살법을 익힌 사람이란 걸 알아챘다. 그가 재빨리 주변을 살펴 원무극이 이동한 방향을 가늠하려 했다. 그러나 그에게는 원무극의 위치를 찾을 여유가 허락되지 않았다.

슈우욱!

서늘한 바람 소리와 함께 한줄기 검기가 고부의 머리를 향해 떨어져 내렸다. 원무극의 등장으로 위기를 넘긴 송추월이 어느새 고부를 향해 반격을 가하고 있었던 것이다.

"음!"

고부가 연환되는 송추월과 원무극의 공격에 사태가 썩 좋지 않다는 것을 깨달았는지 침음성을 흘리며 송추월의 공격을 받아냈다.

캉!

송추월의 검기와 고부의 검기가 허공에서 교차했다. 순간 송추월의 신형이 허깨비 꺼지듯 검기와 검기 아래로 이동했다. 그리고는 빙글 검을 회전시켜 고부의 옆구리를 찔렀다. 상례를 벗어난 움직임에 예상치 못한 각도의 공격. 고부가 이 기이한 공격을 맞상대하는 대신 재빨리 신형을 물려 송추월의 공격으로부터 벗어났다.

그런데 고부가 송추월의 공격을 피해 물러난 그 장소에 혼령처럼 원무극의 신형이 다시 나타났다.

팟!

원무극은 미처 고부가 그의 존재를 깨닫기도 전에 검을 뻗어냈다.

"헛!"

삭!

고부가 원무극의 기세를 눈치채고 재빨리 신형을 틀었지만 그의 허벅지에는 순식간에 한 줄기 검흔이 새겨졌다. 순간 고부가 부상에도 불구하고 두 손을 들어 원무극에게는 검기를, 검을 들고 달려드는 송추월에게는 장력을 쏟아냈다.

쿠쿠쿵!

장내에 폭죽 터지는 듯한 격돌음이 일어나는 사이 고부가 두 사람으로부터 오 장여의 거리를 두고 뒤로 물러났다. 그리고는 심호흡을 하며 송추월과 원무극을 번갈아 바라봤다. 송추월과 원무극은 고부와 삼각형을 이루며 붉어진 눈으로 고부를 노려보고 있었다, 호랑이 사냥에 나선 사냥꾼처럼.

"후후, 역시 사부가 허술하게 제자를 들이진 않았군."

호흡을 골라 평정을 되찾은 고부가 고개를 끄덕이며 중얼거렸다. 그러면서 어깨를 조금씩 들썩이기 시작했다. 그러자 한순간 기이한 일이 벌어졌다. 그의 어깨가 물주머니처럼 부풀어 오르더니 갑자기 그의 신형이 한 자 이상 커졌던 것이다.

"이건 사부가 내게 독문으로 전한 대마공이란 거다. 지금껏 대마공을 익힌 후 누군가에게 시전한 경우가 없었지. 그런데 오늘 너희 둘을 맞아 이 대마공을 쓰게 되었구나."

고부의 말에 송추월과 원무극이 약속이나 한 듯 두세 걸음 뒤로 물러났다. 고부가 선보이는 대마공이란 무공은 그의 몸만 크게 만든 것이 아니었다. 그에게서 흘러나오는 기세 또한 평소에 비해 갑절은 강력하게 느껴졌다.

'원기를 끌어 쓰는 무공이다. 그만큼 위험하다. 하지만 몸에 무리가 갈 터인데……'

고부의 무공은 선천지기를 끌어 쓰는 무공이 분명했다. 선천지기를 공력으로 끌어 쓰는 무공은 흔치 않다. 선천지기를 건드리고도 무공을 펼치기가 어려울뿐더러 일단 선천지기를 끄집어내면 대부분의 경우 몸이 크게 훼손되기 때문이다. 그런데 고부가 바로 그 선천지기를 일으키고 있었다. 그건 그가 이 승부를 얼마나 중하게 생각하고 있는지를 말해주는 것이었다.

"대마공 아래 살아날 자는 없다!"

고부의 안광이 붉게 변했다. 산처럼 커진 그의 몸이 역시 수장 이상 늘어나 너울거리는 검기를 휘두르며 송추월을 향해 닥쳐왔다. 송추월이 가볍게 허공으로 떠올랐다. 그리고 지금까지 아껴왔던 모든 공력을 끄집어냈다. 이 싸움은 결코 어떤 여유도 부릴 수 없는 싸움이었다. 승자는 살 것이고 패자는 죽을 싸움! 생사결이었다.

"빨리 결정해야 할 겁니다."

부루의 손이 오원지의 머리를 아슬아슬하게 스치고 지나갔다. 일촉즉발의 위기에서 오원지는 재빨리 허리를 눕혀 부루의 일수를 피했다. 그리고는 부드럽게 회전하며 부루를 향해 일검을 뻗어냈다.

"자넬 어찌 믿나?"

팟!

부루의 신형이 허공으로 떠올랐다. 그 아래로 오원지의 검이 날카롭게 지나갔다. 부루가 허공에서 한차례 몸을 회전했다. 그러자 그의 신형이 어느새 오원지의 머리 위에 와 있었다.

부루가 오원지의 머리 위에서 두 손을 어지럽게 움직였다. 그러자 허공에 생겨난 수영들이 무섭게 회전하며 오원지를 에워쌌다. 오원지가 검을 들어 무서운 속도로 휘둘렀다. 그러자 부루의 수영들이 허공에서 산산이 부서졌다. 그러나 그중 두 개가 살아남아 가볍게 오원지의 몸을 스치고 지나갔다.

"음!"

오원지의 입에서 곁에 있는 사람만이 들을 수 있는 신음성이 흘러나왔다.

"믿고 안 믿고의 문제가 아니지요. 이건 사형이 죽느냐 사느냐의 문제입니다."

부루가 뒤늦은 대답을 했다.

"나를 죽일 수 있겠는가?"

"사형, 사형의 몸 상태는 누구보다 제가 잘 알지요. 본래의 사형이었다면 제가 하나가 아니라 둘이었어도 이렇게 밀리지는 않으셨을 겁니다. 영약으로 상한 몸을 어떻게 잠시 추스를 수는 있지만 그것이 영원할 수는 없겠지요. 사형께 얼마의 시간이 있습니까? 하루? 이틀? 그 시간 동안 전 충분히 사형을 잡아둘 수 있습니다. 더군다나 나의 친구들은 이미 사형의 몸 상태를 의심하고 있지요."

부루의 말에 오원지의 얼굴이 창백하게 변했다.

"자넨… 정말 교활해."

"후후, 사형과 같은 종류의 사람인 거죠."

"저들이 과연 우리 뒤를 따르지 못할까?"

"물론 그렇지 못할 겁니다. 보십시오. 모든 사람이 젖 먹던 힘까지 꺼내 쓰고 있지 않습니까? 더군다나 승부를 멈출 것 같지도 않고요."

부루의 말에 오원지가 고개를 끄덕였다.

"그렇긴 하군. 대사형조차 밑천을 드러낼 줄은 몰랐어."

"내 친구 놈들이 보통 놈들은 아니지요. 더군다나 사형이 목숨을 취하길 원하는 추월은 그중 제일 강합니다. 지금의 사형이라면 결코 추월의 목숨을 취할 수 없을 겁니다."

"여전히 그 기회를 나에게 줄 수 있다는 거냐?"

"일이 잘된다면야 못할 것도 없지요."

"후후, 사제의 약속을 믿을 수는 없지. 하지만… 사제의 제안을 거부할 수도 없군. 일단… 안으로 들어가 봐야겠어. 그렇지 않다면 나에겐 애초에 기회조차 주어지지 않을 것 같으니!"

오원지의 말에 부루가 가볍게 미소를 지었다.

"잘 생각하셨습니다. 그럼… 시작해 볼까요."

파파팡!

부루와 오원지가 더욱 날카로운 수를 꺼내 들며 어지럽게 공수를 교환하기 시작했다. 그들은 무척 날렵하게 움직여 광장 이곳저곳으로 자리를 이동했다. 그 와중에 다른 두 곳의 싸움 역시 치열하게 진행되고 있었다. 고부를 상대하는 송추월과 원무극, 그리고 환약중을 상대하고 있는 대일과 곽풍산 모두 내면에 잠들어 있던 기운들을 모두 끌어내 싸움에 임하고 있었다.

고부와 환약중 역시 이 젊은 사제들을 상대하기 위해 자신들이 가지고 있는 모든 것을 동원하고 있었다. 자연히 마효가 전수한 화마경의 무공들이 그 특성을 드러냈고, 광장은 거대한 마풍에 휘감겨 있었다.

싸움에 임한 자들의 눈은 모두 붉게 달아올라 있었으며, 그들의 얼굴에는 상대를 파괴시켜 버리겠다는 감정 이외에는 그 어떤 감정도 느껴지지 않았다.

오로지 상대를 파멸시키는 일에 몰두한 그들이 다른 싸움에 신경을 쓸 여유는 없었다. 그 무관심 속에서 오원지와 부루가 서서히 관문을 향해 다가갔다.

그렇게 관문 앞에 다가선 부루와 오원지는 더욱 치열하게 공수를 교환하기 시작했다. 그러나 자세히 보면 두 사람 모두 상대를 향한 공격에서 살기를 찾아보기는 어려웠다. 그렇게 싸움은 또 이각여 정도 이어졌다. 그러던 어느 순간 갑자기 부루와 오원지가 싸움을 멈췄다. 그러더니 오원지의 손이 어지럽게 새겨진 서른여섯 개의 별 중 일곱 개를 빠른 속도로 쳐냈다.

그궁! 그그궁!

오원지가 철문의 별 문양 중 일곱 개를 치고 나자 거대의 소음을 일으키며 철문이 안쪽으로 열리기 시작했다.

"잠깐!"
캉!

송추월이 거인으로 변한 고부의 공격을 막아내며 소리쳤다. 동시에 그가 고부로부터 십여 장 뒤로 물러났다.

"포기하는 것이냐?"

고부가 여전히 적염으로 물든 눈으로 송추월을 보며 소리쳤다. 그러자 송추월이 손을 들어 관문을 가리켰다.

"싸움은 잠시 미뤄야겠소. 문이 열리고 있소!"

송추월의 말에 고부가 급격하게 본래의 눈빛을 찾으며 시선을 돌렸다.

그그긍!

오원지의 손에 의해 열리기 시작한 철문은 어느새 반쯤 열려 그 입을 오원지와 부루 앞에 드러내고 있었다.

"얕은 수를 썼군."

고부의 입에서 나직한 음성이 흘러나왔다. 한순간에 부루와 오원지가 무슨 일을 도모했는지 알아챘던 것이다.

"일단은 저쪽 일이 급한 것 같소만!"

송추월이 여전히 고부를 경계하며 말했다. 그러자 고부가 고개를 끄덕였다.

"좋아, 일단 급한 일부터 처리하지."

고부의 신형이 허공으로 떠올랐다. 그가 거의 십여 장을 날아 가볍게 바닥에 내려서는가 싶더니 어느새 다시 허공으로 치솟아 단번에 열리고 있는 철문 앞으로 다가섰다.

"사제! 혼자 갈 수 있다고 생각했는가?"

고부의 검이 흙빛 검기를 만들어냈다. 검기는 열린 문 안으로 들어서려는 오원지와 부루를 향해 무섭게 폭사했다. 오원지가 급히 자신의 검을 들어 고부의 검기를 막았다. 더불어 부루 역시 고부를 향해 번개처럼 두 손을 쳐냈다.

꾸룽!

검과 검, 그리고 부루의 수공이 충돌하며 만들어진 강력한 격돌음이 광장을 뒤흔들었다. 그 사이로 오원지의 목소리가 들려왔다.

"사형, 뒤를 부탁합니다. 이 사제는 그만 신전으로 가봐야 할 것 같습니다. 그럼… 후일 뵙지요."

오원지의 말이 끝날 때 즈음엔 이미 그와 부루의 신형은 사라지고 없었다. 더불어 열렸던 관문이 다시금 밀려나오며 서서히 닫히기 시작했다.

"혼자 보낼 순 없다, 사제!"

고부가 재빨리 철문으로 날아들어 닫히는 철문에 검을 꽂아넣었다.

그긍!

고부의 검이 움직임이 멈춘 철문이 성을 내며 신음성을 흘려냈다. 그러자 고부의 검이 부러질 듯 휘어지기 시작했다.

"젠장, 하여간 얕은 수를 쓰는 자들이 문제라니까!"

쿵!

고부의 검이 거의 부러질 찰나 호탕한 음성이 들리며 하나의 도끼가 다시 철문이 닫히는 것을 막았다. 곽풍산이었다. 그러자 연이어 대일의 도(刀)도 문틈 사이를 파고들었다. 세 개의 단단한 병장기가 끼어들자 문이 움직임을 멈췄다. 그러나 애초부터 기관의 힘으로 작동하던 문이었기에 여전히 병장기를 밀어붙이는 힘은 강력하기 이를 데 없어서 곧이라도 철문을 닫아버릴 것 같은 마찰음은 여전했다.

"이대로는 들어갈 수 없겠어!"

곽풍산이 송추월을 보며 말했다. 곽풍산의 말처럼 병장기들이 만든 공간은 다 큰 장정들이 드나들기에는 너무 좁았다.

"더 벌릴 수는 없겠어?"

송추월이 물었다.

"나 혼자는 힘들어."

곽풍산이 고개를 저었다.

"모두 힘을 모아야 이 문을 열 수 있을 것 같군."

문득 뒤늦게 다가온 환약중이 철문에 손을 대보면서 말했다.

"오월동주(吳越同舟)인 건가?"

고부가 송추월을 바라봤다.

"문을 열어봅시다."

송추월이 고개를 끄덕였다.

"좋아, 일단 안으로 들어가지. 늦으면 우리가 승부를 내는 것은 아무 의미가 없으니까."

고부가 철문에 손을 가져다 댔다. 그러자 송추월과 그 친구들, 그리고 환약중도 함께 병장기가 만들어낸 공간으로 손을 가져갔다.

"시작하지!"

고부의 말에 여섯 사람이 동시에 공력을 끌어올리기 시작했다.

그그긍!

기관이 작동하는 방향과 반대방향으로 힘을 받자 철문이 다시 요동치기 시작했다.

"철문 앞에 정면으로 서지 마!"

송추월이 급히 경고를 했다. 그러자 철문 앞쪽으로 움직이던 대일과 곽풍산이 급히 옆으로 몸을 비꼈다.

퍼퍼픽!

철문에서 흘러나온 기이한 기운이 싸움으로 부서진 흑석의 잔재들을 광장 저쪽으로 날려 보냈다. 중마 금악이 당한 바로 그 기운이었다. 그 와중에 철문이 여섯 명의 절정고수가 쏟아내는 공력에 조금씩 반응하기 시작했다.

차창!

철문이 열리기 시작하자 철문과 문틈 사이에 꽂아 넣었던 병장기들이 바닥으로 떨어져 내렸다. 철문은 드디어 사람 한 명이 지나갈 정도의 공간으로 열렸다. 그러자 송추월이 재빨리 철문 안쪽으로 들어가서 반대편에서 힘을 가했다.

그그긍!

철문이 다시 비명성을 질러댔다. 그리고 좀 더 많은 공간을 사람들에게 허락했다.

"들어갑시다!"

곽풍산이 소리쳤다.

"좋아, 이제 충분하군."

고부도 동의했다. 그러자 이미 안쪽에 들어가 있던 송추월을 제외한 나머지 다섯이 서로 시선을 교환하는 동시에 신형을 날렸다.

구르릉!

한순간에 다섯 고수가 동굴 안쪽으로 사라졌다. 동시에 철문에 가해지던 힘 또한 사라지면서 철문이 바퀴 구르는 소리와 함께 순식간에 닫혔다.

한동안 생사결이 펼쳐졌던 광장은 다시 적막으로 물들었다. 서늘한 바람이 불어와 검은 광장과 검은 숲을 휘감았다. 광장에는 마효의 둘째 제자 중마 금악의 시체만이 덩그러니 남아 있었다.

"다시 승부를 봐야 하나?"

"그대의 선택에 따라 다르지."

"그렇다면 난 먼저 약속을 어긴 놈들을 벌하겠다."

"그것도 나쁘진 않구려."

......

"망할! 부루 놈이 또다시 수작을 부릴 줄은 몰랐어. 이젠 더이상 용서치 않겠어!"

"애초에 믿을 놈은 아니었지."

"그나저나… 어디로 가야 하지? 길이 다섯 개야! 무슨 동굴이 이렇게 넓은 거야?"

『화마경(火魔經)』 8권 끝

저작권 보호!!
장르문학의 성장에 힘이 되어주십시오.

저작물의 무단 전재와 복제, 불법 다운로드!
이것은 관심이 아니라 무관심입니다!

작가님들은 창의적 열정과 시간을 투자해 자신의 꿈과 생계를 유지합니다.
한 권의 책을 만들어 많은 사람들은 자신의 인생과 미래를 설계합니다.

저작물 속에는 여러 사람의 노력과 희망이
담겨 있습니다!

저작물의 무단 전재와 복제, 불법 다운로드는 여러 사람들의 꿈과 생계를
위협함으로써 장르문학을 심각한 상황에 빠뜨리고 있습니다.

이제는 무관심이 아니라 관심으로 장르문학의
성장에 힘이 되어주세요.

[도서출판 **청어람**은 항시적인 저작권 보호를 통해 장르문학과
여러분의 희망을 지키겠습니다.]

도서출판 청어람

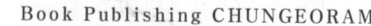

백야 新무협 판타지 소설

醉佛狂道
취불광도

「무림포두」, 「염왕」의 작가 백야!
그가 칠 년 동안 갈고닦아 온 역작 「취불광도」!

강호 일신(一神), 검신 한담(邯鄲).
오직 검 한 자루로 무림을 지배하고 다스리는 인물.
강호를 지배하는 또 하나의 손, 또 하나의 검……

기이한 파계승의 손에서 자란 나정은 스승과 함께 떠난 무림행에서
이십 년 전의 혈난을 만들어낸 금단의 무공을 만나게 되고……

그에게 잠재되어 있던 거대한 힘이 운명의 안배에 따라 깨어난다!

어린 동자승, 나정이 만들어가는 무림 기행!
또 하나의 전설이 이제 시작된다!

Book Publishing CHUNGEORAM

유행이 아닌 자유추구 —
WWW.chungeoram.com

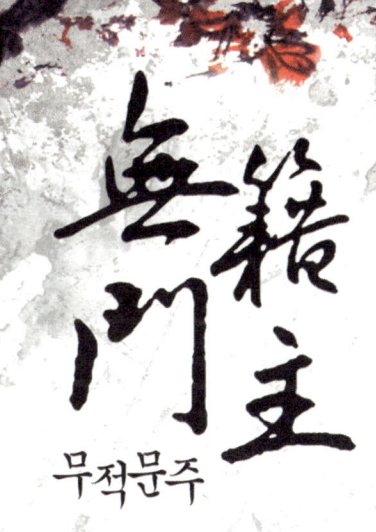
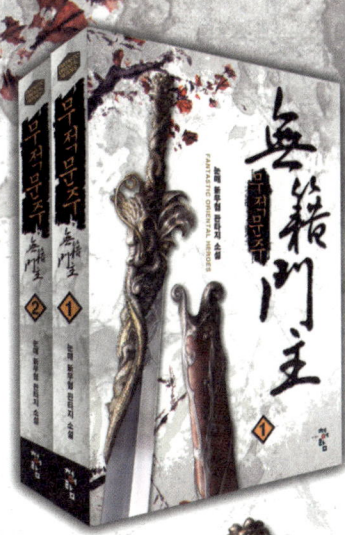

無籍門主
무적문주

눈매 新무협 판타지 소설

**강호가 혼란할 때마다 나타났던 전설의 문파
강호인들은 그들을 무적문이라 부른다.**

마도천하의 시대. 명문정파 비검문은 유일한 계승자인 설화를 보호하기 위해 표운성이라는 청년을 찾는데……

"헤헤. 돈 좀 주셔야겠는데요?"

걸핏하면 돈! 돈! 돈!
세상에서 가장 좋은 것도 돈이요, 가장 귀한 것도 돈이다.

그를 은밀히 따르는 어둠 속의 사군자(死軍者)들
서서히 드러나는 무적문의 실체

"은자의 은혜만 받는다면 나 표운성, 이루지 못할 것은 없다!"
돈에 환장한 문주가 나타났다!

Book Publishing CHUNGEORAM

유행이 아닌 자유추구 -
WWW.chungeoram.com

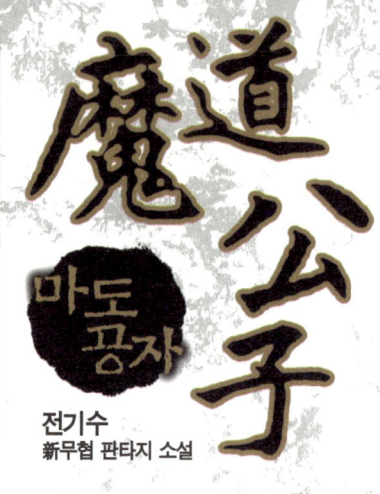